Jean Améry

Bücher aus der Jugend unseres Jahrhunderts

Mit einem Vorwort von
Gisela Lindemann

Klett-Cotta

Verlagsgemeinschaft Ernst Klett – J. G. Cotta'sche Buchhandlung
Nachfolger GmbH, Stuttgart

Design: Heinz Edelmann
Satz: Alwin Maisch, Gerlingen
Druck: Verlagsdruck, Gerlingen
ISBN 3-12-900311-8

Inhalt

Die mit * gekennzeichneten Überschriften stammen vom Verlag; in Amérys Manuskript dieser Kapitel steht der Sammeltitel.

Des Häftlings letzte Pflicht war der Tod
Versuch über Jean Améry
von Gisela Lindemann

> Ich spreche aus dem Hause, wenn
> auch gewiß nicht für das Haus.
> (Jean Améry, *Unmeisterliche Wanderjahre*)

Man kann, seit dem 17. Oktober 1978, als er, wie er es verstanden wissen wollte, den Weg ins Freie nahm, die Bücher von Jean Améry nicht mehr anders lesen als von diesem Punkt her. Ich habe sie in diesen Wochen noch einmal gelesen und mit Bestürzung gesehen: über alles was er schrieb hat er, sei es an Ort und Stelle, sei es an irgend anderer Stelle, den Stab gebrochen wie zum Schluß über sein Leben.

Es gäbe Details als Belege, wie etwa dieses gegen sich selbst unerbittliche »Ich sehe ein. Ich füge mich« im ersten Kapitel seiner *Unmeisterlichen Wanderjahre,* das doch überschrieben ist »Frühe Weigerung«; oder, am Ende seines Diskurses über den Freitod *Hand an sich legen,* hart hinter der »Forderung, einem Leben ohne Würde, Menschlichkeit und Freiheit zu entrinnen«, den Satz: »Aber recht haben die Überlebenden, denn was sind Würde, Menschlichkeit und Freiheit vor Lächeln, Atmen, Schreiten?«

Aber in diesem knappen Kontext ist es vielleicht wichtiger, auf so prinzipielle Kontradiktionen oder Selbstauslöschungen hinzuweisen wie das Kapitel »Ressentiments« gegen Ende seines ersten Buches *Jenseits von Schuld und Sühne. Bewältigungsversuche eines Überwältigten,* in welchem er, der Überwältigte, alle bis dahin so geduldig aus sich hervorgelockte *Luzidität* (es war ein Lieblingswort des Autors und in der Hauptsache vielleicht der Gestus des Dennoch) der schließlich doch siegenden Verbitterung buchstäblich hinterherschmiß (abzulesen an der Unvergleichbarkeit in der sprachlichen Präzision mit den anderen Kapiteln; so wenigstens kam es mir beim Wiederlesen vor). Oder hinzuweisen wäre auf den Nachwort-Essay zu seinem Roman-Essay *Lefeu oder Der Abbruch* (diesem seinem größten schriftstellerischen Abenteuer, wenn ich überhaupt so sagen darf, aber jedenfalls war dieses Buch sein größtes Wagnis und zeitigte den furchtbaren Gedanken, der auch Paul Celan am Ende das Weiterleben unmöglich machte, am dichtesten vielleicht eingefangen in Lefeus Satz Seite 128 »Husch, ich aber überstand, das ist der niederträchtige Zufall ohne Notwendigkeit«), auf den Essay also im Anhang von *Lefeu,* konzipiert nach dem Vorbild von Thomas Manns *Entstehung des Doktor Faustus,* einigermaßen abgesichert gegen den befürchteten (und dann ja auch faustdick gemachten) Vorwurf der Selbstinterpretation oder gar Selbstverteidigung durch die Überlegung, daß »das Nachdenken des Verfassers, das Wieder-und-wieder-Bedenken des Hervorgebrachten integraler Teil der Arbeit« sei, in dem dann aber doch, Seite 190, zu lesen steht: ». . . tue ich ein übriges, meine Arbeit zu zerstören. Nur das? Ja, nur das, nicht mehr.«

Daß, in Klammern gesprochen, ein bundesdeutscher Großkritiker in einer mehr verächtlichen als strengen Kritik des Buches (FAZ 1. 6. 74) um diesen Punkt mit keinem Wort sich kümmert (auch sonst um wenig, zum Beispiel überhaupt nicht um das zentrale Thema Sprache), zeigt nicht nur den weithin desolaten Zustand unserer professionellen Literaturkritik, die sich so gern aller produktionsästhetischen Überlegungen entschlägt und statt dessen bloß zu Gericht sitzt (es reichen ja offenbar, wie kürzlich in einem Jubiläumsinterview nachzulesen war, besagtem Kritiker als Bewertungskriterien Begriffe wie »langweilig« und »interessant«, was immer das heiße). Es bestätigt überdies die leidvolle alte Regel, daß niemand so sehr einen Verletzten zu verletzen begehrt wie ein Verletzter. Man kennt die Beispiele namentlich aus der Literaturgeschichte; ich erinnere nur an den Fall Heine/Platen.

Die Sprache. Wenn man so will, war sie überhaupt Amérys einziges Thema: nicht in dem Sinne, wie jeder professionell Schreibende sich damit herumschlägt, sondern als Identitätsproblem eines österreichischen Juden, der Gründe hatte, in kein deutschsprachiges Land zurückzukehren und in Belgien zu bleiben, seinem Zufluchtsland nach dem sogenannten Anschluß Österreichs an das sogenannte Tausendjährige Reich und nach jenen Nürnberger Gesetzen, die die Endlösung der Judenfrage juristisch ermöglichten und den Juden Hans Mayer zum outlaw machten, der diesen Namen dann nur noch als ein dem Französischen angenähertes Anagramm tragen mochte. Aber eben als Anagramm doch noch. Schon darin liegt die ganze verhängnisvolle Verschränkung.

In einem seiner letzten Briefe im Oktober 1978 schrieb er, nach deprimierenden Erfahrungen auf einer Reise durch die Bundesrepublik: »Meine offensichtliche Überflüssigkeit hat mein Herz nicht weiter beschwert. Nur habe ich mir die Frage gestellt, ob es nicht so etwas wie ein Schicksalsirrtum war, daß ich mich 1945, als ich noch relativ jung war, nicht entschloß, ein französischer Schriftsteller zu werden.« Er hatte die Wahl nicht im Ernst, und niemand hat es besser gewußt als er selbst. Er war gebunden, ja, gekettet an die Sprache seiner Geburt, seiner Kindheit und also seines Unbewußten, wiederum wie Paul Celan, von dem man ja weiß, daß er Reisen in deutschsprachige Länder ungern, aber immer wieder machte, um die Sprache

zu hören, in der er schrieb und für die er neue Zufuhr brauchte, und wie oft diese Reisen in Katastrophen endeten. Wie Celan war Améry gekettet an die Sprache seiner Verfolger und blieb es und das war sein Thema und endete wie bekannt tödlich. Allerdings nach jahrzehnte- und bücherlangen Versuchen, es doch noch zu bewältigen, zuletzt noch einmal, nachdem *Hand an sich legen. Diskurs über den Freitod* eigentlich schon die Geste des abbittenden Abschieds enthalten hatte, in seinem offenkundig von Sartres Riesenfragment über den Familienidioten Flaubert (das er wie alles von dem aus anonymer Ferne Bewunderten sehr genau kannte) inspirierten Buch *Charles Bovary, Landarzt. Porträt eines einfachen Mannes,* diesem nunmehr allerletzten Versuch, seine eigentliche Obsession, das Erzählen, in seiner von ihm selbst weit geringer geachteten Begabung zum Essay zu verstecken. Er hatte, wie man weiß, Angst vor der Kritik (kein Wunder nach dem namhaften *Lefeu*-Verriß). Aber er muß wohl auch hier gewußt haben, daß diese Angst nicht nur von außen kam.
Schon *Lefeu oder Der Abbruch* hatte das gezeigt und davor schon, 1971, die *Unmeisterlichen Wanderjahre,* deren erstes Kapitel man als Keimzelle ansehen kann zu den in diesem Band vorgelegten Manuskripten einer Sendereihe des Westdeutschen Rundfunks, auf deren Entstehung ich später zurückkomme. Es war, immer wieder, eine Frage sprachlich-literarischer Orientierung. Amérys Sujets kamen, soweit nicht aus dem Stück Vergangenheit, das ihn, wie beschrieben im Kapitel »Die Tortur« in *Jenseits von Schuld und Sühne,* die Einbuße des Weltvertrauens gekostet hat (Auschwitz Buchenwald Bergen-Belsen und so weiter, wenn ich so sagen darf, denn es waren ja noch einige dieser Schreckensstätten mehr), aus der Zeit vor dem Traumajahr 1938, das ihn abschnitt von seiner Ver-

gangenheit (eben jenen unmeisterlichen Wanderjahren), und, spätestens seit *Lefeu*, aus der französischen Szene. Aber stimmt das? War nicht auch der in Paris mehr oder minder vegetierende Maler Lefeu eigentlich der Maler Feuermann, emigriert aus Stuttgart, und seine Eltern hatte man mutmaßlich eines Tages deportiert und vergast und verbrannt? Stuttgart ausgerechnet. Autobiographische Bezüge: keine. Aber in Stuttgart hatte sich in den fünfziger Jahren um Max Bense gesammelt, was sonst nur, obwohl von der offiziellen Gesellschaft jahrelang bloß als Skandal zur Kenntnis genommen, in Wien zu finden war (und da läge der autobiographische Bezug dann schon wesentlich näher): die deutschsprachige künstlerische Avantgarde. Nun könnte man zwar den Ort Stuttgart noch als eine Art Hommage entschlüsseln. Denn dort gab es den Schriftsteller und Rundfunkredakteur Helmut Heißenbüttel, dem es nach einer Begegnung im Goethe-Institut in Brüssel als erstem gelungen war, Jean Améry zum öffentlichen Sprechen in der Bundesrepublik zu bringen: über den Sender nämlich, den Süddeutschen Rundfunk. Aber dieser Heißenbüttel (den Améry bis zuletzt als seine Erste Adresse in diesem Land angab) gehörte ihm eben auch zu diesen Avantgardisten wie Lefeus Freundin Irene, deren poetische Versuche der Maler voller Trotz und Spott refüsiert, aus blanker Angst, die Vernunft preiszugeben, sprich die vernünftige Übereinkunft unter Menschen, und alsbald aus dem Netz zu fallen. »Aber den Halluzinationen nicht nachgeben. Wand muß Wand bleiben, so wie es nötig ist, strikt am Sinne des Satzes zu haften«, heißt es am Ende des ersten Lefeu-Kapitels, überschrieben »Verfall«. Im Sinne der unausgesetzten Verschränkungen, die man auch Inversionen oder Selbstaufhebungen nennen könnte, muß hier aber gleich angemerkt werden, daß der Maler Lefeu am Punkt des Aufgebens seiner Verweigerungsposition (die ja doch bis dahin noch mancherlei Vitalität hatte) der Freundin Irene, über deren Verbleib er inzwischen auch nichts mehr weiß, im Geiste Abbitte tut für seine vormaligen Verspottungen und aber gleichwohl von seinen Mutmaßungen nicht abläßt, sie könne, wer weiß, durchaus unterdessen in einer »Irenenanstalt« gelandet sein.

Dies scheint mir das eigentliche Thema des Romanessays *Lefeu oder Der Abbruch*, sei er nun Roman oder Essay oder beides oder beides nicht, gleichviel (denn was helfen uns, streng genommen, denn eigentlich heute solche Kategorien noch?): Versäumte Orientierung. Versäumte Einlassung. Versäumte Entscheidung. Dennoch komme ich auch nach langem Hin- und Herdenken von der Frage nicht los, ob dies für einen genuinen Poeten wie man so sagt überhaupt ein Thema wäre oder nicht vielmehr bloß das jederzeit Mitbedachte oder vielleicht gar das instinktiv Gemiedene. Woran liegt das? Mag sein, an ein paar Sätzen aus dem zweiten Programm von Jean Pauls Vorschule der Ästhetik, das von der Stufenfolge poetischer Kräfte handelt, an ein paar Sätzen, die mir seit Jahren immer mal wieder im Kopf herumgehen, zu finden im § 10 über passive Genies, woraus ich jetzt hier nur fragmentarisch zitieren will: »Ist der Talent-Mensch der künstlerische Schauspieler und froh nachhandelnde Affe des Genies, so sind diese leidenden Grenz-Genies die stillen, ernsten, aufrechten Wald- oder N a c h t m e n s c h e n desselben ... Jeder halte sich heilig, der Tiefere und der Höhere! denn eben diese sind für die Welt die Mittler zwischen Gemeinheit und Genie, welche gleich Monden die geniale Sonne versöhnend der Nacht zuwerfen.« Mag sein, daß der Waldgänger der *Unmeisterlichen Wanderjahre* mir diese Sätze von neuem ins Gedächtnis geholt hat, an denen die Bilder ja ohnehin das Beste sind und eben deshalb so gut haften.

Sie kamen mir immer vor wie eine Beschreibung jener guten Essayisten, die ohne die Inklination zum Selberschreiben so gut nicht wären und die unerfüllte Obsession erleiden müssen, um das andere gewissermaßen mit der linken Hand zu machen, was die zu jeglichem Schreiben mit Anspruch unerläßliche Distanz schafft.

Gleichviel: Roman oder Essay oder beides oder beides nicht: Versäumte Orientierung. Versäumte Einlassung. Versäumte Entscheidung. Das scheint mir das eigentliche Thema des Lefeu-Buches.

Die Suche nach dem Grund der versäumten Lektionen, als deren Negativ man die in diesem Band versammelten Arbeiten sogleich erkennt, wenn man sich nur die Frage stellt, welche Autoren und Bücher darin nicht oder nur am Rande vorkommen, reicht weit zurück. Sie beginnt spurenweise schon im ersten Buch, *Jenseits von Schuld und Sühne,* und sie kommt auch da schon als Verschränkung zu stehen, zum Beispiel in dem Kapitel »Wieviel Heimat braucht der Mensch«. Da heißt es: »Ich ging ins Ausland und kannte von Paul Eluard nicht viel mehr als den Namen, aber einen Schriftsteller, der Karl Heinrich Waggerl hieß, hielt ich für eine wichtige literarische Figur. Ich habe 27 Jahre Exil hinter mir, und meine geistigen Landsleute sind Proust, Sartre, Beckett.«

Dieser Hiat hatte seine handfesten Gründe. Mitgeteilt zum Beispiel im gleichen Kapitel anhand einer beklemmenden Begebenheit 1943, kurz vor der Verhaftung des Autors, Tür an Tür das Quartier von SS-Soldaten und der Schlupfwinkel seiner Widerstandsgruppe, es kommt zu einem recht rüden Wortwechsel mit so einem SS-Mann, der sich in seiner Mittagsruhe gestört fühlt, und er spricht den Dialekt der engeren Heimat des Autors. Améry beschreibt da seinen Impuls, im gleichen Dialekt zu antworten, und alles müsse gut werden und eigentlich gar ein

Freudenfest zeitigen; wie aber im letzten Moment seine Angst diesen Wahnsinn verhütet habe, da ja »der gute Kamerad von der Feindheimat hergesandt, mich aus der Welt zu schaffen.« Wenige Seiten weiter dann die Sätze: »Der Sinngehalt jedes deutschen Wortes verwandelte sich für uns, und schließlich wurde, wir mochten uns dagegen wehren oder nicht, die Muttersprache ebenso feindselig wie die, welche sie um uns redeten ... Die Wörter waren schwer von einer gegebenen Wirklichkeit, die hieß Todesdrohung. ›Füllest wieder Busch und Tal‹ – da war kein einziges Wort, das nicht auch der mit gezücktem Dolch vor uns stehende Mörder im Munde hätte führen können. Busch und Tal, darin versuchte man vielleicht, sich zu verbergen. Aber man wurde aufgestöbert im stillen Nebelglanz. Und muß ich erst noch sagen, daß der so schwere Wirklichkeitsgehalt der Muttersprache, der uns im deutsch besetzten Exil erdrückte, von schrecklicher Dauerhaftigkeit war und für uns bis heute in der Sprache lastet?« Und auch hier folgt die Verschränkung auf dem Fuße: »Es wurde uns aber darum nicht im gleichen Maße, wie die Muttersprache sich feindlich zeigte, die fremde zur wirklichen Freundin. Sie verhielt und verhält sich reserviert und nimmt uns nur zu kurzen Höflichkeitsbesuchen auf. Man spricht bei ihr vor, comme on visite des amis, was nicht dasselbe ist, wie wenn man bei Freunden einkehrt.« Man höre vor allem das Präsens in diesen Sätzen. Ich denke, dies im Ohr, mit Schrecken an jene zitierte Briefstelle, »... nach 1945 ein französischer Schriftsteller zu werden«. Unumgänglich scheint mir, angesichts aller dieser Verschränkungen, an dieser Stelle die Frage, woher Jean Amérys zäher Widerstand gegen die Literatur der deutschsprachigen Avantgardisten rührte, mit deren einigen er ja sogar, wie er öfter mitgeteilt hat, persönlich befreundet war. Von Heißenbüttel war schon die Rede; aber auch der

Wiener Ernst Jandl gehörte dazu; und das schönste Photo, das ich von Améry kenne, zeigt ihn auf einer Bank, neben Friederike Mayröcker, den linken Arm auf gescheuertem Holztisch (davor eine Weinflasche), den rechten um ihre Schulter: ein gelösteres Bild habe ich nie von ihm gesehen. Woher also der Widerstand gegen das, was solche Freunde schrieben? Waren denn nicht alle diese Verschränkungen, mit denen er sich da herumschlug und die einem auf Schritt und Tritt aus seinen Büchern entgegensehen, auch deren — ja, Thema? Hier stocke ich schon. Antrieb wäre vielleicht richtiger gesagt, unter Vermeidung des gräßlichen Modeworts Motivation. Die Besatzung der deutschen Sprache durch die Barbaren, ihre Inanspruchnahme durch kunstsinnige Schreibtischmörder nicht nur, die sich so gern sensibel nannten, sondern auch durch die Heerscharen derer, die das deutsche Kulturgut verwalteten und von nichts was gewußt haben wollen — das war ja nicht nur das Trauma der Emigranten im deutschbesetzten Exil, sondern ebensosehr der Grund, aus dem die bundesdeutsche und österreichische und schweizerische Avantgarde nach neuen Wegen suchte, die sie teils durch die rigorose Reduktion der mißbrauchten und nun verlogenen Sätze auf ihr Skelett, teils durch Anknüpfungen an zwölf Jahre und länger verschüttete und geächtete literarische Strömungen wie Dada oder Surrealismus zu finden hoffte.

Hätte ihn das alles nicht brennend interessiert, würde Jean Améry, der von der Ökonomie des Schreibens ja nicht gerade wenig verstand, sich sicher nicht zweihundert Seiten lang, nämlich den ganzen *Lefeu* hindurch, mit diesem Thema immer wieder abgemüht haben. Und doch ist ihm, was er da an Beispielen »experimenteller« Poesie vorbrachte (eigentlich, mit ein, zwei Ausnahmen, immer bloß dies eine eher etwas alberne Pappelgedicht von Irene, das zu karikieren dem Maler leicht fiel), zur Parodie geronnen. Unter der Hand? Nicht unter der Hand? Gewollt? Nicht gewollt? Es ist niemand mehr da, solche Fragen zu beantworten. Also sind wohl auch Spekulationen darüber unerlaubt. Es muß aber, so drängt es sich trotz allem dem Leser seiner Bücher auf, drängt es sich mir auf, zu tun haben mit jenem Jahr 1938, jenseits dessen er, von wenigen Ausnahmen abgesehen, etwa den autobiographischen Büchern seines Landes- und entschiedenen Geistesbruders Thomas Bernhard, zeitgenössische deutsche Fiction-Literatur nicht, oder wo es ihm unerläßlich schien, nur mit großen Mühen aufnahm. »Was bleibt«, heißt es im letzten, »Strukturen« überschriebenen Kapitel der *Unmeisterlichen Wanderjahre,* »ist ein Arbeitstisch, fremd auch er, wiewohl Stätte täglicher Mühsal, und eine Einsamkeit, die ungut aufgestört wird durch das Eintreffen von Büchern vermaledeiter Sprache und unenthüllbaren Inhalts.«

Wie gesagt, reicht die Suche nach den Gründen solcher Verweigerung weit zurück, und sie hätte vielleicht so intensiv gar nicht stattfinden können ohne die Hoffnung auf ihre endliche Aufhebung, auch wenn er diese schöne Blochsche Kategorie für sich selbst kategorisch ablehnte.

Es kam nicht zu dieser Aufhebung. Statt dessen aber – und hier komme ich nun auf die Aufsätze dieses Bandes zurück –, einige Jahre nach dem Erscheinen der *Wanderjahre* und ein Jahr nach *Lefeu,* zu einem über nahezu eineinhalb Jahre sich hinziehenden Unternehmen, zu dem ein anderer Rundfunkredakteur, Ulrich Gembardt vom Westdeutschen Rundfunk, den Verfasser der am Ende für vergeblich befundenen *Wanderjahre* angestiftet hatte: zu einer zunächst in Gesprächsform konzipierten, später in die strengere und genauere Essayform umgegossenen Sendereihe »Bücher aus der Jugend unseres Jahrhunderts«.

Ausgangspunkt war der erste der fünf Essays der *Wanderjahre*, überschrieben wie gesagt »Frühe Weigerung«.
Was dort vor allem unter autobiographisch-selbstkritischem Aspekt, in einer Mischung aus Selbstanalyse (was oft auf Selbstanklage hinauslief) und Selbstverteidigung gegen die damals gerade in Mode gekommene linksintellektuelle Kritik des falschen Bewußtseins, das den Faschismus erst ermöglicht habe, als die einseitige literarische Sozialisation eines Waldgängers und unbemittelten Alpenländlers erschien, der Stehr und Waggerl las und Döblins *Berlin Alexanderplatz* halbgelesen aus der Hand legte (Wanderjahre Seite 16: »Zugegeben: ich befand mich auf dem Waldgang, weil der Stadtgang, soll man in ihm froh werden und nicht in der Trostlosigkeit herumstreunen wie Raskolnikow, jenes Geld kostet, das ich nicht besaß. Cafés, Theater, Kinos, das waren für mich teure Späße. Die Waldeinsamkeit kam mich billiger zu stehen, daß sie auch intellektuell wohlfeiler ist, begriff ich nicht«), wird hier nun erprobt und entfaltet an den Sachen selbst und bekommt, einer neuerlichen Prüfung unterzogen, seinen größeren Rahmen. (Im Nachlaß von Améry waren die Sendemanuskripte gebündelt unter dem Kürzel »Wiederlesen«.) Wo dort manchmal bloß Namen genannt und hier und da in halb belustigter, halb selbstdenunziatorischer Absicht ein paar Gedichtzeilen zitiert wurden, ohne den akademischen Aufwand übrigens des genauen und genau abgesetzten Zitierens (»Unermüdlich plätscherte durch viele Jahre der alte Brunnen in seinem Ohr. Er geht gleich weiter [der Wanderer nämlich] und nun rauscht's wie immer. O freue dich, du bleibst nicht einsam hier. Viel Wanderer gehn fern im Sternenschimmer und mancher noch ist auf dem Weg zu dir. Es gingen aber gar nicht so viele Wanderer durchs Land in diesen Tagen, wiewohl die Motorisierung unbeträchtlich war. Jedenfalls nahmen

die Leute für größere Strecken den Zug, nicht anders als in der *Modification* bei Butor, und der Sternenschimmer war ohnehin eine Abgeschmacktheit«), geht es hier jetzt handfest um die Texte selbst, Romane vor allem, um die exakten Konturen ihrer Verfasser, um die Wirksamkeit oder Popularität und die Auflagenhöhe ihrer Bücher, um die Kontinuität oder Diskontinuität ihrer Rezeption – kurzum: es ging jetzt um jenes berühmte Allgemeine, das sich im Besonderen eines wahrheitssüchtigen und folglich schmerzhaften Monologs eigentlich erst angekündigt hatte.
Nichts Geringeres ist dabei herausgekommen, als daß der schiefe, im nachhinein durchaus für mißlungen erachtete Bildungsweg des unmeisterlichen Wanderers keineswegs bloß sein persönliches Pech oder privates Versagen war, sondern als typisch für das Mittelstands-Bildungsbürgertum (oder was sich dafür hielt) gelten konnte. Und nichts Geringeres ist, ferner, dabei herausgekommen, als daß der so sehr (und so begreiflich) zum Monolog neigende Autor Jean Améry, von seinem Redakteur Ulrich Gembardt (der, wenn ich recht unterrichtet bin, nicht viel mehr als ein Jahrzehnt jünger als der Gesprächspartner und mit sehr vergleichbaren frühen Leseerfahrungen ausgestattet ist) zunächst in den Dialog, dann in die Auseinandersetzung gelockt, auf die Herausforderung reagiert hat mit einer Reihe literarischer Essays, an denen nicht nur ein stupender Kenntnisreichtum zu bewundern ist, sondern die, um nochmals jenes Lieblingswort aufzunehmen, für mich zum Luzidesten gehören, was Améry geschrieben hat, auch im Sinne von Leichtigkeit und Heiterkeit. Es findet nämlich hier doch einmal eine Verschränkung im glücklichen Sinne statt: seiner Fähigkeit zum Erzählen mit der analytischen Schärfe des Gedankens. Und hier muß nun nichts mehr widerrufen, nichts mehr immer wieder ausgelöscht wer-

den, denn literarisch ist hier ja sicheres Terrain. Es geht ja eben um »Bücher aus der Jugend unseres Jahrhunderts«, vor jener verhängnisvollen Schallgrenze also, dem Jahr 1938, als die Heimat zur Feindheimat und die Muttersprache zur Feindsprache wurde. Geprüft und gesichtet allerdings vom Jahre 1975 aus: also mit siebenunddreißig Jahren Erfahrungszuwachs eines unablässig lesenden und schreibenden Literaten, der nie aus dem Exil in die Heimat zurückgekehrt ist außer zu jenem »Weg ins Freie«, den er in einem Hotel in Salzburg nahm.
Ich habe, in meiner Eigenschaft als Literaturredakteurin des Norddeutschen Rundfunks, alle diese Sendungen dem WDR-Kollegen Gembardt nachgesendet und von einigen Spathörern unseres Dritten Programms viel positives Echo gehört, aber auch empörtes, daß sowas erst zu so später Stunde, nämlich abends um halb elf, zu hören sei. Als ich jetzt diese Manuskripte alle hintereinander noch einmal gelesen habe, fand ich, daß sie recht hatten in beiderlei Hinsicht. Dergleichen kriegt man wirklich selten zu hören (aber glücklicherweise jetzt ja zu lesen): Literaturkritik als Anregung zum Lesen, Bücher neu aufgerauht sozusagen, indem in Geschichten Geschichte gespiegelt wird über das Medium des historischen Geschicks des jeweiligen Autors und seiner literarischen Figuren. Geschick aber keineswegs verstanden als Schicksal, hingenommenes, sondern als Verstrickung in die Verhältnisse der jeweiligen Zeit, in der die meisten wenig Auswahl hatten, die jüdischen zumal, wie etwa Arnold Zweig, Autor des berühmtesten Romanzyklus über den Ersten Weltkrieg *Der Große Krieg der Weißen Männer* (berühmtester Band daraus: *Der Streit um den Sergeanten Grischa*), von dem Jean Améry (um hier nur ein Beispiel seines buchstäblich leidgeprüften Orientierungsvermögens zu geben) an einer Stelle sagt: »Ich glaube, man kann Arnold Zweigs gesamtes Werk

nicht richtig verstehen, wenn man nicht seine vertrackte Situation als *preußischer Jude* berücksichtigt, aus deren Perspektive die übergeordneten gesellschaftlichen Verhältnisse ein besonderes und eigentümlich schwankendes Licht erhalten. Der preußische Jude, dem der Antisemitismus schon lange vor Hitler sein Preußentum und Deutschtum grob in Frage gestellt hat, mußte Zuflucht suchen in Gedankengebäuden, die ihm eine durch den tragischen Geburtsfehler vom Anbeginn her schon beschädigte Existenz möglich machten: er fand sie im Sozialismus, im Zionismus, in der Freud'schen Tiefenpsychologie. Keines dieser Bauwerke war stark genug, den Stürmen der Zeit zu widerstehen; keines war so schwach, daß Zweig es ganz verlassen hätte. Alle drei erwiesen sich schließlich als unzureichend, ihm jenen festen Boden unter den Füßen zu schaffen, dessen der Dichter bedurfte. Da war dann am Ende vielleicht wirklich die DDR für diesen Mann die letzte Chance, das Leben im Alter zu bestehen. Und es war – auf anderer Ebene – der Erste Weltkrieg, in dem es doch in der Praxis so etwas gab wie den vollpreußischen volldeutschen Juden, das zentrale Erlebnis, dem Arnold Zweig sich nie entrang. Der Schriftsteller Bertin im *Grischa* ist ein bürgerlicher, liberalsozialistischer Zivilist, dem die Uniform lästig ist, ein Pazifist, der das Menschenschlachten zutiefst verabscheut. Was nichts daran ändert, daß Bertin-Zweig in der deutschen Uniform, inmitten der Kriegsgreuel, eine Identität besaß, wie sie dem Dichter erst viel später in der DDR wieder zugebilligt wurde.«
Wie schwierig aber auch Zweigs letzte Jahre in der DDR waren und voller Verstrickungen und Widersprüche, hat Améry schon auf den ersten Seiten seines Arnold-Zweig-Essays abgehandelt; man kann es da nachlesen.
Oder ein anderes Beispiel, diesmal mehr den Inhalt eines Buches betreffend, nämlich von Arthur Schnitzlers spätem

Roman *Therese – Chronik eines Frauenlebens.* Da heißt es, nachdem erst einmal, wie übrigens in allen diesen Aufsätzen, nach gut angelsächsisch höflicher Art, die bei uns so gern vernachlässigt wird, die Geschichte der armen Therese dieses Romans erzählt ist (wobei die Kunst natürlich in der präzisen Kürze der Inhaltsangabe steckt): »Diese vielleicht traurigste Frauengeschichte, die wir in der neueren deutschen Literatur kennen, wird von Schnitzler mit äußerster Diskretion erzählt, ›nach-erzählt‹ ist man versucht, zu sagen, denn bei jedem neuen Unglück, das die arme Therese trifft, meint man zu wissen: es sei doch so gewesen, es sei dies die Wirklichkeit eines Frauenlebens, das der Dichter zu hoch in Ehren hält, als daß er würde versuchen wollen, es durch erklügelte Stilmittel zu ›Literatur‹ zu machen. Aber Literatur, nun ohne Anführungszeichen geschrieben, große Literatur, entstand hierbei doch. Vielleicht gerade, *weil* Arthur Schnitzler hier nur nacherzählte, was ihm da und dort an Frauengeschicken begegnete. Er, der Meister raffinierter Konstruktion im Drama, hat hier auf jedes konstruierende procedere verzichtet. Er sah eine Schicksalslinie, die führte abwärts. Und er verfolgte sie mit jener impressionistischen Wirklichkeitstreue, die das Detail übersehen darf über dem Licht und Schatten. Renoir, schreibend.«

Es ist dies eine Sorte kritische Literaturgeschichte, die, wie Hans Mayer kürzlich einmal überspitzt formuliert hat, die professionelle Literaturwissenschaft einmal überflüssig machen könnte: interessant in der Fülle der Informationen, genau in den Details, genau in der Analyse, und vor allem genau in der Offenlegung der Bewertungskriterien, einer ebenfalls bei uns seltenen Tugend. Deren Grundposition allerdings nun, bei allen sozusagen laut denkenden und höchst anregenden Hin-und-Her-Erwägungen, die ganze Heerscharen doktorierender oder magistrieren-

der Literaturstudenten beschäftigen könnten (falls sie Bücher wie dieses lesen), eine ganz und gar entschiedene ist, die in gewisser Weise auch die Ablehnung der Konkreten Poesie erklärt (wenngleich sie die beschriebene Verschränkung in Amérys Büchern, die zu seinen Lebzeiten erschienen, in keiner Weise aufhebt). Am bündigsten vielleicht mitgeteilt im schon einmal zitierten Arnold-Zweig-Aufsatz: »Hier tritt uns noch einmal und auf imponierende Weise mit Magnifizenz und Selbstgewißheit der *realistische Roman* entgegen und der realitätsgetreue Erzähler, der uns nicht weismachen will, er sei nicht allmächtig und allwissend. Tatsächlich ist ja der Erzähler *immer* allwissend, auch dann, ja namentlich dann, wenn er so tut, als rollten Verläufe ab, auf die ihm der Zugriff verwehrt ist.«
Aber das alles geschrieben in einer leicht und verständlich und geduldig und passagenweise heiter hinfließenden Sprache. Wer sich der Stimme von Jean Améry erinnert, hört ihn erzählen. Erzählen. Dozieren war seine Sache nicht.
Denn — um nun zum Schluß das Zitat aus dem Vorwort der *Unmeisterlichen Wanderjahre* einzulösen, das ich diesen Überlegungen als Motto vorangestellt habe: »Ich spreche aus dem Hause, wenn auch gewiß nicht für das Haus« — pro domo, also für das Haus (was ja viel mit Dozieren zu tun hat), konnte Jean Améry wohl nicht gut sprechen; denn mit dem war es schwerlich besser bestellt als mit jenem abbruchbestimmten Haus in der Rue Roquentin in Paris, aus dem der Maler Lefeu sich schlußendlich doch vertrieben sah (und eben aber nicht an seiner eigenen Brandstiftung starb, sondern — obwohl in diesem Zusammenhang — an Herzversagen, um es einmal so schlicht zu sagen). *Aus* dem Hause aber war, bis zum Punkt dieses Herzversagens der literarischen Figur Lefeu, das am 17. Oktober 1978 endlich dann doch per Entscheidung

eingelöst werden mußte, viel zu erfahren, wenn auch, von einem Menschen, der auf unvergleichliche Weise heiter sein konnte, aufs Ganze gesehen wenig Heiteres.

Hannover, im August 1980

Die Feinde der Zivilisation
Hamsun und die Seinen

Bald nach Hitlers Machtantritt im Jahre 1933 erfuhr eine kopfschüttelnd staunende literarische Weltöffentlichkeit, es habe sich der damals schon greise norwegische Nobelpreisträger für Literatur, der 1859 geborene Knut Hamsun, einschränkungslos für Hitler und dessen norwegischen Gefolgsmann, den Major Quisling, ausgesprochen. Knut Hamsun – NS-Trabant! Viele seiner Leser ließen es nicht sein Bewenden haben mit dem Kopfschütteln: sie sandten massenweise an die persönliche Adresse Knut Hamsuns die in ihrem Besitz befindlichen Bücher des Autors zurück, so daß die Postbehörden eine eigens für die Zustellung dieser Pakete bestimmte Dienststelle einrichten mußten. Das Drama nahm seinen Fortgang. Hamsun – anders als manch deutscher Dichter – versuchte es nicht mit Diplomatie und Lavieren. Er blieb in schrecklicher und befremdender Treue dem Führer des Dritten Reiches verbunden, während die besten unter seinen Landsleuten sich im Widerstand sammelten. Man stellte nach dem Zusammenbruch des Nazireiches den uralten und stocktauben Mann in seiner Heimat vor Gericht. Er widerrief nichts, sagte nur abwesend, er habe gar nicht so recht gewußt, worum es sich da eigentlich handle, niemand habe ihn aufgeklärt, ihm einen Wink gegeben. Er wurde wegen seines hohen Alters nur zu einer Geldstrafe verurteilt und starb »auf verwachsenen Pfaden«, wie sein letztes Buch hieß, im Jahre 1952, ein steinalter Mann von 92 Jahren.

Seit 1945 ist dieser Dichter der literarisch bewegten öffentlichen Meinung, und namentlich der deutschen, eine einzige große Verlegenheit. Man kann ihn nicht abtun wie einen beliebigen Blut-und-Boden-Brummer, sagen wir: einen Griese oder Blunck. Dazu ist er zu groß, und seine Dimension muß noch von den erbittertsten Gegnern seiner Ideologie, zu denen ich mich zähle, erkannt und anerkannt werden. Man kann ihn auch nicht hinstellen als einen Mann der großen Sprache, aber des schwachen, verstörten Kopfes, wie den Lyriker Ezra Pound, und ihn auf diese Weise retten. Man kann nicht einmal sagen: nun ja, er hat geirrt, aber er hat kein Unheil gestiftet, so nehmen wir ihn denn auf ins Pantheon der Dichtkunst und reden wir nicht über seine politischen Holzwege! Denn er *hat* Schlimmes angerichtet durch seine starre pro-nazistische Haltung, in seiner Geburts-Heimat sowie im Vaterland seiner Wirkung, in Deutschland. Knut Hamsun läßt sich also nicht – im psychoanalytischen Sinne – verdrängen. Die Auseinandersetzung mit ihm ist geboten, und sie wird, dies sei vorweggenommen, zu einer melancholischen Paraphrase des von Thomas Mann angeschlagenen Themas »der Dichter und die Gesellschaft« werden, mit anderen Worten: wir werden gehalten sein, den Dichter human und gesellschaftlich zu verurteilen und gleichsam in einem Arbeitsgang literarisch einen Wiedergutmachungsprozeß *für ihn* zu führen. Das heißt aber nichts anderes, als daß Ästhetik und Ethik, Kunst und Politik brutal voneinander getrennt werden – ein Verfahren, bei dem einem nicht behaglich ist, das aber wohl oder übel vollzogen werden muß.

Eine persönliche Erinnerung sei mir gestattet: Um 1928 fiel mir Knut Hamsuns Roman *Das letzte Kapitel* in die Hände. Die Volksausgabe, in der ich das Werk las, einen Sanatoriumsroman, der eigentümliche Parallelen, aber auch Kontradiktionen zum *Zauberberg* nahelegt, trug eine Schleife, auf der lapidar stand: »Der größte Lebende! – Thomas Mann.« Ich las – und ließ sehr bald mich von diesem publizitär groß herausgestellten Urteil Thomas Manns durch die Lektüre überzeugen. Es handelt sich in diesem Werke um die Errichtung eines Sanatoriums in einer norwegischen Berglandschaft, also gewissermaßen um den Einbruch der Zivilisation in die Natur. Das Sanatorium verkörpert alles Böse, Windige und Liederliche der städtischen Zivilisation, weswegen es denn auch bald, nachdem es genug Unheil angerichtet hat, zum Raub der Flammen wird. Der Humbug-Welt des Sanatoriums steht gegenüber wie ein starker Baum der junge Bauer Daniel, der in harter Arbeit allein seinen Acker bestellt. Hier wiederholt sich das vorher und nachher durch Hamsuns Werk sich ziehende Motiv vom *Segen der Erde* – dies ist der Titel seines berühmtesten Buches, das im Original schon 1917 erschienen war – und vom Unsegen der technischen Welt, bzw. der Stadt. Hamsun (eigentlich Knud Pedersen), Sohn eines Handwerkers, Taugenichts, Kenner des Hungers, über den er so großartig in seinem so benannten Erstlingsroman geschrieben hat, Kind eines Landes, das spät in die Phase der Industrialisierung und des modernen Kapitalismus gelangte, ist in allen seinen Werken *auf der Flucht vor der sozialen Realität*. Er war nicht willens, einen offensichtlich irreversiblen Prozeß einfach hinzunehmen. Er revoltierte. Seine Revolte nahm da und dort den Charakter der Neurose an. Alle seine Helden, sei es der Leutnant Thomas Glahn aus dem *Pan*, sei es der eben erwähnte Daniel des *Letzten Kapitels*, sei es der Protagonist des Erstlings *Hunger*, der kein anderer ist als der hungernde Dichter Hamsun selber, sei es der Handlungsträger seines in meinen Augen schönsten Romans *Mysterien*, zeigen die Aggressivität des Neurotikers, die gelegentlich zur Hysterie wird. Hamsuns Helden sind, wenn man so will, blinde Neinsager. Sie vollziehen, freilich jenseits jeglicher soziologischen Reflexion, das, was noch bis vor ein paar Jahren Herbert Marcuse als die »große Weigerung« empfahl. Hier schließt sich, wenn ich es in Parenthese sagen darf, auf eine verwirrende Weise der Ring: Was einst die Schlagworte der »Rechten« waren – Widerstand gegen technisch-naturwissenschaftliche Zivilisation, Verherrlichung der Regionen, der Dialekte, des *einfachen Lebens* – dessen hat sich neuerdings die Linke mit ihrem ökologischen Furor bemächtigt, während die Rechte ihrerseits Expansion und wissenschaftlichen Fortschritt im Banner führt. So wird die Gestalt des reaktionären Hamsun, der die Amerikaner und die Briten, die er überhaupt nicht kannte, irrational gehaßt hat, zu einem packenden Beispiel für geistesgeschichtliche Dialektik.

Doch müssen wir Knut Hamsun innerhalb des Kontextes *seiner* Epoche sehen, und in dieser war er nun tatsächlich *reaktionär.* Sein Widerwille gegen die Großstadt, die für ihn stets das wahrhaftig harmlose Christiania (heute: Oslo) war, sein charakteristischer Intellektuellen-Anti-Intellektualismus, der fast erschreckend aus seinem Roman *Neue Erde* uns entgegentritt, seine Verherrlichung einerseits des Bauern, andererseits des Vaganten, in jedem Falle also: des der modernen Zivilisation gegenüber *außenseiterischen* Menschen – all dies müssen wir politisch als reaktionär veranschlagen, zumal ja, wie schon gesagt, keinerlei valable gesellschaftskritische Reflexion die blinde Aggressivität bei ihm auswog. Soll man sentenziös sagen: »an ihren Früchten sollt ihr sie erkennen« und vielleicht bei dieser Gelegenheit hinweisen auf die literarischen Hamsun-Verwandten, die nun ihrerseits bei einer irrationalistisch gestimmten, weil der Zivilisation nicht habhaften Jugend der Zwischenkriegszeit gefährliche Wirkungen auslösten? Vielleicht. Vielleicht ist es der Moment, hier exemplarisch von Autoren zu sprechen, die im Schatten Hamsuns standen und geistig Blutsverwandte des Norwegers waren. Ich habe den Deutschen Manfred Hausmann, den Österreicher Karl Heinrich Waggerl und den Franzosen Jean Giono im Sinne, wohl wissend, daß sich noch zahlreiche andere Schriftsteller ähnlicher Tendenz in diesem Zusammenhang nennen ließen.

Im Falle der beiden deutschsprachigen Erzähler ist der Einfluß Hamsuns bis in Kleinigkeiten des Duktus und der Syntax nachweisbar; für stilkritische Germanisten müßte es ein Vergnügen sein, hierüber zu arbeiten. Manfred Hausmann hat in seinen bekanntesten Büchern, *Lampioon küßt Mädchen und kleine Birken* und *Salut gen Himmel,* das Vagantenmotiv Hamsuns aufgegriffen. Es sind harmlose Bücher, von weither auch dem guten alten *Knulp* Hermann Hesses verwandt. Oder sind sie am Ende doch nicht ganz so gefahrlos? In Hausmanns *Lampioon* gibt es ein Kapitel, überschrieben: »Zwei Mörder lieben das Leben«, in dem sich herausstellt, daß die landschaftsberauschten Landstreicher, die da in irgendeinem kühlen Grunde ihre gut Hamsun'sch abgerissenen und schlecht artikulierten Gespräche führen, Menschenleben auf ihren offenbar nicht überempfindlichen Gewissen haben. Von der Zivilisationsfeindlichkeit des Lagerfeuers scheint da ein gerader Weg ins Verbrechen zu führen: er wurde später von so manchem Wanderkumpel eingeschlagen. — Karl Heinrich Waggerl, ein Mann, der in seiner engeren österreichischen Heimat großes Ansehen genoß, dessen Photo man in Salzburger Souvenir-Läden kaufen konnte und der noch bis knapp vor seinem Tode alljährlich zur Adventszeit mit Vorlesungen seines folkloristischen Kunstgewerbes die riesige Wiener Stadthalle füllte, führte

das Hamsun'sche Bauernmotiv weiter, und zwar in einer so fast karikaturistisch nachahmenden Form, daß Kurt Tucholsky von ihm sagte: »In Österreich gibts 'nen jungen Mann, der schreibt alle Romane von Hamsun nochmals.« Man könnte auch sagen: hätte Robert Neumann eine Hamsun-Parodie geschrieben, er hätte die gleichen Wendungen und Metaphern gebraucht wie jener Waggerl, dessen Roman *Brot,* eine naturgetreue Kopie von Hamsuns *Segen der Erde,* in den dreißiger Jahren einer der erfolgreichsten deutschsprachigen Romane war.
Und nun schließlich zum dritten Hamsun-Nachfahren, dem Franzosen Jean Giono, von dem ich freilich nicht weiß, ob er Knut Hamsuns œuvre überhaupt gekannt hat oder ob er ganz eigenständig zu einem Hamsun der Landschaft der Haute Provence wurde. Gleich Hamsun und Waggerl verherrlichte Giono, dessen literarischer Rang allerdings im Gegensatz zu dem der Hausmann und Waggerl, nicht in Frage gestellt werden kann, das bäuerliche Leben, das bei ihm zu einem modern-heidnischen Mythos wurde. Seine Romane *Der Hügel, Die große Ernte, Der Träumer* wurden zur Bibel einer zivilisationsmüden französischen Jugend. Konsequenter als Hamsun und dessen deutsche Abstämmlinge, hat der Franzose Giono politisch eine pazifistische Haltung eingenommen: der große Pan marschiert nicht im Gleichschritt, führt nicht Krieg. Dieser Pazifismus – und auch die Tatsache, daß die deutschen Polit-Ideologen in ihm einen »nützlichen Idioten« witterten und ihn für ihre Zwecke förderten – führten ihn schließlich in die Nähe der Collaboration mit dem Besatzer, so daß er nach der Befreiung Frankreichs etwelchen Ärger mit den Behörden der Vierten Republik bekam. Dieser ist längst vergessen. Eine neue, ökologisch bewegte Jugend, für die Maquis und Collaboration so historisch sind wie die große Revolution, nimmt ihn generös wieder

auf, ein literarisches Wiedergutmachungsverfahren zu seinen Gunsten ist überflüssig.
Zu bedenken wäre nur ein sowohl für Hamsun selber wie für seine Nachahmer gültiges reichlich verwirrendes Faktum. Als Ideologen einfachen bäuerlichen Lebens auf angestammter Scholle wie auch als zivilisationsflüchtige Vaganten waren Hamsun und die Seinen zugleich verspätete Nachzügler – und Vorläufer. Sie sprachen den *Segen der Erde* aus zu einer Zeit, da gesellschaftlich der Bauer bereits im Begriffe stand, zum modernen Farmer zu werden; sie zeichneten den mit großartiger Geste über die Felder schreitenden Sämann und den sensenschwingenden Schnitter, als bereits der Traktor auf dem Programm jedes vernünftigen Landwirts stand. Oder sie feierten die Freiheit des Vaganten, des abends am Dorfbrunnen aus der hohlen Hand Wasser schöpfenden Wanderers, da die Gesellschaft schon so verwaltet war, daß jedem übers Land streunenden Nichtstuer Unannehmlichkeiten mit den Behörden drohten. Sie waren in hohem Grade unzeitgemäß. Und sie wiesen dennoch vorwärts in unsere Gegenwart, die im Begriffe steht, den Zauber des magischen Wortes »industrielle Expansion« zu brechen, die von reinen Flußwassern träumt und in der es nachgerade als fortschrittlich gilt, *kein* Automobil zu besitzen. – Innerhalb des politischen und sozialen Referenzsystems *ihrer* Epoche waren sie freilich, der Großmeister und die kleinen Leute, insofern politisch klar rückgewandt, als sich ja keiner von ihnen mit den realen, will sagen: den damals gegebenen ökonomischen Problemen des Landwirts befaßte. Der Bauer war für sie keine Realität, sondern ein Mythos, ebenso wie der Landstreicher, dessen wirkliche Existenz entschieden besser von gewissen Amerikanern – ich denke da namentlich an Jack Kerouac und sein Buch *Unterwegs* – erschaut und beschrieben wurde als in ihren

Schriften. Diese setzten gleichsam »Goldschnitt« an. Sie sind unlesbar – soferne nicht etwas hinzukommt, von dem ich gleich so ausführlich handeln werde, wie die Zeit es gestattet: das dichterische Genie oder, zeitgemäßer: der *literarische Rang.* Und damit komme ich wieder zurück auf den Autor, um den es uns ja hier in erster Linie geht, auf Knut Hamsun.

Hamsun war, ideologiekritisch gesehen, ein reaktionärer Schriftsteller. Er war Faschist, war sogar hartnäckiger Nazi. Und war dennoch, was sich eingestehen muß, wer sich nicht selbst betrügen will um der guten demokratischen Sache willen, *einer der großen Dichter des Jahrhunderts.* Er trat als 29jähriger, also relativ spät, mit Eclat auf den Plan mit der Veröffentlichung seines Romans *Hunger,* den der Verleger Edward Brandes, ein Bruder des berühmten Georg Brandes, herausbrachte; ein Jude – er wurde von seinem Schützling schlecht bedankt. Schon der Erstling zeigte alle Qualitäten, mit denen Hamsuns spätere Werke und unter ihnen sogar die schwächeren und allzu populären, wie *Pan* und *Viktoria,* uns überzeugen, um nicht zu sagen: überwältigen. Da ist zunächst ein Kriterium hervorzuheben, worüber man sich, wenn man von literarischer Qualität spricht, gewiß auf breitester Ebene leicht einigen kann: *Ursprünglichkeit.* Knut Hamsun spricht seine eigene Sprache. Sein Ton ist ebenso unverwechselbar wie etwa der eines Hemingway. Hamsuns Stil frappiert durch ein unsentimentales, knappes Parlando. Er ist im eigentlichen Wortsinne ein Erzähler. Nur freilich: er erzählt nicht breit hinrollend, sondern karg, andeutend, gleichsam verschämt, als wolle er das Wichtigste ungesagt lassen. Seine Prosa ist voll von Auslassungen, die vielleicht am besten mit den Hohlformen des Bildhauers Henry Moore zu vergleichen sind. Zu dieser Technik des Weglassens gibt es einen interessanten Hinweis. Im Jahre

1951 – Hamsun ist bereits uralt und fast blind – proponiert ihm seine Frau Marie, die, beiläufig, schwere Mitschuld trägt an seinen politischen Abirrungen, daß *sie* allenfalls das zweite seiner Erinnerungsbücher schreiben wolle. Darauf sagt ihr der Dichter, wenn sie dies tue, käme viel darauf an, daß sie nicht zu kompakt schreibe, dies wirke stets als leicht dilettantisch; man müsse den Lesern etwas überlassen. Mit diesem Gedanken des Andeutens, des Offenlassens, des Zweifels, der Undeutlichkeit, vor allem: der *Mitarbeit des Lesers am Werk* steht Hamsun als ein moderner Autor vor uns, moderner als Thomas Mann in Deutschland oder Martin du Gard in Frankreich. Hier sind die großen Realisten, die Balzac, Dickens, Tolstoj nicht mehr Paten. Hier ist die Wirklichkeit nicht mehr das getreulich abgeschilderte Detail, sondern der allerwegen mysteriöse Augen-Blick, der Moment. Damit introduziert Hamsun sowohl ein impressionistisches wie auch ein surrealistisches Element in seine erzählende Prosa. Auch ist er nicht eigentlich ein psychologisierender Romancier. Er versucht sich nicht als Analytiker der psychischen Existenz seiner Personen. Er läßt sie agieren, läßt Motive ihres Agierens allenfalls erahnen, stellt es aber letztlich dem Leser anheim, über die Ursachen ihres Verhaltens nachzudenken. Philosophisch gefaßt: Sind die großen realistischen Romanciers, seine Zeitgenossen, die Schnitzler, Proust, Martin du Gard, Thomas Mann – und ich nenne willkürlich ein paar Namen, die gegen andere auswechselbar wären – Deterministen, Leute also, die uns ihre Protagonisten durch Heredität und Milieu zu vermitteln und aufzuhellen trachten, so ist Hamsun Indeterminist, allenfalls sogar Existentialist im Sinne des frühen Sartre.

Beispielhaft für seine Erzählweise erscheint mir heute, beim Wiederlesen, wie vor vierzig Jahren, als ich Hamsuns

Romane nacheinander geradezu gierig zum erstenmal verschlang, sein schon erwähntes Buch *Mysterien,* ein vergleichsweise wenig erfolgreiches, das im Original im Jahre 1892 erschien. Es ist ein hochgradig außenseiterisches Werk, von dem man sich wohl vorstellen kann, in welchem Maße es die zeitgenössische Leserschaft befremdet haben muß. In Deutschland lehnte sogar S. Fischer, der doch mit Vorliebe skandinavische Autoren präsentierte – Jonas Lie, Johannes Vilhelm Jensen, Laurids Bruun und selbstverständlich Björnson und Ibsen – das Buch ab. Es ereignet sich in diesem Roman so gut wie nichts. In einer kleinen norwegischen Hafenstadt erscheint ein seltsam sich verhaltender und auch seltsam gekleideter Fremder, der sich Johan Nilsen Nagel nennt und über dessen wirkliche Bewandtnisse der Leser auch nach abgeschlossener Lektüre im unklaren bleibt. Der Fremde, ein exaltierter, zur Polemik neigender Mensch, führt ständig ein Giftfläschchen mit sich, sowie einen Geigenkasten, in dem sich allerdings nur schmutzige Wäsche befindet. Er verliebt sich gleichzeitig in zwei Frauen, spielt plötzlich bei irgendeiner Gelegenheit tatsächlich die Geige mit der Technik eines Virtuosen, adressiert Telegramme an sich selber, prügelt sich mit einem der Stadt-Honoratioren – und stürzt sich schließlich ins Wasser. Die einzelnen Handlungsvorgänge sind je und je mit Präzision in dem einzigartigen, etwas wegwerfenden Hamsun-Ton erzählt. Die Liebeserklärungen des Protagonisten haben ein dostojewskisches, zwischen Herausforderung und Demut oszillierendes Pathos. Die Verzweiflungsausbrüche des armen, verirrten Nagel sind von unanzweifelbar autobiographischer Authentizität. Gleichwohl bleibt – das Buch heißt ja *Mysterien,* der Verfasser spielt also mit offenen Karten – das Handlungsgeschehen undurchsichtig. Es ist der Leser, der sich seinen Reim

machen muß auf dieses Buch – nicht anders als etwa bei Robbe-Grillet, mit dessen *Augenzeugen* Hamsuns Frühwerk eine eigentümliche Verwandtschaft hat.
Ich habe von *Mysterien* so ausführlich gesprochen, weil wir es hier mit einem der weniger bekannten Bücher Hamsuns zu tun haben. Andere Werke haben der schweigenden Erosionsarbeit der Zeit, das heißt in diesem Falle: der allgemeinen literarischen Entwicklung weniger starken Widerstand entgegensetzen können, wie etwa *Viktoria,* das Hamsun selber als »nur ein bißchen Lyrik« bezeichnet hat, oder auch *Pan,* das Lieblingsbuch zweier Generationen zwischen 1900 und 1930. Wieder andere, wie der Wanderer-Roman *Die letzte Freude,* sind vergessen, dürfen als immer noch gut lesbar, aber nicht als lesensnötig bezeichnet werden. Hamsuns in meinen Augen wichtigste Romane – jenseits der beiden tours de force *Hunger* und *Mysterien,* die allemal einerseits die ideologisch-intellektuelle Schwäche des Dichters, andererseits aber sein überwältigendes dichterisches Können bezeugen und darum auch heute noch ebenso präsent sein sollten wie Joyce (der es ist) und Proust (der in Deutschland niemals die ihm entsprechende Würdigung fand) – sind die sogenannten *August*-Romane (*Landstreicher, August Weltumsegler, Nach Jahr und Tag)* sowie *Das letzte Kapitel, Die Weiber am Brunnen* und schließlich auch jenes Buch, das ärgerlicherweise häufig mit den Produktionen nazideutscher Blut-und-Boden-Konfektionäre in eine Reihe gestellt wurde, *Segen der Erde.*
Zur Tragik Hamsuns gehört ein Faktum, das vielleicht noch nie hinlänglich durchleuchtet wurde und auf das in dem mir gesteckten engen Rahmen natürlich auch ich nur ganz oberflächlich verweisen kann: ich meine seine intellektuelle Existenz als ein Autodidakt, der aber nicht einmal eine gründliche autodidaktische Bildung sich zu eigen

gemacht hat wie Hermann Hesse, wie Thomas und Heinrich Mann. Wäre Hamsun, der arme Prolet, Handwerkerssohn, der als junger Mensch vorübergehend in den Vereinigten Staaten weilte und dort zeitweilig Straßenbahnschaffner war – wäre dieser Hamsun entweder ein Proleten- und Bauerndichter geblieben (wie der Deutsche Oskar Maria Graf) oder aber hätte er sich systematisch selbst erzogen und wäre schließlich wirklich der Intellektuelle geworden, der er seinen Anlagen nach war – es würde ihm wahrscheinlich niemals das politisch-ideologische Unheil zugestoßen sein, in das er sich dann wie ein Lemming hineinstürzte. So wie er es anstellte, mußte er zu einem viertelgebildeten Außenseiter werden, von weither verwandt jenem anderen Bildungskrüppel, den Thomas Mann einmal als *Bruder Hitler* bezeichnet hat. Sein verzweifelter Individualismus, der sich gerade noch von Nietzsche angesprochen fühlte oder von dem heute vergessenen Schopenhauerianer Eduard von Hartmann, oder auch von dem psychisch labilen Strindberg, machte ihn unfähig, aus den vorgefundenen gesellschaftlichen Tatbeständen die ideologisch und sozial richtigen Konsequenzen zu ziehen. Verhängnisvoll für ihn war auch das, was Fontane einst den deutschen »Skandinavismus« genannt hat, jene süchtige Suche der Deutschen nach dem »wirklichen Germanentum«, die so weit ging, daß sogar Arno Holz und Johannes Schlaf ihre ersten naturalistischen Novellen unter dem Pseudonym Bjarne P. Holmsen veröffentlichten. So mußte denn schon rein wirtschaftlich Deutschland, das er schlecht gekannt hat, zu seinem imaginären Land des Heils werden, dem er mißverständlich verbunden blieb bis zum gallbitteren Ende.

All dies sollte erkannt werden, damit Knut Hamsun endlich wieder jenen Platz erhält, der ihm zukommt. Denn er *war* einer der Giganten der Jahrhundertwende, jener

Epoche des Aufbruchs und Anbruchs, neben der unsere Zeit sich literarisch schrecklich dürftig ausnimmt. Er steht seinem Range nach in der vordersten Reihe, gleichberechtigt neben denen, die lebendig sind wie Joyce, Musil, Thomas Mann, Kafka und so manchen anderen, die, wie er, erst noch wiederentdeckt werden müssen: wie Schnitzler, Roger Martin du Gard, Heinrich Mann.

Deutsche Landschaft, deutsche Seele
Hermann Stehr, Ernst Wiechert mit Familie

Wir hatten letztens Gelegenheit, hier von Knut Hamsun und drei seiner geistigen Familienangehörigen zu sprechen: dem Deutschen Manfred Hausmann, dem Österreicher Karl Heinrich Waggerl, dem Franzosen Jean Giono. Der Weg von ihnen zu jener Dichtung, die man gemeinhin als »Heimatdichtung« bezeichnet, ist kein langer, haben doch sowohl Hamsun wie die drei anderen das Hohelied der Wälder, des einfachen Lebens, des Bauerntums gesungen. Wir werden diesen Weg einschlagen und zuvörderst nur den Vorbehalt machen, daß Hamsun und die Seinen zwar *auch*, ganz wie die hier zu besprechenden Heimatdichter, das flache oder gebirgige Land gegen die Großstadt stellten, daß sie dies aber in bewußt *außenseiterischer* Haltung taten. Im Gegensatz dazu wollen sich die Heimatler, von denen nunmehr die Rede ist, als *Innenseiter der Gesellschaft* verstanden wissen: sie haben zumeist eine soziale Vorstellung, die sich an der Vergangenheit orientiert, sind keine Propheten irgendeiner blinden Neinsage oder Weigerung wie vor allem Hamsun, wollen vielmehr etwas wieder heraufführen, das gesellschaftlich *war* und von dem sie wünschen, daß es wieder sein solle.

Aus diesem Grunde habe ich – entgegen der geläufigen Etikettierung literarischer Reallexika – nicht die Tendenz, mit dem Begriff der Heimatliteratur Namen wie Gottfried Keller, Jeremias Gotthelf, Ludwig Anzengruber zu verbinden, und dies ganz abgesehen von der Tatsache, daß wir uns ja mit der Literatur aus der Jugend *unseres*, des 20. Jahrhunderts, befassen wollen. In meinen Augen sind nämlich die eben genannten Autoren, die allesamt im 19. Jahrhundert wurzelten und wirkten, ganz einfach große *Realisten* ihrer Zeit, zum Teil, wie im Falle Anzengrubers, sogar *soziale* Realisten. Wenn Gottfried Keller das Heimatdorf seines Heinrich Lee beschreibt, dann ist dieses auf ganz natürliche Weise die Umwelt des jungen Schweizers seiner Zeit – die Umwelt und die Welt. Erzählt Anzengruber vom *Sternsteinhof*, dann ist dieser keine pittoreske Staffage; er ist des bäuerlichen Österreichers soziale Wirklichkeit, und es ist gut, diese zu kennen, um nicht zu meinen, Musils Wienerisches »Kakanien« sei das ganze Österreich gewesen. Den gleichen unmittelbaren und unbefangenen Realitätsbezug haben Jeremias Gotthelf und Peter Rosegger. Sie sind Heimatdichter, weil für sie »Heimat«, will sagen: der Hof, das Dorf, der Wald und der Acker nicht nur ihre persönliche Realität waren, sondern auch diejenige der Majorität ihrer Landsleute: noch war ja die Industrialisierung nicht überall lebensbestimmend, noch nahm die große Stadt eine quasi exotische Stellung ein, war Randphänomen einer wesentlich agrarisch gebliebenen Gesellschaft. Spreche ich also von Heimatliteratur, dann meine ich jene, für die Land und Landschaft, Forst und Scholle etwas war, das sie ganz bewußt der Realität ihrer Zeit, die bereits durch Großstadt und Industrie charakterisiert war, entgegenstellten. Sie waren – gleich Hamsun, nur auf ästhetisch und psychologisch ganz verschiedene Weise – Flüchtlinge aus ihrer Epoche, deren von außen politisch erfahrbare und seelisch als Befindlichkeit verspürte Struktur sie ablehnten. Es waren gute, mittlere und schlechte Schriftsteller unter den Heimatdichtern im ersten Drittel des Jahrhunderts. Vergessene und andere, die zumindest der älteren Generation unter unseren Zeitgenossen geläufig sind. Sie trieben ihr Wesen und Unwesen im Norden Deutschlands wie Timm Kröger oder Gustav Frenssen, in Bayern wie Ludwig Thoma und Ganghofer, in Österreich wie Rudolf Hans Bartsch, Rudolf Greinz und Karl Schönherr. Sie sind nicht immer klar zu trennen von jenen tristen Figuren, die als »Blut-und-Boden«- (abgekürzt: »Blubo-«)Autoren von den Nazis der großstädtischen »Asphaltliteratur« beispielhaft als Widerpart empfohlen wurden. Sie hatten ihre Theoretiker und Praktiker wie den Elsässer Friedrich Lienhard, dessen Pamphlet *Die Vorherrschaft Berlins* die preußische Metropole als die große Hure Babylon hinstellte, und den aus Barmen stammenden Will Vesper, der in seiner Zeitschrift *Die Schöne Literatur* das Seine tat, um die oftmals harmlosen Wald- und Wiesengänger braun einzukleiden.

Heute möchte ich zwei Autoren präsentieren, die man füglich als Heimatdichter bezeichnen darf, die vielleicht auch durch ihr Werk dazu beigetragen haben, die Blut-und-Boden-Ideologie vorzubereiten, die aber gleichwohl nicht im Gleichschritt mit den Nazis marschierten. Ich gestehe, daß ich sie auch darum aus der Fülle wählte, weil sie mir, als ich – leider vor vielen, vielen Jahren – ein junger Mensch war, starken Eindruck machten. Ich spreche von dem Schlesier Hermann Stehr und dem Ostpreußen Ernst Wiechert.

Stehr, Zeitgenosse, engerer Landsmann und persönlicher Freund Gerhart Hauptmanns, ist gewiß vielen von Ihnen, meine Damen und Herren, noch wohlbekannt. Sein berühmtestes Werk, der Roman *Der Heiligenhof*, wurde in rund 670 000 Exemplaren verkauft, von denen etwa 300 000 noch nach dem Zweiten Weltkrieg Interessenten fanden. Auf ihn trifft leider zu, was der französische Literaturhistoriker Robert Minder, ein Elsässer, über die deutsche Heimatliteratur gesagt hat: »Die rassisch determinierte Heimatkunst, wie sie in Deutschland um die Jahrhundertwende aufkam, war keine Neuerung, sondern Regression. Das Landleben wurde isoliert, der Zeiger der Weltuhr mit Gewalt zurückgedreht, an den elementarsten Tatsachen und Grundbedingungen – auch auf dem Lande – stur vorübergegangen.« So ist es, leider, und wenn ich mich heute frage, wie es kommen konnte, daß ich noch in den ersten Dreißigerjahren diesen Hermann Stehr so hoch schätzte, dann fällt mir keine bessere Erklärung hierfür ein als diese: ein junger Mensch, Kind der großen Weltwirtschaftskrise, das seine Armut von den Freuden und Annehmlichkeiten des Großstadtlebens verwies, flüchtete sich mit Dichtern vom Schlage unseres Stehr in die Natur, die nichts kostete, rettete sich in eine ganz und gar imaginierte heile Welt, da doch die wirkliche unheil war in hohem Grade. Auf jeden Fall war es purer Eskapismus, sich anno 1930 mit dem *Heiligenhof* zu befassen. In diesem Werk, von dem ich als dem beispielhaften sprechen will, handelt es sich darum, daß zwei Großbauernhöfe, die Anwesen der Familien Sintlinger und Brindeisener, miteinander verfeindet sind, etwa wie die Montagues und die Capoulets bei Shakespeare. Und ganz wie in Shakespeares *Romeo und Julia* gibt es eine Liebesbeziehung zwischen den beiden als »Fremdhöfe« vom Dichter bezeichneten Clans: die Sintlingers haben eine Tochter, das blinde und »heilige« Mädchen Helene, deretwegen der Sintlingerhof auch zum *Heiligenhof* wird, die Brindeiseners einen Sohn. Zwischen Helene und dem Sohn des »Fremdhofes« Peter Brindeiseners entspinnt sich eine amouröse Beziehung. Aber, mein Gott, das Wort »amouröse Beziehung« ist ja so frivol, daß der arme Hermann Stehr sich im Grabe umdrehen würde; unter so feierlich-bodenständigen Menschen gibt es nichts Amouröses! Wie immer dem sei, die Sache geht schlecht aus, muß schlecht ausgehen, denn sowohl Sintlingers wie Brindeiseners sind lauter Leute, die in Permanenz grübeln, sich wandeln, sich suchen, sich nicht finden, vor allem: mit sich ringen. Diese seelischen Ringkämpfe, die uns vorgeführt werden, sind schrecklich ermüdend, und das Grübeln ist ergebnislos, weil es in einer mysteriösen Seelenregion stattfindet, so daß wir niemals darüber ins reine kommen, was denn der eigentliche Gegenstand der anstrengenden und für die Leute ruinösen Grübelei ist. Das Ganze geht vor einer dramatisch beleuchteten Kulisse von Berg und Wald vor sich. Es scheint, daß Stehrs Personen die Verpflichtung eingegangen sind, allerweilen ihrem Gott persönlich gegenüberzutreten, und dies vorzüglich im finsteren Schatten gewittrig drohenden Gebirges. In dieser Welt spukt es. Frau Sintlinger hört nächtens das »Sinnschreiten« ihres Mannes. »Sinnschreiten« — was immer das sei. Das blinde Mädchen hebt (Zitat) »sich selbst mit der ganzen Inbrunst ihres verscheuchten, sehnsüchtigen Lebens ins Raumlose hinein«. Das ist ein schlimmer Stil, doch gilt es zu begreifen, wie folgerichtig er der Ausdruck einer deutschen »Innerlichkeit« ist, die dies und das zu tun hat mit der großen deutschen Philosophie. Man schlug allemal den Weg nach innen ein —: ob mit Heidegger, dessen Sprache entschieden derjenigen Hermann Stehrs verwandt ist, ob eben mit unserem Dichter der Romane *Heiligenhof, Drei Nächte, Nathanel Maechler, Peter Brindeisener.*

Dennoch ist hier, jenseits jeglicher Polemik, die ich ja auch gegen mich selbst als einstigen Stehr-Leser richte, diesem Schriftsteller ein gewisser literarischer Rang nicht abzusprechen. So ist zum Beispiel sein Frauenroman *Leonore Griebel* ein frühes Werk guter naturalistischer Tradition, auch heute noch lesenswert; das gleiche gilt für ein anderes seiner ersten Bücher *Der begrabene Gott.* – Und sogar der *Heiligenhof,* der uns heutzutage mehr irritiert als interessiert und aus dem man doch auch würde erfahren wollen, was die Bauern außer Grübeln, von dem man ja nicht leben kann, sonst noch treiben – selbst dieses Buch können wir immerhin als Zeugnis für den Menschenschlag des schlesischen Gebirglers werten und im Sinne eines Dokuments über ein Deutschland, das nicht mehr ist, historisch schätzen.

War nun dieser Hermann Stehr, der es allerwegen mit der deutschen Seele hatte, ein Nazi, wie es sich gehört haben würde? Die Antwort darf negativ ausfallen. Gewiß wäre zu hoffen gewesen, daß ein Schriftsteller, der vom jüdischen Lektor Moritz Heimann entdeckt, vom jüdischen Verleger S. Fischer zeitweilig erhalten, von dem schlesisch-jüdischen Industriellen und Freund Hauptmanns, Kurt Pinkus, gefördert wurde, sich mit Entschiedenheit distanziert hätte von den neuen Herren von 1933. Das hat er nicht getan. Er ließ sich ohne Widerrede als einen Dichter der Nation feiern, verblieb in der Preußischen Akademie der Schönen Künste, nachdem man soeben seine Kollegen die Brüder Mann, Alfred Döblin, Jakob Wassermann, Alfred Mombert und andere vertrieben hatte. Vergessen hatte er offensichtlich, daß er einst den Sozialisten nahe gestanden und wegen »aufrührerischer Ideen« als Lehrer in disziplinarische Schwierigkeiten geraten war, vergessen auch die sehr schöne Rede auf seinen persönlichen Freund, den ermordeten Außenminister der Ersten Deutschen Republik, Walther Rathenau. Aber er hat sich in der NS-Zeit wenigstens nicht vorgedrängt, was er hätte tun können, was die anderen, die Kolbenheyer, Schäfer, Walter Bäumelburg etc. taten. Er ließ sich feiern, sagte ich und füge gleich hinzu: aber er feierte die Nazis nicht. Das ist schon etwas. Hermann Stehr blieb bis zu seinem

Tode im Jahre 1940 der *Unpolitische* im widrigen Sinne der *Betrachtungen* Thomas Manns. Wahrscheinlich grübelte er während der Nazizeit. Es kam nichts heraus dabei. Dies war die Zeit des diamantharten und kristallklaren Denkens, eine Sache auf welche die »Sinnschreitenden« sich schlecht verstehen.

Entschieden tapferer als Stehr verhielt sich sein um fast zwei Jahrzehnte jüngerer Kollege und ostpreußischer Mit-Heimatdichter Ernst Wiechert. Am 16. April 1935, also mitten im Taumel des »Aufbruchs des nationalsozialistischen Deutschen Reiches« hielt er im Auditorium Maximum der Münchener Universität einen Vortrag, in dem Sätze fielen wie dieser: »Es ist wohl das Schicksal aller Revolutionen, daß ihre Mit-und-Nachläufer den Sinn der Erneuerung verfälschen«. Und weiter, kühner: »Ja, es kann wohl sein, daß ein Volk aufhört, Recht und Unrecht zu unterscheiden und daß jeder Kampf Recht ist. Aber dieses Volk steht schon auf einer jäh sich neigenden Ebene, und das Gesetz seines Unterganges ist ihm schon geschrieben.« Erstaunliche Sätze vor dem Hintergrund der von Herrn Speer entworfenen Nazi-Szenerie. Die Geschwister Scholl haben sie noch nicht hören können, waren noch zu jung. Aber solche Worte waren die Saat, aus der am Ende das allzu schwächliche, darum aber nicht weniger hochachtenswerte Pflänzlein des deutschen Widerstandes erwuchs.

Was Ernst Wiechert angeht, einen Mann, der hohes Ansehen und weite Popularität gerade in jenen Milieus der deutschen Bourgeoisie genoß, die keine Schwierigkeiten hatte, Goethe und Hitler unter einen Hut zu bringen, so brachte sein tapferes Eintreten für das Recht ihn ins KZ Buchenwald, über das er dann später, nach dem Kriege, in seinem Büchlein *Der Totenwald* gesprochen hat. Er war »nur« — das Wort steht unter Anführungszeichen, denn selbst acht Tage Buchenwald genügen reichlich für ein Buch und ein Lebenselend — sechs Monate in diesem Lager. Es wurde ihm auch seine Existenz nicht zerstört, denn verblüffenderweise durfte er weiterschreiben und wurde auch nicht nur in Deutschland, sondern später im deutschbesetzten Europa veröffentlicht. Seine Beliebtheit war zu groß, als daß man sich hätte erlauben können, Schweigegebot über ihn zu verhängen. Auch waren die Herren um Goebbels beträchtlich klüger, als es heute die Kulturpolitiker in den kommunistischen Ländern sind: sie wußten, daß die Literatur, wenn sie sich nicht gerade ausdrücklich gegen das Regime richtet, eine harmlose Sache ist und daß man es nicht nötig hat, den Geist zu zwingen, sich *dafür* auszusprechen. Und schließlich blieb ja Wiechert Wiechert, das heißt: ungeachtet seiner politischen Stellungnahme ein Mann, der genau das schrieb, was die schweigende Mehrheit der kleinen Mitläufer goutierte, ein Heimatdichter eben, dessen fatale Schollenverbundenheit im globalen Vorstellungssystem des Nazismus zumindest nicht als störend, wahrscheinlich aber sogar als »aufbauend« hat empfunden werden müssen.

Und damit kommen wir zu Ernst Wiechert, dem *Dichter* und zur Frage, wie er uns Älteren, die wir ihn damals wenigstens zum Teil mit Zustimmung und ästhetischem Genuß empfingen, sich beim Wiederlesen heute präsentiert. Traurig — um dies gleich vorwegzunehmen. Wir wissen mit seinen noch in ihrer Dämonie kühlen, weil im tiefsten Grunde vom Autor wohl kaum erlebten Figuren noch weniger anzufangen als mit den Gottesgrüblern Hermann Stehrs. Hierfür möchte ich — da ich nun überhaupt nichts halte von formaler, bzw. strukturaler Kritik der so benannten »Texte«, vielmehr meine, daß zur Erhellung eines Werkes die Psychologie seines Autors unerläßlich ist — eine vorläufige Interpretation zu geben versuchen. Stehr war Elementarschullehrer, ein armer Kerl von Herkunft auf, ein »Sohn des Volkes«, wie der französische Kommunistenführer Thorez sich selber genannt hat. Er *kannte* das Volk, kein Zweifel, er sprach des Volkes Dialekt, er stand mit beiden Füßen auf seiner schlesischen Erde, wie immer er auch unseligerweise die Tendenz hatte, sich in Mystik und transzendenten Träumereien zu verlieren. Wiechert aber war Studienrat, Akademiker also, ein »gebildeter Mann«, und seine Sehnsucht nach dem *einfachen Leben,* die er nicht nur in dem unter diesem Titel veröffentlichten Werk, sondern in allen anderen seinen Schriften uns zu vermitteln trachtet, war die nachgerade klassische Entzückung des Sommerfrischlers, der das dürftige Gestammel eines alten Bauern nicht als das erkennt, was es ist — tumbe Unartikuliertheit —, vielmehr als goldgereifte Weisheit. Wiechert glaubte allen Ernstes — und sagte es wörtlich in seinem frühen Roman *Die Magd des Jürgen Doskocil* —, daß die »Erde alle Wunden heile«. Was sie keineswegs tut, weder im wörtlichen noch im metaphorischen Sinne. Leibesblessuren sind vom medizinischen Fachmann zu behandeln, für Seelenverletzungen ist der Psychotherapeut, wie fragwürdig seine Methode auch sei, immer noch zuständiger als die Erde.

Wer also dem Humus so viel Vertrauen entgegenbringt, muß uns ideologisch verdächtig sein, um so verdächtiger als eine moderne für »links« sich haltende intellektuelle Bewegung, für die als Chiffre der Name Ivan Illich zu stehen komme, meint, der chinesische Barfuß-Arzt sei besser als ein durchgebildeter moderner Mediziner. Das »heile Leben«, wie Wiechert es versteht, hat es nie gegeben: am wenigsten auf dem Lande. Wer es nicht glaubt, der lese es bei österreichischen Antiheimat-Dichtern wie Thomas Bernhard oder Innerhofer nach. Er kann aber, wenn er will, das Unheile und Unheil des ländlichen Lebens sich auch von Autoren wie Anzengruber und Rosegger bezeugen lassen. Die ganze Ideologie des heilen Lebens und der Erde ist ein Symptom: die Krankheit ist die vom Kapitalismus gerierte industrielle Welt, die nun in der Tat den Menschen zu einem Fremdling im Dickicht der Ökonomie macht – womit ich allerdings nicht sagen will, es sei irgendeine bestehende sozialistische Wirtschaftsform mit den Problemen der »industria«, des heillosen Fleißes am Fließband, besser fertig geworden. – Diese eskapismusfreudige Sehnsucht nach heiler Welt kann sich literarisch auf die verschiedenartigste Weise manifestieren. Sie kann so tun, als gäbe es Fabriken und Industrielandschaften überhaupt nicht, als existierte kein industriell und ökonomisch bedingter Mensch. Dann kommen verfeinerte, ewig unzeitgemäße, aber keineswegs ewige Dichtungen heraus wie die eines George oder eines Hofmannsthal. Sie kann sich in die Erde verbohren und in dieser den Gott suchen, für den die Aufklärung ober der Erde keinen Platz ließ: dann entstehen die Dichtungen eines Hermann Stehr. Sie kann das Bauerntum zum Idyll machen, zur Kuckucksuhr und Brandmalerei: dann nimmt das Landleben Ganghofer'sche Züge an. Oder die Sehnsucht wird, im Versuch, der Erde sich zu nähern, ihr gänzlich aus dem Wege gehen: so fing es erfolgreich der arme Wiechert an, wenn er in falschem Klassizismus die edle Einfalt und stille Größe nicht mehr marmornen Säulen zuordnete, sondern den Stämmen alter Bäume.

Wiecherts früher Roman *Die Magd des Jürgen Doskocil,* erschienen zuerst in der konservativen Zeitschrift *Süddeutsche Monatshefte* in den Jahren 1931/32, ist die Geschichte eines ostpreußischen Fährmanns und Fischers, eines »getreuen Knechts Gottes«, dem ein vage an Sinclair

Lewis' Elmer Gantry gemahnender Mormonenprediger namens McLean gegenübersteht, ein Scharlatan und sexuell hochgespannter Mann, der für die ihm anhängenden Mädchen das jus primae noctis in Anspruch nimmt. Die erotische Dichte und die dramatischen Begebnisse des Kampfes der beiden Männer um die Magd Marte haben sicher beigetragen zum Erfolg, den das Buch in den Dreißigerjahren hatte. Der Sprache des Autors aber eignete schon in diesem Werk jene artifizielle Vornehmheit und unzugängliche »Schönheit«, die dann die späteren Bücher dieses Schriftstellers für uns Heutige so ganz und gar ungenießbar machen. Wiechert vermied offenbare Geschmacklosigkeiten, wie sie Stehr ständig unterliefen. Dagegen sind seine Bücher weniger lebensecht als die des schlesischen Schullehrers. Sie sind gleichsam reingewaschen vom Schmutz des Irdischen, so kommt es, daß sie uns bestenfalls ein verzeihendes Lächeln abnötigen. Ganz offensichtlich strebte der Autor nach etwas, das man in seiner Epoche »zeitlose Gültigkeit« genannt hat, und er glaubte, diese zu verwirklichen, nicht indem er seine Welt durchschaute wie die großen Realisten, sondern indem er ihr ein nur in Segmenten noch Überlebendes entgegenstellte, eben die bei ihm in Ostpreußen angesiedelte, aber durchaus regional auswechselbare, falsche, weil durch die künstlich aufgehöhte Sprache allerwegen dementierte Idealisierung der Landschaft. So ist nicht nur der sterbenslangweilige Heimkehrer-Roman *Die Majorin* unlesbar, sondern auch die einstens so berühmte und erfolgreiche *Hirtennovelle,* Geschichte eines zum »Hüten und Bewahren« bestellten, einfachen Landkindes, das schließlich bei der Rettung eines entlaufenen Lammes ein beweinenswertes Ende findet. Man legt das Büchlein mit dem gleichen Unbehagen aus der Hand wie den wohlbekannten Roman *Das einfache Leben,* der schon im Titel nicht ohne

Insistenz auf die ländliche Einfachheit (lies: Einfalt) verweist, im Widerspruch zu Differenzierung und Vielfalt.

Muß ich nochmals sagen, daß mir einstens die Bücher Wiecherts und namentlich die *Magd des Jürgen Doskocil* erheblichen Eindruck machten? Daß ich nicht gezögert hätte, bei strenger Befragung diesen Autor samt so vielen ähnlichen wie Kolbenheyer, Paul Ernst, Max Mell *über* den gewiß nicht großen, aber zumindest brillanten Stefan Zweig zu stellen? Ich muß wohl. Denn diese Berichte über das Wiederlesen von Büchern aus der Jugend unseres Jahrhunderts sind ja keine germanistischen Seminarübungen, sondern Bekenntnisse einer in jeder Hinsicht verdorbenen und verlorenen Generation, sowie einer *Nation,* die ihrem eigenen Geschick nicht gewachsen war. Viele von uns – manche gezwungenermaßen, andere aus erwachender Intelligenz und Einsicht – erkannten dann unter Hitler, auf welch' verwachsenen Pfaden, auf welchen Holzwegen sie vorangeschritten waren mit ihren Heimatdichtern. Ein mildernder Umstand muß uns freilich gewährt werden: wir waren, wir Vor-Mitläufer, zumeist Kinder eines im Zustande der Proletarisierung begriffenen Kleinbürgertums oder eines um seine Position bangenden Mittelstandes. Der bürgerliche Verlagsbetrieb bot uns die eskapistische und, politisch begriffen, reaktionäre Literatur an, deren wir bedurften, um es mit der Zeit aufzunehmen, die unsere Klasse und damit unsere Lebensformen, unsere tradierten Denk- und Fühlstrukturen bedrohten. Wir waren auch nicht ausschließlich eingeschworen auf die gefährlichen Heimatler, wir lasen, soferne wir überhaupt an Literatur interessiert waren, durchaus auch Wassermann, Feuchtwanger, Döblin, Fallada, Georg Fink, Bruno und Leonhard Frank und selbstverständlich Thomas Mann. Nur war es so, daß die kri-

tischen Autoren wie Döblin und Feuchtwanger uns gewisse intellektuelle Anstrengungen abforderten, die zu leisten uns schwer fiel: Feuchtwangers *Erfolg* zum Beispiel, ein Buch, von dem ich bei anderer Gelegenheit noch sprechen werde, mußte mitgedacht und kritisch durchforscht werden. Die Sänger des platten Landes machten uns die Sache leichter. Sie wiegten uns ein mit mehr oder weniger melodiösen Schlummergesängen. Sie raunten: »Es geht dir schlecht, du bist gefährdet. Aber komm mit uns unter den weiten Himmel, über Wiesen und Äcker in die Wälder, von denen einst Peter Hille gesungen hat: wie deine grüngoldenen Augen funkeln, Wald, du moosiger Träumer – komm mit und du wirst Frieden und Glück erfahren.«
Wir glaubten das; mit Dichtern wie Hermann Stehr und Ernst Wiechert meinten wir, es würde tatsächlich »die Erde alles heilen«. Das war natürlich Unsinn, und wir waren die Düpierten. Und doch: jenseits der gesellschaftlich und ökonomisch determinierenden Tatbestände, von denen alle diese Dichter nichts wissen wollten, jenseits auch einer oft durch die innere Lüge der Aussage verdorbenen Sprache, steht ein verwirrendes Faktum: die Landschaft, die möglichst unberührte, von der technischen Zivilisation nicht wie von einer üblen Hautkrankheit befallene, hat offensichtlich eine ästhetische und psychische Regenerationskraft für den Menschen – zumindest den meiner Generation –, die mit nichts vergleichbar ist. Noch heute ist es mir unmöglich, eine architektonisch noch so geistreich konzipierte Fabriksanlage als *schön* zu empfinden, während selbst die kargste Landschaft ein Gefühl der Freude auslöst. Was ist das? Ist es wirklich nur die neurophysiologische Wirkung von Ozon und Chlorophyll? Es will mir nicht in den Sinn, so wenig wie ich glauben mag, es seien da nur tradierte Fühlformen am Werk, die mich

gleichsam für die positive Erfahrung des Landschaftserlebnisses programmieren. Mit dem Landschaftserlebnis enge verbunden oder durch dieses erst ermöglicht, ist der Zauber einer Landschaftsdichtung, die es nicht mehr gibt, einer Heimatdichtung, von deren ideologischen Gefahren die Rede war, noch immer zu verstehen.

Sie lernten nicht für das Leben
Schülertragödien von Emil Strauß, Hermann Hesse, Friedrich Torberg

Jenseits der Probleme von Kultur-Zivilisation, Heimat-Welt, Rationalismus-Irrationalismus, wie wir sie jüngst an den Gestalten Hamsun, Wiechert, Stehr und anderen streiften, liegen Themen, über die man sich beim Wiederlesen älterer Werke der Literatur – solcher also aus der »Jugend unseres Jahrhunderts«, wie unser Titel sie nennt – die Frage zu stellen hat, ob sie heute noch aktuell seien oder bereits so veraltet wie das Thema der erblichen Geschlechtskrankheit, das Ibsen in dem Drama *Gespenster* zur Debatte stellte. Eines dieser Themen ist die *Schülertragödie.*

Nehmen wir Heinrich Mann und seinen *Professor Unrat*, von dem wir an anderer Stelle noch sprechen werden. Gibt es noch Schultyrannen wie jenen »Unrat«? Gibt es noch Lehrer an Höheren Schulen wie die Professoren Fliegentod und Sonnenstich in Wedekinds *Frühlings Erwachen*? Existieren noch Typen wie der Gymnasialdirektor Wulicke bei Thomas Mann, der Schüler und junge Studienassessoren erbeben machte, ja imstande war, sie vollkommen zu zerstören? Hat es noch Sinn, heute im Zeitalter der Partizipation der Schüler an der Verwaltung, der sexuellen Revolution, der allgemeinen Jugendemanzipation, einen Gegenstand wie diesen überhaupt aufzugreifen? Gehen uns die blassen Schülerpflänzchen von einst, die im eisigen Wind des Schulbetriebs erfroren, noch etwas an, oder wäre es nicht nachgerade an der Zeit, Bücher zu schreiben über Lehrer, die von tyrannischen Schülern zu Tode gehetzt werden? Man kennt da Exempel. Wir wollen die Frage der Aktualität vorerst dahingestellt sein lassen, sei es nur darum, weil ein Literaturwerk ja nicht Bestand hat durch sein *Was*, das Thema, sondern wesentlich durch sein *Wie*, die Art der Verarbeitung, beziehungsweise wie man neuerdings ziemlich unschön, wenn auch nicht ganz unzutreffend sagt: die Machart. In der Verarbeitung gewinnt nämlich nicht nur ein mehr oder weniger aktueller Gegenstand Gestalt, sondern, im Falle der Wohlgelungenheit, eine Welt und Menschen: die *Welt* muß nicht mehr die unsrige sein, die *Menschen* sind es bis zu einem gewissen Grade noch immer. So können denn die eben genannten *Gespenster* Ibsens durchaus noch aufgeführt werden, und sie *werden* präsentiert, wiewohl seit Jahrzehnten schon die Syphilis nicht mehr den Charakter der griechischen Schicksalstragödie hat. So ist Goethes *Werther* durchaus noch annehmbar, ungeachtet eines Zeitklimas, das die Werther'sche Form der unerwiderten Passion auszuschließen scheint. Und so werden schließlich auch die großen Schülertragödien, soferne sie durch sprachliche Vermittlung des Gegenstandes ihren *Rang* bekräftigen, prinzipiell auch in diesen Tagen uns noch zu berühren vermögen.

Ich las soeben drei solcher Bücher wieder: den 1902 erschienenen Roman *Freund Hein* von Emil Strauß; Hermann Hesses berühmtes Werk *Unterm Rad*, erschienen 1906; Friedrich Torbergs um ein Vierteljahrhundert danach an die Öffentlichkeit gekommene Arbeit *Der Schüler Gerber*. Alle drei hatte ich schon in meiner Jugend, so um 1930 gelesen. Alle hatten sie mich, mit Abständen, beeindruckt. Sehen wir zu, wie sie sich im Lichte dieser Zeit ausnehmen. Von Emil Strauß zuvor. Dieser badische Dichter, der in seiner Epoche hohes Ansehen als Erzähler genoß, ist heute recht vergessen: zu Unrecht; lassen Sie mich dies bitte gleich vorwegnehmen. Der 1866 geborene und als hoher Greis von 94 Jahren verstorbene Schriftsteller hat ganz gewiß jenen »Rang«, von dem ich sprach, wobei es mir hier freilich versagt ist, den Begriff näher zu definieren und seine Kriterien anzuführen — wir würden ins Uferlose geraten. Ich kann nur sagen, was mir beim Wiederlesen seiner Bücher unmittelbar einleuchtet: ein poetisch erhöhter, darum aber die Dinge nicht verschleiernder Realismus, ein Stil von großer Einfachheit und Noblesse, schließlich eine Kenntnis des Menschen, wie wir sie namentlich in seinem im schwäbischen Dialekt geschriebenen Roman *Der Engelwirt* bewundern. Strauß ist kein Schönredner und Schönfärber, kein Heimatgrübler, kein marmorkalter Pseudoklassiker. Er war ein Mensch, der zu schauen und zu erfahren verstand, und nur ganz selten bei der sprachlichen Wiedergabe des Erfahrenen ausglitt: zu seinen wenigen schwachen Erzählungen gehört gerade die berühmteste, *Der Schleier*, wo so viel Edelmut vor uns aufgebreitet wird, daß wir ungläubig den Kopf schütteln. Straußens bedeutendstes Werk ist in meinen Augen der hier zur Diskussion stehende Schülerroman *Freund Hein*, ein Buch, das allein in seinem doppeldeutigen Titel — der Held heißt Heinrich mit Vornamen, und Freund Hein, der Tod, ist es, an dessen Brust er sich flüchtet — schon ein Stück feiner Poesie ist. Heinrich Lindners Schülertragödie frappiert uns durch die überaus glückliche Verbindung von subjektiver Weltschau (des Protagonisten) und objektiver Einsicht des Autors. Wir haben es in der Gestalt Heinrich Lindners mit einem ordentlichen, fleißigen, grundanständigen Jungen zu tun. Diesem gegenüber steht nun ein nicht etwa verständnisloser, brutaler Vater, ja kaum ein ganz und gar miserabler Schulbetrieb. Woran er scheitert, ist die eigene spezifische Begabung zur Musik, die ihn der Möglichkeit beraubt, fertig zu werden mit der verhaßten Mathematik. Er bemüht sich nach Kräften, ja über seine Kräfte. Es geht nicht gut. Der Vater, der ihn liebt und dem er seinerseits Achtung und Zärtlichkeit entgegenbringt, ist ein einsichtiger Mann. Natürlich hätte er, der Rechtsanwalt, gewollt, was alle Väter wünschen: daß sein Sohn in seine Fußtapfen trete, womöglich sogar etwas »Besseres« werde als er selber. »Der Junge muß Staatsanwalt werden«, sagte er bei Heinrichs Geburt. Im Laufe des Studiums des Jungen und im Maße, wie dieser sich mehr und mehr der Musik verschwört, wird dem Vater klar, daß er auf diesen Vatertraum verzichten werde müssen. Gut denn: der Junge soll Musiker werden, wiewohl das doch ein etwas windiger Beruf ist in den Augen des Juristen. Eines aber muß er unter allen Umständen: *er muß das Abiturium ablegen,* muß hierbei natürlich auch die ihm zutiefst wesensfremde Mathematik erlernen. Es ist Sache der Disziplin. Um ein ganzer Mensch zu sein, meint der Anwalt, müsse sein Sohn die Kraft aufbringen, auch einen ungeliebten, aber letztlich nicht unüberwindlichen Lehrgegenstand – die Mathematik – zu meistern. Und – aberwitziger Fehlschluß! – wäre er nicht imstande, sein Abiturium zu machen, würde er auch niemals ein guter Musiker sein, denn auch als solcher bedürfe er der Willenskraft, Selbstüberwindung und Disziplin als unabdingbarer Qualitäten. Damit bekommt das Werk ganz gewiß ohne Absicht seines Verfassers eine gesellschaftskritische Note. Was nämlich hier in Frage gestellt wird, wenn Heinrich Lindner, den Kopf voll vom Rauschen großer Musik, sich als unfähig erweist, mit Logarithmen zu hantieren, ist das bürgerliche *Leistungsethos,* richtiger: das Leistungsethos schlechthin, denn wir wissen längst, daß der Leistungsbegriff auch in jenen Staaten, die sich heute die sozialistischen nennen, an oberster Stelle steht. Der Kant'sche kategorische Imperativ wird zu einer mörderischen Walze; die Pflicht und deren Erfüllungsgebot, das kein Erbarmen kennt, führen direkt in den Tod. Am Morgen der Schlußfeier der Obersekunda, bei welcher ein nicht weiter bestialischer, aber von Heinrichs, wie er meint, »Lernunwilligkeit« verärgerter, ja zutiefst gekränkter Lehrer ihm das Zeugnis mit dem verhängnisvollen Nichtgenügend in Mathematik über die Köpfe der Mitschüler verächtlich zuwirft, kehrt Heinrich Lindner der Schule und der Welt und dem Elternhaus und einer keimenden ersten Liebe und aller Musik den Rükken. Im Walde erschießt er sich. War dies unausweichliches Geschick? Ganz offenbar nicht. Denn als Gegenfigur gegen den sanften Heinrich, der das väterliche Gebot im Tiefsten ebenso widerspruchslos akzeptiert wie die Forderungen der Schule, steht sein Freund Karl Notwang, der revolté. Karl Notwang wird mit der Schule fertig, er ist hochbegabt, kein Lehrgegenstand bereitet ihm Schwierigkeit. Er wird aber »fertig« auch in anderem Sinne: er pfeift auf die Schule, pfeift auf das Leistungsethos. Würde er nicht nach Prima versetzt werden, er hätte die Kraft, auszubrechen und es auf eigene Hand aufzunehmen mit dem Abenteuer Leben.

Wir haben also einerseits in Straußens *Freund Hein* eine – niemals ausgesprochene, aber den ganzen Hintergrund erfassende – Kritik an der bürgerlichen Leistungsethik und andererseits die Psychologie des Künstlers, dessen Verletzlichkeit keine wie immer geartete Gesellschaft allzuviel zumuten darf. Hier ist also, so glaube ich, dieser Roman am Ende so aktuell wie eh und je. Die »Künstlernatur« mit ihrer Labilität, ihrem empfindlichen Stolz, ihrer absoluten Hingabe an das eigene Talent ist keine Erfindung bürgerlicher Damengesellschaften, ist nicht zeitgebunden an Romantik oder Spätromantik. Sie ist ein Fatum, das uns die gesamte Geistesgeschichte so offen dar-

reicht, daß wir blind sein müßten, es nicht zu sehen. – Ich plädiere darum für das Wiederlesen des Romans *Freund Hein;* das Buch ist am Ende *mehr* als nur die Schülertragödie einer abgelebten Bürgerzeit.
Und ich plädiere gleichfalls für Hermann Hesses Roman *Unterm Rad* – soferne dieses Werk meiner Fürsprache überhaupt bedarf; denn Hermann Hesse steht ja durchaus lebendig im Bewußtsein unserer Zeit – leider nicht immer mit seinen wichtigsten, schönsten Büchern –, unglücklicherweise auf mißverständliche und oft suspekte Weise. Aber der *ganze* Hesse ist ja hier nicht meine Sache. Ich habe nur über seinen berühmten Schülerroman zu sprechen, der, gleich dem *Freund Hein*, wenn auch mit starken Differenzen gegenüber diesem, uns von dem »Leiden eines Knaben« an der Umwelt und namentlich der Schule erzählt. Zunächst die Parallelen. Wie Emil Strauß kommt auch Hermann Hesse, gebürtig 1877 in Calw, aus dem süddeutschen Raum. Wie Strauß ist er – oder war es jedenfalls in seinen frühen Werken – ein ruhiger, kühler und sauberer Erzähler, romantisch »infiziert«, wenn man will, aber von der Romantik nicht überwältigt, so daß der bürgerliche Realismus weder durch Schwärmerei noch durch Feierlichkeit seiner würdigsten und liebenswürdigsten Züge beraubt wird. Nun wurde freilich bei Hesse – was bei Emil Strauß nicht oder jedenfalls nicht in so deutlicher Form der Fall zu sein scheint – eine autobiographische Thematik verarbeitet, wodurch sein Buch zwar intensiver, aber auch subjektiver und affektiver wurde als Straußens *Freund Hein*. Sie wissen ja sicher alle, daß Hesse selbst so etwas war wie ein »ungeratener« Gymnasiast, ein Schicksal, das er, beiläufig, mit großen Männern wie Thomas und Heinrich Mann teilte. Er war als Knabe, nachdem er in der Höheren Schule scheiterte, Lehrling gewesen, und zwar in der Werkstatt eines Turmuhrma-

chers. Und er hat selbst, ganz wie der Hans Giebenrath aus *Unterm Rad,* sein Scheitern in dem ehrwürdigen Stift Maulbronn erlitten. Im übrigen ist Hesses Giebenrath, der später erfunden wurde als Heinrich Lindner (*Unterm Rad* erschien 1906, was eine Beeinflussung Hesses durch Strauß jedenfalls als möglich erscheinen läßt), als Person anders konstruiert und strukturiert als Heinrich Lindner. War dieser ganz offensichtlich ein Künstler und von potentiell hoher Begabung, so ist jener zunächst nichts als ein gutmütiger, fleißiger Primus-Typ. Gehörte Lindner als Anwaltssohn dem gehobenen Mittelstand an, ist Giebenrath nur ein Kleinbürgerkind. Wollte Lindner mit einiger Bestimmtheit seinen Weg gehen, den des Künstlers, so ist Hans Giebenrath weg- und ratlos, ausgeliefert einer Welt, die seine Leistung fordert, und sogar unfähig, ihr einen bestimmten Traum und damit auch Stolz entgegenzusetzen. Ist Lindners Freitod die Frucht eines festgefaßten Entschlusses, so läßt Giebenrath erst auf der Schule sich gehen, dann treiben, schließlich, als der Vater ihn schon als »Nervenkranken«, wie man damals sagte, heimgebracht und in eine Mechanikerwerkstatt als Lehrling gesteckt hat, in den Tod *fallen.* Entschieden deutlicher als Strauß arbeitet Hesse in *Unterm Rad* auch die erotische Problematik des Heranwachsenden heraus. Da ist die homoerotische Komponente. Wir erkennen sie deutlich in Hans Giebenraths Beziehung zu seinem Freund Hermann Heilner, der, gleich dem jungen Notwang im Buche von Emil Strauß, dem Protagonisten gegenüber die Rolle des kraftvollen Überwinders spielt. Notwang läßt sich nicht überrollen vom Rad der Schule. Er widersteht. »Den leidenschaftlichen Knaben«, sagt Hermann Hesse von seinem Hermann Heilner, in den er teils Selbstvorstellungen projizierte, teils homoerotische Wünsche, »nahm später, nach mancherlei weiteren Geniestreichen und Verirrungen, das Leid des Lebens in so strenge Zucht, und es ist, wenn nicht ein Held, so doch ein Mann aus ihm geworden.« Der arme Hans aber hatte keine Chance mehr, ein Mann zu werden. Gerade noch ein kleines Liebesgetändel mit einem Landmädchen durfte er erfahren. Aber an dem Tage, als er vernahm, die ziemlich wissende junge Person sei abgefahren, ohne ihm auch nur einen Gruß zurückzulassen, versuchte er es kläglich mit einer Sauferei in Gesellschaft anderer Lehrlinge, ehe er im schwarzen Wasser eines Flusses versank und talabwärts trieb.

Nun müssen wir uns, anders als bei Straußens Heinrich Lindner, wo die Dinge ziemlich klar vor uns aufgebreitet liegen, die Frage stellen: *woran* ist denn Hans Giebenrath nun eigentlich gescheitert? Die Antwort drängt sich auf: an dem harten Internatsleben, den rücksichtslosen schulischen Anforderungen, denen seine übersensible Kinderseele – *Kinderseele,* so heißt übrigens eine sehr schöne Novelle Hesses, die in unserem Zusammenhang Erwähnung heischt – und seine fragile Physis nicht gewachsen waren. Die Antwort befriedigt nicht ganz, ist doch ein großer Teil nicht minder verletzlicher deutscher Knaben durch ähnliche Mühlen getrieben worden, ohne bleibenden Schaden zu nehmen. War also der einstige Primus seiner örtlichen Lateinschule, der das schwierige Landexamen als Zweitbester bestand, nicht intelligent genug, um mit dem Gymnasiallehrstoff, der schließlich auch so schreckerregend wieder nicht war, mitkommen zu können? Gewiß nicht. Ich glaube, wir müssen die Frage anders stellen, um gültigeren Aufschluß zu finden. Hans Giebenrath war eines kleinen und ungebildeten Mannes Sohn. »Zwischenhändler und Agent« war Herr Giebenrath, unfähig also, seinem Sohne bei den Schularbeiten zu helfen oder ihm auch nur auf seinen Weg ein Vokabular

mitzugeben, vermittels dessen Hans auch ohne besonderen Fleiß oder gar Genie den Lehrern ebenbürtig hätte gegenübertreten können. Der Vater wollte, daß sein Sohn die Stufenleiter hinaufklettere: aber er richtete ihm das Gerät nicht zurecht. Gleich so vielen Kleinbürgerkindern stand Hans zwischen seinem Vaterhause ohne Kultur und einer im Grunde hochbürgerlichen Kulturanforderung, der nur gerecht werden kann, wer sozial und damit intellektuell von vorneherein schon einen günstigen Start hat – mit wenigen und stets bemerkenswerten Ausnahmen. Es ist auffallend, wie wenig sich da in einem dreiviertel Jahrhundert fundamental geändert hat. Noch immer ist es so, daß die Chancen der Kinder des Mittelstandes oder gar des gehobenen Bürgertums auf dem Gymnasium und der Hochschule unvergleichlich höhere sind als die der Kleinbürgerkinder, geschweige denn der Söhne und Töchter aus dem Arbeiterstand, die nur zu einem verschwindend geringen Prozentsatz an den Hochschulen der europäischen Länder vertreten sind. Der »cultural background«, dessen in den USA die Kinder proletarischer Neger oder Puertoricaner so kläglich ermangeln, spielte damals die gleiche entscheidende Rolle wie heute.
So ist denn, wie mir scheint, Hermann Hesses *Unterm Rad* noch immer aktuell, auch wenn unsere Schulen anders beschaffen sind als die damaligen, auch wenn Internate nicht mehr das Kloster- bzw. Kasernenhafte haben, das sie in jenen Tagen einem sensiblen Kinde schwer erträglich machte. Damit will ich beileibe nicht behaupten, es sei dieses Buch reduzierbar auf gesellschaftliche Tatbestände: es ist dies nicht, da wir ja niemals die autobiographische Botschaft übersehen dürfen, die es enthält. Am Ende läßt sich ja rechtens gegen meine Interpretation einwenden, daß auch Thomas und Heinrich Mann, Senatorssöhne und in kultivierter Heimwelt aufgewachsen, mit

dem Gymnasialbetrieb ihren Ärger hatten. Bei ihnen aber war es so, daß sie beide zu gescheit waren – so wie Heinrich Lindner zu musikalisch war – und solcherart die Lehrer gegen sich aufbrachten. Der arme Hans aber kam ganz einfach nicht mit, und als er auf der Schule Stufe um Stufe zurückfiel, war sein stumpfer Vater nicht der Mann, mit seinen Lehrern ein ernstes Wort von gleich zu gleich sprechen zu können oder seinen Sohn auf eine andere Anstalt zu schicken. Hans wurde in die Mechanikerwerkstatt gesteckt: damit stürzte er sozial ab, verlor den letzten Rest von Selbstvertrauen und gab schließlich sein Leben dran. Der Dichter Hesse steckt in beiden Freunden: in der blassen verirrten »Kinderseele« seines Hans *und* in dem trotzigen Hermann Heilner, der immer sagte, er wolle ein Dichter werden. Das Werk ist als Selbstzeugnis des Autors ebenso wichtig wie als Dokument einer noch tief in unsere Zeit hineinragenden bürgerlichen Epoche. Es ist, so möchte ich meinen, Hesses geschlossenstes Buch. Es spricht uns an – spricht *mich* jedenfalls an –, als wäre es gestern geschrieben worden. Der *ganze* Hesse hat sicher nicht Bestand. *Unterm Rad* aber darf, soll auch den Jüngeren, ja gerade ihnen empfohlen werden.
Einen Schülerroman gänzlich anderer Art finden wir in Torbergs 1930 erschienenem Buch *Der Schüler Gerber* (ursprünglich: *Der Schüler Gerber hat absolviert*). Die qualitative – und qualitativ hat hier noch keine wertende Bedeutung – Differenz zu den Werken von Emil Strauß und Hermann Hesse liegt auf der Hand, auch dann, wenn man nichts anderes kennt als die Publikationsdaten. Strauß und Hesse schrieben ihre Schülergeschichten zu Anfang des Jahrhunderts. Torberg ließ sich am Ende des ersten Drittels unseres Säkulums vernehmen. Zwischen 1902, beziehungsweise 1906 und 1930 lag etwas Ungeheuerliches: der Erste Weltkrieg, der Zusammenbruch

nicht nur der österreichischen und der deutschen Monarchie, sondern auch der viktorianisch-wilhelminischen Moral. Inflation, Spartakus, Schieber, Huren, die ganze George-Grosz-Welt, Arbeiterbewegungen und mit ihnen die ersten Schläge gegen den Kapitalismus, die ihn zum Wanken brachten, Tangos, Shimmies, Jazz, Autos und Motorräder, Leistungssport, neue Haartracht der Frauen, neue Silhouetten (nun war es die schlanke Frau und nicht mehr die üppige Schöne der Schnitzler-Zeit, welche den Ton angab) – alle diese Phänomene, denen man beliebige andere noch zureihen könnte, hatten die Weltszenerie total verwandelt.

Verwandelt – auch die Schule? Im Prinzip sehr wohl, und dies gerade in Wien, der Heimatstadt Torbergs, auf dem Schauplatz, wo die Schulreform des Pädagogen Glöckel im Hinblick auf die Elementarschulen eine entscheidende qualitative Veränderung bewirkt hat. Aber nur im Prinzip. Denn was die Gymnasien angeht, so waren sie trotz Psychoanalyse, trotz der Reformen des historischen »Roten Wien«, trotz der schon zu Beginn der Zwanzigerjahre einsetzenden ersten sexuellen Revolution, nach wie vor die Festungen der Bourgeoisie, indem sie eine bürgerliche Bildungswelt tradierten, die längst jede soziale und psychologische Existenzberechtigung verloren hatte. Um es kurz zu sagen: es waren die Gymnasien der Torberg-Epoche *nicht grundsätzlich* verschieden von denen der Hesse- und Emil-Strauß-Zeit. Ungebrochen war die Herrschaft der Studienräte oder, wie es im Österreichischen heißt, der Gymnasialprofessoren. Diese vermochten immer noch, junge Leben quasi nach Gutdünken zu brechen, wenn auch – und hierin liegt vielleicht doch eine wesentliche Differenz – unter den Mitschülern Gerbers kaum einer war, der ohne Widerspruch, zumindest ohne inneren, den Lauf der Dinge akzeptiert hätte. Die Schule von der Torberg berichtet, war zwar immer noch ein Fatum, nicht aber, wie noch bei Hesse und Strauß, ein unausweichliches. Und die Protestierenden waren nicht mehr die Genie- und Rebellentypen wie Karl Notwang bei Strauß oder Hermann Heilner bei Hesse, sondern die Schüler Hinz und Kunz. Torbergs Roman, der mit noch schwelendem Schulbubenhaß geschrieben ist und die persönliche Auseinandersetzung zwischen dem Mathematikprofessor Kupfer, von den Schülern »Gott Kupfer« genannt, und dem jungen Gerber zum Gegenstand hat, tritt entgegen den älteren Werken, von denen wir sprachen, mit plakativer Wirkung und auf sensationelle Weise auf: hier liegt kein schwäbischer resignativ-versöhnlicher Abendschein über der Schülertragödie, sondern das harte und grelle Bogenlicht der Großstadt Wien. Torbergs Stil hat auch nichts mehr vom poetischen Realismus, den in Storm'scher Nachfolge noch Hesse und Strauß pflogen, vielmehr ist er dem verpflichtet, was man damals die »neue Sachlichkeit« genannt hat. Das macht ihn – und hier wird der geschichtliche Blick vexatorisch-irrlichternd – auf unerwartete Weise veraltet. Die Zeitperspektive verschiebt sich auf ungehörige Art: das Buch von 1930 ist in unseren Augen altersfaltiger als die Erzählungen aus dem Anfang des Jahrhunderts. Woran liegt dies? Vor allem wahrscheinlich an der baren Tatsache, daß Torberg zwar ein geschickter, aber kein wirklich bedeutender Erzähler ist, wie es Strauß und Hesse ganz zweifellos waren. So ist beispielsweise der tyrannische Lehrer fast karikaturistisch gezeichnet, ohne daß er hierbei freilich, wie etwa Heinrich Manns Professor Unrat, bewußt expressionistisch verzerrt würde. Torberg hat, im Gegensatz zu Heinrich Mann, nicht eigentlich ein Stilprinzip. Er schreibt sich seine Wut von der Seele. Auf solche Weise kann zwar ein Buch entstehen, das ein Bestseller wird – was damals auch der Fall war; es schlug Torbergs Roman buchstäblich ein wie eine Bombe – nicht aber ein Werk von Bestand. Damit will ich nicht sagen, daß man nicht auch heute noch der Arbeit mit Spannung folgen könne. Im Gegenteil: gerade *weil* man es hier nicht mit großer Literatur zu tun hat, ist das Spannungsmoment ein beträchtliches. Man liest den *Schüler Gerber* gleichsam wie einen Schul-Thriller, folgt dem ungleichen Kampf zwischen Gerber und dem Lehrer Kupfer wie einer sportlichen Auseinandersetzung. Da mag, wer will, gleich Gedankengänge anknüpfen über das, was Interesse ist, ästhetisches und rein auf den Inhalt bezogenes. Es ist diese Frage hier nicht unser Thema, so müssen wir sie dahinstellen.

Zu vermerken ist noch ein zeitgeschichtliches Phänomen, das uns im Vergleich der Bücher von Hesse und Strauß einerseits, dem Roman von Torberg andererseits bewußt wird: Ich spreche von der ganz verschiedenen Form der *Erotik*. Diese war bei Strauß noch ganz verhalten und nur als psychologische Hintergrundmusik vernehmbar. Bei Hesse war sie, wie ich schon sagte, intensiver und schmerzlicher. In beiden Fällen hatte sie das charakteristisch »Keusche« einer Epoche, die fein zu sublimieren verstand, dort nämlich, wo nicht dumpf verdrängt wurde. Bei Torberg hingegen wird das Erotische *schwül*. Über diesem Buch liegt die erotische Schwüle der Tangos und jener Schülertragödien, wie sie damals in dem notorischen »Steglitzer Schülerprozeß« oder auch »Kranz-Prozeß« öffentlich manifest wurde. Das macht: man hatte begonnen mit einer sexuellen Revolution, hatte sie aber noch nicht siegreich durchgefochten. Man sublimierte nicht mehr, dafür war es zu spät. Man nannte aber die Dinge noch nicht beim Namen wie etwa heute in dem Roman *Portnoy's Complaint*, einer zeitgenössischen Adoleszentengeschichte des Amerikaners Philip Roth. Man war aufgeklärt, aber noch nicht genug. Daß auch diese Schwüle dem Werk, wenn wir es heute lesen, nicht eben zugute kommt, ist gewiß. Andererseits aber ist es eben doch wieder hochinteressant zu erfahren, wie junge Menschen in der Zwischenkriegszeit, als längst schon Freud seine wesentlichen Gedanken niedergelegt hatte, als bereits Wilhelm Reich am Werke war, mit ihren erotischen Problemen fertig, richtiger: wie sie *nicht* fertig wurden, nicht fertig werden konnten, ganz einfach weil die Zeit hierfür noch nicht herangereift war. So ist denn schließlich vielleicht auch Torbergs *Schüler Gerber* heute noch lesenswert: so lesenswert, wie manche Bücher der Vergangenheit es sind, denen wir dokumentarischen Wert zusprechen, ohne sie darum ästhetisch noch gelten zu lassen.

A propos »Haltung« und »Zersetzung«
Über Rudolf G. Binding, Hans Carossa, Erich Kästner, Hermann Kesten und Ernst Glaeser

Von dem Gegensatzpaar »Blut-und-Boden« einerseits, »Asphaltliteratur« andererseits haben wir in dieser Reihe bereits gesprochen. Dies war, wie jegliche Art solcher Etikettierung, zugleich gewaltsam und doch auch wieder berechtigt, kommen wir doch nicht herum um die Tatsache, daß die beiden Begriffe in der Zwischenkriegszeit zum Handwerkzeug der rechtsgerichteten Literaturkritik gehörten und also de facto ein gewisses historisches Existenzrecht haben. Desgleichen ist es, überblickt man die literarische Szene dieser Epoche, fast unvermeidlich, ein anderes kontradiktorisches Begriffspaar – auch dieses von der Rechten erfunden und propagiert – unter die Lupe zu nehmen: »Haltung« und »Zersetzung«. Es gab, wie es scheint und wie es uns die Dokumente dieser Zeit bestätigen, Dichter, die durch den Begriff »Haltung« gekennzeichnet wurden, und andere, die man als Schriftsteller der »Zersetzung« anprangerte. So wurde es jedenfalls – und nur allzu gut erinnere ich mich noch persönlich – dargestellt in den beiden großen bürgerlichen Literaturzeitschriften *Die Schöne Literatur,* (nachmals dann *Die Neue Literatur*) herausgegeben von Will Vesper, und *Die Literatur,* der Hauszeitschrift der Deutschen Verlagsanstalt. Die Linke lehnte natürlich beide Begriffe ab. Aber da diese literarische Linke im bürgerlichen Literaturbetrieb nur eine Randerscheinung war und überdies – entgegen all dem, was junge Germanisten von heute sich vorstellen – in erster Linie von jüdischen Schriftstellern getragen wurde, tun wir der historischen Treue wegen gut daran, uns an die quasi-offizielle Nomenklatur zu halten.

Ein paar Namen als Referenzpunkte müssen wohl genannt werden, wenn ich mir auch bewußt bin, daß sie nicht annähernd ausreichen, die Sachlage zu skizzieren. Immerhin sei es versucht. Unter den Dichtern, deren »Haltung« feierlich gepriesen wurde, finden wir Rudolf Binding, Hans Carossa, Wilhelm Schäfer, Josef Ponten, Paul Ernst, Erwin Guido Kolbenheyer, Wilhelm von Scholz, Börries von Münchhausen, Ina Seidel. Zu den Schriftstellern der »Zersetzung« – und ich mache hier ganz bewußt die an sich hochgradig alberne Unterscheidung von Dichter und Schriftsteller mir zu eigen – zählte man Leute wie Heinrich Mann, den Super-Zersetzer sozusagen, Alfred Döblin, Lion Feuchtwanger, von dem wir schon sprachen, sowie Jüngere wie Hermann Kesten, Erich Kästner, Ernst Glaeser, Günther Birkenfeld, Ernst Erich Noth, Georg Fink. Viele, die meisten von ihnen sind ganz und gar vergessen. Wer denkt heute noch an Autoren wie Wilhelm von Scholz, Josef Ponten, Paul Ernst? Wer, auf der anderen Seite, weiß, daß Günther Birkenfeld einen damals sensationell wirkenden Proletarierroman *Dritter Hof links* geschrieben hat, oder erinnert sich an die *Mietskaserne* von Ernst Erich Noth oder an das sehr schöne Buch von Georg Fink *Mich hungert*? Man wird ganz melancholisch, wenn man literarischem Dasein und Zeitvergehen beiwohnt, und fragt sich gleich: Wer wird denn in fünfzig Jahren sich noch an Günter Grass erinnern oder gar an Leute wie Herburger und Gabriele Wohmann? Doch wollen wir uns nicht in Elegie verlieren, vielmehr kurz, denn wir sind zeitlich dem sogenannten »Sachzwang« tributär, von den *Haltungsautoren* Rudolf Binding und Hans Carossa sprechen, aus dem Zersetzungs-

lager uns Erich Kästner, Hermann Kesten und Ernst Glaeser wählen. Von dem heute gewiß nicht einmal den Gebildeten unter der jüngeren Leserschaft bekannten Rudolf Binding ein Wort zuvor.
In seinen Erinnerungen *Erlebtes Leben* schreibt dieser 1867 geborene Autor, es seien die ersten von ihm erinnerten Worte seines Vaters, eines international renommierten Hochschullehrers für Strafrechtswesen, »Reich« und »Kaiser« gewesen. »Wir haben ein Reich und wir haben einen Kaiser«, habe der pater familias zu dem Söhnchen gesagt. Damit ist schon viel ausgesprochen, insonders im Bezuge auf den ganzen Begriff der »Haltung«. Es war genau die »Haltung«, die auch für den Thomas Mann der Zeit vor dem Ersten Weltkrieg und während seiner eine erhebliche Rolle spielte. Die »Haltung« war im wesentlichen die Haltung des deutschen Bürgers der wilhelminischen Ära. Thron und Altar, Vaterlandsliebe, unerschütterlicher Glaube an die Standhaftigkeit der bürgerlichen Gesellschaft und an die über dieser sich luftig im ideologischen Raume erhebende bürgerliche Ästhetik, waren die Voraussetzung allen Dichtens und Trachtens. Nun könnte freilich einer kommen und einwenden, es sei einfach unfair, weil unhistorisch, Persönlichkeiten wie den 1867 geborenen Binding und den 1902 zur Welt gekommenen Glaeser miteinander zu vergleichen; klar sei es ohnehin, daß für den Älteren die bürgerliche Welt die Welt schlechthin war, während der um dreieinhalb Jahrzehnte Jüngere, nämlich Glaeser, von anderen geistigen und politischen Prämissen ausgehen mußte. Das Ganze sei nur eine Generationenfrage. Worauf ich nicht verlegen bin um eine Antwort, wenn ich nämlich sage, daß der Super-Zersetzer Heinrich Mann, über den wir an anderer Stelle noch ausführlich sprechen werden, Jahrgang 1871 war, ein rechter Zeitgenosse Bindings also, und dem-

nach Haltung und Zersetzung, bzw., aus anderem Blickwinkel geschaut, »Affirmation« und »Kontestation«, nicht so sehr Sache des Alters sind wie der Einsicht und der Sensibilität. Nun, Sensibilität wollen wir dem Manne Binding nicht absprechen. Fast wäre ich geneigt, hier ein gutes Wort für ihn einzulegen, wiewohl sein seinerzeit allerweilen als »zuchtvoll« bezeichnetes Schreiben mir in seiner Züchtigkeit und Tüchtigkeit gelegentlich schwer auf die Nerven fällt. Einzuräumen ist, daß Bindings Sprache nicht nur »zuchtvoll« ist in dem fatalen Sinne, den man damals diesem Worte gab, sondern auch sauber in durchaus modernem Verstande. Zugegeben ist des weiteren, daß Binding, wenn er auch sozusagen stets in aristokratischer Stillgestanden-Haltung dichtete, selber nicht jener Ritterlichkeit ermangelte, die er besang. Seine berühmte Novelle *Wir fordern Reims zur Übergabe auf* drückt jene Ritterlichkeit gegenüber dem geschlagenen, tapferen Gegner aus, die zu des Kavallerieoffiziers Binding nicht nur äußerem, sondern auch innerem Ehrenkodex zweifellos gehörte. Desgleichen sind seine Briefe aus dem Kriege von jener männlichen Sachlichkeit gekennzeichnet, mit der man eigentlich bei den Deutschen nicht so gut ankommt, denn diese ziehen stets die verschlüsselte Metaphorik à la Ernst Jünger der klaren Sachaussage vor. Zweifelhaft wird der Großbürger und Herrenreiter Binding erst dort, wo er den Bereich des Eigenerlebnisses verläßt und sich zu dem mit lauter Großbuchstaben zu schreibenden DICHTER macht, der er in seinem von ihm erstrebten Sinne ganz sicher *nicht* war. Seine zu ihrer Zeit überaus erfolgreichen *Reitvorschriften für eine Geliebte* mag man als amüsantes Zeugnis hochbürgerlichen Snobismus noch hingehen lassen. Dagegen ist die noch viel berühmtere und erfolgreichere Novelle *Opfergang,* die als Inselbändchen beinahe so stark gelesen wurde wie

Rilkes *Cornet*, nur noch schlecht genießbar: Soviel Edelmut nämlich und soviel Zucht, wie sie dort vor uns aufgebreitet werden, sind in der Wirklichkeit nicht anzutreffen und darum auch ästhetisch nicht mehr akzeptabel, denn schließlich handelt es sich da nicht, wie etwa bei Hofmannsthal oder George, um bewußten und zielstrebigen Übertritt ins Reich der von der Realität gelösten Dichtung, sondern um – im weitesten Sinne – als realistisch aufgefaßte Literatur. Hätte ich also zu bestimmen, ich würde sagen, man solle Bindings Buch *Erlebtes Leben* als ein wichtiges Zeugnis für affirmative Bürgerlichkeit lesen, und wage zu prognostizieren, daß man dies mit Gewinn tun würde. Zum mindesten wird dem Leser von heute der Begriff der »Haltung« als Wertelement einer großbürgerlichen Welt, wie sie in ihrem Ruhen in Traditionalismus, Ästhetizismus und klassenbedingtem Humanismus längst dahin ist, wieder gegenwärtig.

Rudolf G. Binding starb 1940. Er hat also sieben Jahre Nationalsozialismus noch miterlebt. Er hat nicht protestiert, wenn er als einer der Großen der deutschen Literatur gefeiert wurde. Er hat sich aber auch nicht in den Vordergrund gespielt, ja sich nicht einmal dahin schieben lassen. Sein politisches Leumundszeugnis fällt also nicht schlecht aus, besser jedenfalls als das so manches seiner Kollegen, die zwischen 1933 und 1945 dem Führer ebenso treu dienten wie danach dem Dulles-Adenauer'schen »Abendland«.

Erheblich weniger günstig schneidet der um elf Jahre jüngere Hans Carossa ab. Hier unterscheiden sich übrigens auf interessante Weise Großbürgertum und Kleinbürgertum – ganz abgesehen natürlich von den individuellen Unterschiedlichkeiten der beiden »Haltungs«-Dichter, mit denen wir uns befassen. Carossa wurde gefeiert und ließ sich feiern, nicht ohne Komplizität. Mehr: Er nahm die

Präsidentschaft jenes zutiefst dubiosen »Europäischen Schriftstellerverbandes« an, der als einer der Arme der Nazi-Kulturpolitik hinauslangte über Deutschland, um die »Festung Europas«, wie es damals hieß, kulturell zu unterbauen als ein Bollwerk gegen Juden, Bolschewisten und angelsächsische Plutokraten. Doch auch abgesehen vom Politischen haben wir es schwerer, uns mit dem an sich populäreren und von manchen Lesern der älteren Generation möglicherweise noch heute geschätzten Carossa zu befreunden als mit Binding. – Der Kleinbürger Carossa, Provinzarzt und Arztenssohn, operiert mit all den stilistischen und thematischen Mitteln, die ein »musisches« deutsches Haus zu schätzen wußte. Seine »Haltung« ist nicht die des Offiziers, noch die des Herrenreiters, vielmehr jene besinnliche, gesammelt nach innen konzentrierte – einem Innen, gleich sei's gesagt, in dem nicht viel anderes aufzufinden ist als halbwegs gepflegte und selbstgefällige Weltfremdheit. Nehmen wir sein berühmtestes Werk zur Hand, das autobiographische Buch *Der Arzt Gion,* darin er sich selbst als »Heilkundigen« liebevoll porträtiert, so sind wir konsterniert angesichts der gedanklichen und auch dichterischen Dürftigkeit. Man kann verstehen, daß Bernt von Heiseler, ein höchst bedenklicher Herr, der den inzwischen zu den Penaten eingegangenen »Adenauer-Preis« erhielt und dieser Würdigung bald, aus der unheilen Welt flüchtend, in die heile von drüben nachfolgte, Carossa geschätzt hat. Heiseler sprach von der »behütenden Macht« der Bücher Carossas. Behütet haben sie das Bürgertum allerdings: vor der Erkenntnis nämlich, daß seine soziale Dämmerung schon angebrochen war. Kaum begreiflich ist es freilich, daß ein Mann wie Hofmannsthal, dem man vielleicht Genie absprechen kann, gewiß aber nicht Geschmack, Carossa »gegen den Himmel, nicht gegen das Chaos gerichtete

Nachdenklichkeit« zugesprochen hat. Natürlich ist zu bedenken, daß der große Hofmannsthal zumindest ebenso sozialblind war wie der knapp mittelgroße Carossa. Carossas großzügiges Hinwegsehen über die soziale Realität bei gleichzeitig von ihm nicht ohne Aufdringlichkeit in den Vordergrund gerückter Demut wird uns am stärksten vermittelt durch eine Figur aus dem *Arzt Gion*, die Magd Emerenz, eine Frau, über deren Haupt gleichsam aller Jammer der Welt sich gesammelt hat. Sie leidet an Leukämie. Sie erwartet ein uneheliches Kind, an dessen Geburt sie dann stirbt. Sie muß arbeiten bis zum letzten Atemzug. Aber was ist sie für den Autor? Die *mythische Magd*, die im vollen Einverständnis ist mit ihrer Magd-Kondition. Über ihre faktischen Lebensbedingungen, über die Probleme des Agrarproletariats oder die der unehelichen Mutterschaft erfahren wir so gut wie nichts. Wir bekommen ein von einem akademischen Maler gepinseltes Bild zu sehen.

Und nun stelle man sich vor, was ein auch nicht eben großer, aber der Realität verpflichteter und darum gewiß den existentiellen Grundtatsachen näherer Autor, etwa der oberbayerische Volksdichter Oskar Maria Graf, aus der Magd Emerenz gemacht hätte! Aus ihr und aus einem Arzt in der Provinz! Da wäre wohl kein »Heilkundiger« herausgekommen, der als Repräsentant des heilen und einfachen Lebens seine Patienten zugleich physisch und geistig kuriert, sondern ein kleiner Mann mit seinem Ärger, seinen Mißerfolgen, seinen Problemen mit der Krankenversicherung und mit Privatpatienten, die das Honorar schuldig bleiben. – Ich glaube, wir können uns heute Hans Carossa und sein Dichten ersparen. Weder in dem hier erwähnten Werk, noch in seinen gleichfalls autobiographischen Schriften *Buch der Kindheit, Verwandlungen einer Jugend, Rumänisches Kriegstagebuch*

haben wir es mit *Welt und Gesellschaft* zu tun, noch auch mit einer vielleicht diskutablen, doch immerhin sprachlich vollzogenen Aufhöhung der Wirklichkeit wie bei George, Mombert, Hofmannsthal oder Theodor Däubler. Carossa wäre zweifellos als der harmlose geschickt schreibende Mittelständler, der er war, in die Literaturgeschichte eingegangen, hätte nicht die deutsche Kleinbourgeoisie, die sich in der Gestalt ihres Führers Adolf Hitler verkörpert sah, in ihm so etwas wie dieses Führers ästhetisches Komplement bewundert: den Dichter der klassischen »Haltung«, dessen Gestus in den Mußestunden im bürgerlichen Wohnzimmer für Erholung sorgt von der im Arbeitsalltag geforderten Zackigkeit.
Und nun, meine Hörerinnen und Hörer, mit einem großen Sprung zu den *Zersetzern*, die eben diese Haltung durch ihre literarischen Existenzen lächerlich machten und in der Ridikulität demaskierten. Lassen Sie mich hier vorerst von einem Manne sprechen, der ein recht unglückliches Autorengeschick hatte, da es ihm gelang, sich mit Gepolter zwischen alle Stühle zu setzen. Ich spreche von *Ernst Glaeser*. Dieser Romancier, geboren 1902 (sein erstes und bestes Buch führt ja auch den Titel *Jahrgang 1902*), war zunächst ein aufrechter Republikaner und Sozialist. Als die Nazis kamen, ging er, da er unter anderem die Gestalt Horst Wessels in einem seiner Bücher in recht beschämendem Licht gezeigt hatte, mit den Kameraden ins Exil. Dort hatte er geringen Erfolg und fristete sich recht mühsam durch, wie die anderen auch. Da er aber ein Deutscher ohne den ominösen Geburtsfehler war, der den meisten Exil-Autoren anhaftete, stand ihm der Weg zurück offen. Zu seinem Unheil beschritt er ihn. Er kehrte aus der Emigration heim in Hitlers Reich, gab eine unrechtfertigbare Erklärung ab, in der er die Emigranten als Landesverräter bezeichnete, wurde aber darum doch nicht

zum Parnaß zugelassen, sondern durfte nur einer obskuren Zeitung der Luftwaffe *Adler im Süden* vorstehen. Die Emigranten verstießen ihn als Verräter und sammelten alle nur erreichbaren glühenden Kohlen auf sein Haupt. Die Nazis nahmen ihn zurück, ohne ihn aufzunehmen. Nach dem Kriege versuchte er es noch einmal mit einem Roman über die wirtschaftswunderliche Bundesrepublik, der 1963 herauskam und von der Kritik – schon maß man ja alles an den Autoren der Gruppe 47 – abgefertigt und fertiggemacht wurde. – Was aber seinen Roman *Jahrgang 1902* angeht, so möchte ich hier für diesen mein bescheidenes Wort in die Waagschale werfen. Es ist kein großes Buch. Es ist wahrscheinlich nicht einmal ein wirklich gutes Buch: dazu hat es zuviele formale Mängel, ja ist geradezu unbeholfen geschrieben. Glaeser trat in einer Epoche hervor, die durch den Begriff der »Neuen Sachlichkeit« literargeschichtlich erfaßt werden kann und Sachlichkeit allein, das heißt, Versuch der Wiedergabe des Realen ohne Prinzipien sprachlicher Transposition, genügt nicht. Aber *Jahrgang 1902* ist desungeachtet vielleicht das politisch scharfsichtigste Buch über die Verfassung der bürgerlichen Gesellschaft vor dem Ersten Weltkrieg und während seiner. Es ist inhaltlich von großer und achtenswerter Genauigkeit. Schon die Eingangsszenen, in denen ein deutschnational-sadistischer Studienrat namens Dr. Brosius einen jüdischen Schüler buchstäblich zu Tode martert, sind eine unheimliche Vorwegnahme des Schreckens, der ja dann später keineswegs aus heiterem Himmel hereinbrach. Die Figur des Vaters des Erzählers, eines jener zum Verhängnis werdenden korrekt-unpolitischen Beamten, ist ebenso ausgezeichnet profiliert wie die der Mutter, einer schönsinnigen Dame, die aus der bösen Welt des Krieges stets ins Reich der Poesie zu flüchten weiß – und ausgerechnet zu Hofmannsthal. Der sozialdemokratische

Arbeiter Kemmelbach, der begeistert in den Krieg zieht, weil er selbst der kleinbürgerlichen Ideologie unterliegt und unbedingt zeigen will, es sei Deutschlands ärmster Sohn auch sein getreuester, ist ebenso lebensecht wie der »Rote Major«, in dem so etwas wie ein konservativ-radikaler Widerstand, wie man ihn im Zweiten Weltkrieg tatsächlich realiter kennenlernte, vorausgeahnt wurde. Im vollen Bewußtsein der Unzulänglichkeiten dieses Buches plädiere ich für seine Wiederaufnahme: Der arme Tor Ernst Glaeser hat in der Tat mehr gesehen als so mancher Schriftsteller von ungleich höherer literarischer und intellektueller Potenz.

Mehr zum Beispiel als ein mir sehr am Herzen liegender Autor, Erich Kästner, der gleichfalls als einer der Zersetzer galt. Genauer gesagt als der Romancier Kästner, dessen 1931 erschienener Roman *Fabian*, zu seiner Zeit starke Resonanz fand. *Fabian* ist, wie der Untertitel des Buches es aussagt, *Die Geschichte eines Moralisten* – es ist nicht eigentlich, wir werden das gleich sehen, ein politischer Roman, wiewohl er vor dem Hintergrund der letzten lodernden Jahre der Ersten Deutschen Republik spielt und damit voll ist von politischen Implikationen. Im Protagonisten Dr. Fabian, einem Germanisten, der sich als Werbefachmann sein Brot verdienen muß, ist der Autor zu erkennen. Er ist, wie es Kästner später in einem schönen Gedicht von sich selber gesagt hat »ein Deutscher aus Dresden in Sachsen«. Aber er lebt in Berlin, wo zwischen Straßenschlachten, Besuchen anrüchiger Nachtlokale, intellektuellen Gesprächen und einer traurig elenden Liebesgeschichte das Leben für ihn alles andere ist denn »heil«. Er nimmt das alles hin, die traurige Tatsache auch, daß seine Geliebte ihn wegen irgendeines Mannes aus der Filmbranche verläßt, mit einer Haltung die wir ironisch-satirisch-melancholisch nennen dürfen. Für ihn ist diese

Welt, in die er geworfen ist, wie es bei Shakespeare heißt, »full of sound and fury«. Politisch ist er wach. Das ist nicht anders zu erwarten, hatte doch Kästner schon vorher von den Nazis in einem Gedicht geschrieben: »Ihr und die Dummheit zieht in Viererreihen / In die Kasernen der Vergangenheit« und »Die Zeit wird kommen, da man sich erzählt: Mit diesen Leuten war kein Staat zu machen«.

Wach, sage ich, aber nicht aktiv. Oder vielleicht wäre zu berichtigen: wach wohl, aber nicht genug und eben deshalb nicht aktiv. Nirgendwo anders als im *Fabian* wird deutlicher, daß Erich Kästner, der lyrische Pamphletist, der Poet der Sachlichkeit, einer von jenen, die das trieben, was man damals albern genug »Gebrauchslyrik« genannt hat, ein sich selbst nicht findender Romantiker war. Die libidinöse Verwilderung des Berlins seiner Zeit, die er in den Augen der bürgerlichen Reaktionäre feierte, hat ihn in Wahrheit eher entsetzt. Sein *Fabian* nimmt das Sündenbabel Berlin hin ohne nach Moralin riechende Abwehr- oder gar Aburteilungsgeste. Er sieht die SA und die Rotfront-Leute einander prügeln, hilft, wo zu helfen ist, wenn einer verletzt wird, steht mit seinen Sympathien eher auf der Seite der geballten Faust als der des gereckten Armes – und kommt doch zu keiner anderen Position als zu der des Moralisten mit romantischer Sensibilität. Es ist durchaus folgerichtig, wenn der junge Dr. Fabian, enttäuscht von den Herrlichkeiten und Wirren Berlins, die er teils ausgekostet, teils erlitten hat, sich am Ende zurückzieht in seine sächsische Provinz. Und ebenso konsequent, wenn auch ein wenig gewollt und darum im falschen Sinne »literarisch« ist der Schluß: Fabian, um einen ins Wasser gefallenen Knaben zu retten, springt diesem nach und kommt dabei um. Er hatte offenbar eine Kleinigkeit vergessen: Er konnte nicht schwimmen.

Ich komme keinerlei vorgeblichen »Tendenzwende« entgegen, wenn ich sage, daß nach so viel pseudopolitischer, sich à tout prix gesellschaftskritisch wollender Literatur dieser im Grunde unpolitische Roman Kästners, geschrieben in dieses Autors unverwechselbarer Handschrift, durchströmt von etwas, das man heute vielleicht den spezifischen »Kästner-sound« nennen würde, beim Wiederlesen mein fast uneingeschränktes Wohlgefallen fand. Dabei, nämlich in Anknüpfung an mein Erwähnen der Kästner-Melodie, möchte ich gleich auch noch seine Lyrik dem Leser ans Herz legen. — Sie wurde, wie natürlich der *Fabian*, einst von den Nazis den Flammen übergeben, denn auch sie galt den deutschen Untertanen als im höchsten Grade »zersetzend«. Dennoch ging Kästner nicht, wie die meisten der ihm Gleichgesinnten, ins Exil. Er blieb in Deutschland und brachte sich hauptsächlich mit Filmarbeit durch das Tausendjährige Reich. Wie wenig Verständnis ich an und für sich auch habe für eine Körperschaft, die sich nach 1945 als die »Innere Emigration« ad hoc konstituierte, ich will doch Erich Kästner aufs Wort glauben, was er damals, als sich ihm die Frage »Exil oder Dableiben« stellte, in einem Verse beteuerte: »Ich bin ein Deutscher aus Dresden in Sachsen. / Mich läßt die Heimat nicht fort. / Ich bin wie ein Baum, der — in Deutschland gewachsen — wenn's sein muß, in Deutschland verdorrt.« Der Vierzeiler hat etwas Rührendes, weil Erich Kästner tatsächlich in Deutschland »verdorrte«. Seine Kindergeschichten, namentlich das berühmte *Emil und die Detektive* wurden weiter gelesen. Was er aber nach 1945, dem Jahr, dessen frühe Monate er in dem dokumentarischen Tagebuch *Notabene 1945* dargestellt hat, noch herausförderte, war unerheblich. Sein *Fabian* aber hat bis heute Bestand: Wer das Buch noch nicht kennt, mag sich auf die Erstlektüre freuen.

Spricht man von Erich Kästner, drängt sich einem sofort der Name eines Schriftstellers über die Lippen, mit dem man ihn häufig verwechselt hat, des Gleichklanges wegen: Hermann Kesten. Infolge des Gleichklangs und, so muß man hinzufügen, auch des Jahrgangs und jener Neuen Sachlichkeit, unter deren Flagge beide damals segelten. Man kennt Kesten als Präsidenten des Deutschen PEN-Zentrums, als Büchner-Preisträger, als – wie Robert Neumann einmal boshaft gesagt hat – »Vorwortführer« der deutschen Literatur, vor allem aber als letzten Überlebenden der berühmten Exilliteraten. Man weiß auch um die Rolle, die er im Exil als unermüdlicher Verlagslektor, Helfer der Freunde und Hersteller wichtiger Verbindungen gespielt hat. Ist aber dem Publikum auch sein erster und, wie ich meine, bester Roman bekannt, dessen Durchschlagskraft Kesten wahrscheinlich später nie wieder erreichte? Ich spreche von dem Erstling *Josef sucht die Freiheit*, der 1927 erschien und Kesten mit einem Schlag zu einem angesehenen Autor machte und ihn auch in die Reihe unserer von den Bewohnern des »deutschen Hauses« verabscheuten »Zersetzer« stellte. Das Kindler-Literaturlexikon verzeichnet dieses Buch jedenfalls nicht – und disqualifiziert sich allein durch diese Auslassungssünde. Um so nachdrücklicher sei darum hier auf dieses Werk verwiesen. Hermann Kesten, Nürnberger von Geburt, Jahrgang 1900, ist gleich dem um ein Jahr älteren Kästner, ein *Moralist*. Er steht als solcher einer schon »zersetzten« bürgerlichen Welt gegenüber. Und er schreibt in seinem *Josef* die Geschichte eines Knaben, der nichts will als *frei sein und wahr sein:* dies als Kind einer im Zustande der Proletarisierung sich befindenden Familie. Man hat Kesten manchmal vorgehalten, er habe den Knaben Josef handeln und agieren lassen, als sei er der Mann von 26–27 Jahren, welcher der Autor bei der Niederschrift war. Ich möchte meinen, daß wir den kleinen Josef nur als einen jener sympathisch-altklugen jüdischen Jungen nehmen müssen, denen man immer wieder begegnet. Das Buch, ein Roman der Pubertät und zugleich eine Auseinandersetzung des Verfassers mit dem kleinbürgerlichen Milieu, erregte Aufsehen durch seine unerhörte Kühnheit: unerhört für die damaligen Begriffe, versteht sich. Die in diesem Sinne gewagtesten Szenen sind jene, bei denen der Knirps seiner jungen und hübschen Mutter beim Beischlaf zusieht, ohne besonderen Ekel übrigens, auch ohne daß man das Gefühl hat, es müsse hier ein nicht wieder gutzumachendes ödipales Trauma im Kinde bewirkt worden sein. Nun versetze man sich ins Jahr 1927 zurück, in dem das Buch herauskam. Die Mutter – sie treibt es da, und nicht nur mit *einem* Manne, und nicht mit dem legitim angetrauten! Man fand dies skandalös im höchsten Maße – und fragte gar nicht danach, ob es denn anders möglich sei in einer Familie, die im Prozeß ihrer Proletarisierung in einem einzigen Zimmer wohnen muß. – Kestens *Josef* ist in seiner Sachlichkeit alles eher denn obszön, weder in den inkriminierten Szenen mit der Mutter, noch auch in gewissen homoerotischen Partien. Es geht da wohl zunächst einmal um jene Freiheit, die einst schon Moritz Stiefel und Wendla Bergmann in *Frühlings Erwachen* erstrebten, zugleich aber auch um die Freiheit von allem kleinbürgerlichen, dumpfen Wohnzimmer- und Küchengeruch. Kesten gehört zu jenen seltenen Autoren, die mit einem Erstling in fix und fertiger Schriftstellerschaft hervortraten, ihren Durchbruch erzielten – und später nicht immer hielten, was sie einst versprochen hatten.

Rund ein halbes Jahrhundert ist hingegangen, seit Hermann Kestens *Josef* erschien. Wenn wir bedenken, wie schnell in manch hochgepriesenes Werk sich schon nach zehn und zwanzig Jahren Altersrunzeln einzeichnen, so können wir nur achtungsvoll staunen angesichts der Standhaftigkeit des kleinen Josef. Der Blick zurück läßt uns immer wieder erkennen, daß »Haltung« nicht zugleich auch »Haltbarkeit« ist: Ganz allgemein bestehen die verderbten und zersetzten Zersetzer die Prüfung von 1976 besser als die im militärischen Sinne sich vor uns »aufbauenden« Dichter, die in der Jugend unseres Jahrhunderts als Meister galten.

Zeitbetrachtungen, unpolitische und politische
Über Hans Falladas »Kleiner Mann – was nun?« und Lion Feuchtwangers »Erfolg«

Wenn es tatsächlich so ist, daß wir in diesen Tagen eine *Krise* durchleben und zwar eine Wirtschaftskrise und eine Krise der Demokratie, dann ist es wohl nicht ganz abwegig, wenn wir von älteren Literaturwerken sprechen, die solche Krisen zum Gegenstand haben. Wir wollen uns mit zwei berühmten, wenngleich heute nicht mehr im selben Maße präsenten Büchern befassen: dem 1932 herausgekommenen und alsogleich zu Bestsellerehren gekommenen *Kleiner Mann – was nun?* von Hans Fallada und dem großen epischen Werk *Erfolg* von Lion Feuchtwanger, das zwei Jahre zuvor, also 1930, veröffentlicht worden war.

Wir haben es mit Romanciers ganz ungleicher Prägung und sehr verschiedenen literarischen Gewichts zu tun. Erfolgreich waren sie beide. Nur freilich: Falladas Wirkung blieb auf Deutschland beschränkt, während Feuchtwanger in alle wichtigen Sprachen übersetzt wurde, also ein Autor von unbestrittener Weltgeltung und den entsprechenden Rieseneinkünften war. Thomas Mann, der ihn im kalifornischen Exil besuchte, sagte einmal, nicht ohne eine Spur von Neid, es lebe Feuchtwanger dort in seinem Hause auf durchaus »märchenhafte« Weise. Fallada – mit eigentlichem Namen Rudolf Ditzen – war der Sohn eines nicht mit äußeren Glücksgütern gesegneten preußischen Richters. Feuchtwanger entstammte einer vermögenden bayerisch-jüdischen Familie. Fallada war und blieb stets der arme Teufel aus der deutschen Provinz (wiewohl er sich natürlich als Erfolgsautor zeitweilig recht gut stand), Feuchtwanger hingegen war ein Mann von Welt, vielsprachig, vielgereist, versiert in mehreren Kulturen, ein Intellektueller von Rang und Kenntnisreichtum. Beide hatten sie – und dies gibt mir das Recht, sie hier nebeneinander vorzustellen – die *deutsche Gesellschaft* der Zwischenkriegszeit in ihren Arbeiten darzustellen versucht, woran ich gleich fügen muß, daß ich Feuchtwangers zentrales Werk über diese Zeitstrecke deutscher Geschichte, eben *Erfolg*, erheblich höher einschätze als seine berühmteren historischen Romane *Jud Süß, Die häßliche Herzogin Margarete Maultasch, Der Jüdische Krieg* und andere.

Machen wir uns zunächst, so schlage ich vor, an den bescheideneren, an Fallada, und sei es nur aus Gründen der hohen Aktualität von Wirtschaftskrise und Arbeitslosigkeit, die der eigentliche Vorwurf des auch heute noch viel gelesenen Buches *Kleiner Mann – was nun?* sind. Ein Wort über die Person des Verfassers muß eingeschoben werden, da dieser ja dem Leserpublikum keineswegs so geläufig ist wie seine Romane. Rudolf Ditzen nannte sich Fallada nach dem höchst unheimlichen Märchen, darin der abgehauene, an der Wand hängende Kopf eines Pferdes namens Fallada zu sprechen beginnt. Märchenleser erinnern sich gewiß der Zeile »Oh Fallada, da du hangest« als einer der erschreckendsten und mysteriösesten Klagen des Märchengutes. Die Wahl des geisterhaften Pseudonyms erscheint mir als typisch für einen höchst untypischen Schriftsteller. Denn dieser Autor, Sohn, wie gesagt, eines Richters, war von frühauf von Katastrophen gleichsam umstellt und ging auch auf katastrophale Weise zugrunde, ein Trunk- und Drogensüchtiger. Er war ein Ungeratener, gescheiterter Gymnasiast und so etwas wie ein Mörder: 1911 brachte er nach einer Absprache wechselseitigen Selbstmords, beziehungsweise Freundschaftsmordes einen Mitschüler um. Die Sache ging als »Rudolfstädter Gymnasiastentragödie« in die Kriminalgeschichte ein. Der Freund war tot, er selbst überlebte in Selbstanklage und Verzweiflung. Zweimal saß er im Gefängnis, da er als landwirtschaftlicher Beamter, der er wurde, wiederholt in die Kasse gegriffen hatte, um seiner dürftigen Existenz wenigstens die tröstenden Räusche abzugewinnen. Sein Leben unter Bauern gab ihm die Möglichkeit, sein erstes überaus erfolgreiches Buch *Bauern, Bonzen und Bomben,* zu verfassen. Über die Gefängnistage legte er Zeugnis ab in dem Roman *Wer einmal aus dem Blechnapf frißt.*

Als Fallada seinen *Kleinen Mann* herausbrachte, war er – scheinbar nur allerdings – der schlimmen Sorgen enthoben: als Verlagslektor und freier Schriftsteller war der vormalige Gefängnisbruder, Trinker, in jeder Hinsicht mißratene Sohn eines achtbaren Beamten bereits ein in ganz Deutschland bekannter und gelesener Autor, hatte doch schon sein Buch *Bauern, Bonzen und Bomben* beträchtliche Resonanz gehabt. Der »kleine Mann«, Pinneberg mit Namen, spiegelt so gut wie nichts von der Dämonie wider, die das Leben Falladas mit ihrem unauslöschlichen Siegel geprägt hat. Pinneberg ist nicht mehr als ein netter Junge. Wir müssen ihn uns mit dem sauber gezogenen Scheitel des guten Schülers und korrekten Angestellten dieser Zeit vorstellen, als einen treuherzigen, liebes- und ehefesten Kerl, der nichts anderes will, als den Sturm der Zeit, das Unwetter der Weltwirtschaftskrise, die 1929 mit dem Schwarzen Freitag von Wallstreet begonnen hatte, auf anständige Art bestehen. Aber der Anständigkeit wird ihr Lohn nicht zuteil, es hapert da allerwegen mit der irdischen Gerechtigkeit. Pinneberg, nur weil er die übriggebliebene Tochter seines Brotgebers in der Provinz nicht heiraten will, wird entlassen. Auf dem harten Berliner Pflaster – man zögert von »Asphalt« zu sprechen, denn Fallada war ja das Gegenteil dessen, was hernach die Nazis als »Asphaltliteraten« bezeichneten – versucht er nun, für sich und seine Freundin Emma, das »Lämmchen« wie er sie nennt, das tägliche Brot zu verdienen. Es ist hohe Zeit für ihn: »Lämmchen« ist schwanger, man heiratet, wie es sich gehört, ein Kind kommt zur Welt, der kleine »Murkel«, der auch seine Milch und seinen Brei haben muß. Pinneberg wehrt sich so gut es geht: aber es geht gar nicht gut. Zwar findet er in Berlin eine Stellung als Verkäufer in der Herrenkonfektion, verliert sie aber wieder, weil es schon damals in der Privatwirtschaft ein unerbittliches und, angesichts der Konsumlage, unerfüllbares »Soll« gab. Die Frage: Was nun? wird nicht beantwortet. Pinneberg, mit dem es dahin kommt, daß ihn, da er schon ziemlich verwahrlost aussieht, ein Polizist brutal vom Gehsteig jagt, versucht schließlich sein Glück noch einmal, indem er samt Lämmchen und Murkel an den Stadtrand in eine Art von Schrebergartenhütte einzieht, wo man ein bißchen Gemüse aus einem winzigen Stückchen Boden holen kann und im übrigen die Arbeitslosenfürsorge und den lieben Gott walten lassen muß. *Wie* dieser waltete, wissen wir, und wollte ich mir des kleinen Mannes nach-Fallada'sche Zukunft vorstellen, ich würde meinen, er sei ein braver Arbeitsdienstler bei der Firma Hitler-Ley und Co. geworden und der Murkel habe sich im Laufe der Jahre zum strammen Hitlerjungen Quex oder dergleichen entwickelt.

Aber wir sollen und wollen doch tolerant umgehen mit dem armen Pinneberg, der nicht begriff, was los war, und losgelassen wurde, mit ihm wie mit seinem Erzeuger Fallada, der ganz gewiß kein Nazi war. Aus diesem Grunde sei angemerkt, was diesem Buch, abgesehen davon, daß es zur rechten Zeit im rechten Land herauskam, zugute zu halten ist. Fallada ist ein Autor, der nichts schreibt, was er nicht genau kennt. Seiner Genauigkeit verdanken wir ausgezeichnete naturalistische Milieuschilderungen, getreue Photographien von Warenhäusern, Proletarier- und Kleinbürgerwohnungen, Abziehbilder von Seelenzuständen, wie sie nun einmal sind und wie man sie mit dem wohlfeilen Begriff »falsches Bewußtsein« so ohne weiteres nicht abtun kann. Hans Fallada kennt die Leute, die sich selbst nicht kennen, und er oktroyiert ihnen keinerlei Ideologie auf, was schon viel ist. Er schaut sie an: sein Auge verändert sie nicht in ihrer Substanz, wenn es sie freilich auch nicht *durch*schaut, will sagen, sie nicht in ihrer faktischen gesellschaftlichen Bezogenheit erblickt oder vielleicht nicht erblicken will. Sein Buch ist nicht frei von Sentimentalität. Nur: Wer unterfinge sich, so kühn und resolut die Grenze zu ziehen zwischen Sentiment als *Gefühl* und Sentiment als Gefühlsselig-Unseligkeit? Der Roman dankt manches den frühen naturalistischen Programmerzählungen von Arno Holz und Johannes Schlaf – die sind die schlechteste Schule nicht. Und er verdankt noch mehr einem authentischen und ganz literarischen Mit-Gefühl des Autors mit allen denen, die da mühselig und beladen sind, beladen, nun sei's gesagt, mit dem ganzen erdrückenden Gewicht einer falschen Ordnung, die aber der Autor als solche nicht erkennt noch verurteilt. Womit wir schon angelangt sind bei den augenfälligen Mängeln dieses guten, auch heute und namentlich vor dem Hintergrund einer anderen Krise lesenswerten Werkes. Es ist nämlich, spielend in einer Zeit, in der die politischen Kräfte Deutschlands sich zum letzten Absprung rüsteten, ein zum Verzweifeln *unpolitisches Buch.* Wo es Politisches beredet, wird es banal – bis zur Vulgarität. Nazis und Kommunisten werden so nebenhin beide als

»Extremisten« hingestellt, womit sie schon das Gleiche, nur unter anderen Vorzeichen, bedeuten. (Das wäre ein rechtes Buch, um Radikalenerlässe zu rechtfertigen!). Wo Fallada politisch zu werden versucht, greift er ins Leere, weil er ganz offensichtlich von Deutschlands politischer Szenerie nicht viel begriff und meinte, es könne abgehen mit dem bloßen menschlichen Einsatz für die Erniedrigten und Beleidigten. Seine politischen Figuren sind mit ausgesprochenem Übelwollen gezeichnet: Lämmchens Vater, ein alter Sozialdemokrat, ist ein klöhnender Kauz, der Bruder, militanter Kommunist, der sich ständig mit seinem Vater in aussichtslose Debatten einläßt, ein unerträglicher Querulant. Dieses Un- bzw. Antipolitische des Buches gibt ihm am Ende eine ausgesprochen konservative Note. Pinneberg muckt nicht auf gegen die Wirtschaftsordnung, der er erliegt. Er nimmt die ökonomischen Unwetter hin wie Naturkatastrophen, denen er nichts anderes entgegensetzt als sein armes und braves Leben. Er ficht gleichsam, bewaffnet mit nichts als seinem Lämmchen und dem Kinde Murkel – und wenn er unterliegt, fällt er nicht als Kämpfer, sondern als Opfer. Er ist in der Tat der deutsche white-collar-worker seiner Zeit, der *menschlich* zwar allemal solidarisch ist, wo einem anderen Unrecht zugefügt wird, der sich aber niemals bemüht, diese Menschlichkeit in den politischen Raum zu tragen. Die minderwertigen Typen, die Pinneberg auf seinem kleinen Weg antrifft, sind für ihn stets nur Individuen: niemals Ausdrucksformen und physiognomische Merkmale einer Welt des Unrechts, die es zu verändern gälte. Wer Pinneberg verstehen will, sollte zur Ergänzung Siegfried Kracauers Buch *Die Angestellten* lesen.

In der unpolitischen Haltung ist Fallada gewiß, ganz ohne daß er es so gewollt hätte, charakteristisch für das Volk der Republik von Weimar: in seiner Breite und Tiefe ließ es sich treiben, überschwemmen schließlich von der braunblutigen Flut. *Kleiner Mann – was nun?* Auf diese Frage hätte eine andere Antwort erteilt werden müssen als die idyllische, die Fallada und sein Pinneberg uns gaben. Vielleicht aber ist gerade aus diesem Grunde, ich meine: weil wir hier die selbsttröstende, aber hoffnungslose Seelenverfassung des deutschen Volkes in einer Zeit, da es sechs Millionen Arbeitslose gab, so deutlich nachgezeichnet sehen, das Buch besonders aufschlußreich. Der Bundesrepublikaner von heute, so möchte man hoffen, würde sich in einer ähnlichen Situation nicht mit einer Zigaretten-Ration von drei Stück täglich und etwas Blumenkohl im Schrebergarten abspeisen lassen ...

War die apolitische Verfassung tatsächlich allgemein in der Ersten Deutschen Republik? Und waren alle sozialen Schriftsteller so detailgenau wie blind für das allgemeinere öffentliche Ereignis wie unser Fallada? Hierüber mag man sich Auskunft holen bei Lion Feuchtwanger in seinem Buch *Erfolg,* das mit anderen epischen Werken in dem Romanzyklus *Der Wartesaal* zusammengefaßt wurde. Feuchtwangers großes erzählerisches œuvre hat auf den ersten Blick so gut wie nichts gemein mit Falladas Bericht vom Untergang des wackeren, aber allzu kleinen Mannes. Zunächst ist die Zeitkulisse eine andere: der *Erfolg* spielt zu Anfang der Zwanzigerjahre, umfaßt *drei Jahre Geschichte einer Provinz,* wie der Untertitel es aussagt. Auch geographisch ist die Szene verschoben. Feuchtwanger beschreibt München und Bayern: beide waren – und sind vielleicht noch immer – wirtschaftlich, politisch und nicht zuletzt psychologisch anders strukturiert, nicht nur als »Preußen«, das es nicht mehr gibt, sondern vielleicht auch verschieden von den übrigen Ländern des damaligen Reiches, beziehungsweise der heutigen Bundesrepublik. – Wenn ich die beiden Bücher gleichwohl hier kopple, ist da nichts weniger am Werke als pure Willkür. Vielmehr bin ich überzeugt davon, daß trotz aller Unterschiedlichkeit der Zeit, der Bühne, der Schau, Feuchtwangers *Erfolg* und Falladas *Kleiner Mann* letztlich doch enge zueinander gehören: denn beide zeichnen das Pathogramm eines Landes auf, das nicht die Kraft und wohl auch nicht den Willen hatte, sich von der Unterdrückung durch eine herrschende Klasse, die damals mehr war als bloß ein vulgärmarxistisches Schlagwort, zu befreien.

Die, im Gegensatz zu Falladas opusculum, in Feuchtwangers opus überaus verzweigte, wohlorganisierte und hochartistisch konstruierte Handlung ist knapp zu skizzieren, ehe wir uns auf die Problematik einlassen. Es ist dies um so unerläßlicher, als ja das Buch jahrelang nicht im Handel vertrieben wurde und, wie ich höre, erst jetzt wieder neu aufgelegt werden soll. Die drei Jahre bayerischer Geschichte sind zugleich drei Jahre deutscher Irrungstragödie und drei Jahre Menschenschicksale. Im Mittelpunkt steht ein liberaler Galeriedirektor, Dr. Martin Krüger, »der Mann Krüger«, wie er stets bei Feuchtwanger – dessen Eigenart oder auch Manierismus entsprechend – genannt wird. Der »Mann Krüger«, ein bürgerlicher Aufklärer und Kunstavantgardist, ist den in der Provinz herrschenden Ober-Bajuwaren zuwider. Er muß »fertiggemacht« werden, auf daß man in Bayern ein Exempel statuiere, all denen zur Warnung, die es mit neumodischem Firlefanz und vorwärtsstrebender politischer Gesinnung halten. Eine Intrige wird geschickt eingefädelt, in deren Folge der Mann Krüger unter Ausnutzung einer Liebesaffäre wegen (ritterlichen) Meineids vors Gericht kommt und ins Gefängnis gesperrt wird. Dort stirbt er, vernachlässigt von der Gefängnisverwaltung, an einem Herzversagen, ein stiller Märtyrer der Freiheit von Kunst und Weltanschauung. – Es sagen, verehrte Hörerinnen und Hörer, diese wenigen Worte, zu denen ich meine Rede verknappen muß, so gut wie nichts aus über die Ereignisfülle dieses Buches: Sie müssen es wohl selbst vornehmen, um den rechten Begriff davon zu haben. Denn, was da passiert, rollt als Handlung wie eine Dampfwalze, kompakt und unwiderstehlich, heran. Zeitfiguren tauchen geisterhaft auf: Adolf Hitler, Putschist mit wenig Chance, in der Gestalt eines allein schon in der Namensgebung genial vorgestellten Mannes: er heißt Rupert Kutzner! Aus Ludendorff wird der General Wesemann, aus Bertolt Brecht der junge Ingenieur und Balladendichter Kaspar Pröckl.

Feuchtwanger selbst ist, kaum verhüllt, präsent in der Person des sich für den unglücklichen Mann Krüger einsetzenden Schriftstellers Jacques Tüverlin. Daneben wimmelt es von für Bayern charakteristischen Persönlichkeiten, die ich nicht aufschlüsseln kann, die vielleicht auch nicht aufgeschlüsselt werden können, da sie *Typen* dieser Hochebene sind, Leute X, die Feuchtwanger in Loden und anderes bodenständige Zeug einkleidet. Reaktionäre Industrielle, liberale Großbürger, christkatholische Dumpfseelen, kleine Gauner, die im Handumdrehen zu Fememördern werden, »gestellte Weibsbilder« des gesegneten Bayernlandes, verirrte Proleten, jüdische Anwälte, die in ihrer Verzweiflung an der deutschen Demokratie zum unguten Gott Jahwe zurückflüchten, Nachtlokalbesitzer, Schieber, kleine Hürchen und aufrechte Frauen wie Krügers Freundin Johanna Krain. Sie alle werden lebendig auf durchaus körperhafte, sinnlich spürbare Weise, agieren, handhaben und werden gehandhabt inmitten des unheimlich komplizierten Bezugs- und Aktionssystems, das wir vereinfachend *Gesellschaft* nennen. – Damit ist ein Stichwort gefallen: Lion Feuchtwanger ist – und dies namentlich in dem hier präsentierten Buche – einer der wenigen großen *Gestalter der Gesellschaft,* welche die deutsche Literatur dieses Jahrhunderts besitzt; genau besehen, vielleicht der einzige neben Heinrich Mann, den übrigens Feuchtwanger liebte und verehrte bis zum Tode. Feuchtwanger ist etwas gegeben, dessen nur wenige deutsche Romanciers sich rühmen dürfen: eine Objektivität, die aus der Fähigkeit erwächst, Subjekte mit Empathie zu erfassen. Er ist das strikte Gegenteil eines Tendenzschriftstellers, und man kann sich nur höchlichst wundern, daß gerade er in der Sowjetunion so hohes Ansehen genießt. Schildert er einen jagdfreudigen und dirndlfrohen bayerischen Minister, so steckt er in dessen Haut, steckt *uns* mit hinein in diese im Grunde unsympathische Hülle, der wir am Ende dann wider Willen Verständnis entgegenbringen. Nichts ist nachtschwarz und nichts schneeweiß. Der kleine Gauner und Fememörder wird schließlich zum *Menschen* und armen Teufel, und sogar aus dem hochgradig widrigen Rupert Kutzner entsteht so etwas wie eine menschliche Kreatur.

Wir kennen diese Art von objektiver Erzählkunst aus der angelsächsischen und der französischen Literatur — ich nenne da ganz willkürlich Namen wie Dickens, Balzac, Jules Romains, Theodore Dreiser. Sie ist uns kaum geläufig im deutschen Sprachraum, wo, von Wilhelm Meister bis meinetwegen zu Peter Handke, der *Einzelne gegen die Sozietät* zu stehen kommt. Warum wohl? Nun, es ist klar, weil Deutschland zwar eine Herrschaft der Bourgeoisie gekannt hat, zu seinem äußersten Unheil niemals aber eine freiheitliche, vermittels einer Revolution erzwungene bürgerliche Zivilisation. Nur ganz wenige Autoren — unser Feuchtwanger und eben auch, auf einer höheren ästhetischen Stufe, Heinrich Mann — stehen ein für etwas, das anderwärts in Prächten erblühte. Die Frage der bürgerlich-aufklärenden, objektiven, hierbei aber das Engagement einschließenden Prosa bringt uns direkt zu

Feuchtwangers politischer Einstellung. Man weiß, Feuchtwanger stand den Kommunisten nahe, hat sich wiederholt in diesem Sinne ungescheut geäußert, ist ja auch, wie ich es eben sagte, einer der in der Sowjetunion am meisten geschätzten, neueren deutschen Autoren. Wollen wir freilich im *Erfolg* nach den Spuren dessen suchen, was er selber vielleicht als seinen Kommunismus verstand, dann gehen wir leer aus. Sehr häufig kommt es da beispielsweise zu Diskussionen zwischen dem bürgerlich-liberalen Schriftsteller Tüverlin und dem jungen Kommunisten Pröckl. Pröckl, Schlüsselfigur für Bert Brecht, mit dem Feuchtwanger enge befreundet war und sogar gemeinsam Texte verfaßte, ist in diesen Diskussionen stets der Verlierer. Allemal triumphiert die bürgerliche Vernunft – der »kritische Rationalismus« würde man heute in philosophischer Fachterminologie sagen – über den Marxismus. Feuchtwanger ist ein ganz und gar *undialektischer Denker* – und man mag nun diese Feststellung je nach Geschmack als eine laudative oder pejorative auffassen; ich selber verstehe sie als positiv. Aufklärung ist nicht dialektisch aufgeweicht, sondern wird praktisch mit einer Art von fröhlichem Pessimismus betrieben: die Leute, die sich da für den Mann Krüger einsetzen, glauben nicht so recht an den Sieg ihrer Sache, die die gute ist. Aber sie lassen sich's nicht verdrießen: und wenn sie am Ende verlieren, verliert doch damit der Kampf nichts von seiner Legitimität.

Versicherte ich einerseits, daß bei Feuchtwanger auch die unausstehlichsten Charaktere stets Menschen bleiben, daß er aber andererseits kein dialektischer Autor sei, so sind diese beiden Behauptungen zu ergänzen und zwar dergestalt, daß sie einander erhellen. Es wird bei der Lektüre des Romanes *Erfolg,* so wie aller anderen Feuchtwanger'schen Epik, dem Leser sehr bald klar, daß er es da zwar mit Individuen zu tun hat, zugleich aber auch mit *Typen*. Die Menschen bei Feuchtwanger sind nicht beliebig in andere Epochen, andere geographische Räume übertragbar, denn es sind allerwegen *historische* Menschen, Rollenträger in einem je ganz spezifischen historischen Drama. Der Mann Krüger ist, der er ist: zugleich aber auch der Typus des liberalen Intellektuellen, der im Deutschland der Zwischenkriegszeit ein Heimatloser war; der Rechtsanwalt Geyer hat seine individuelle Identität: dazu aber ist er auch der deutsche Jude, dessen Deutschheit auf so hartnäckige Ablehnung seitens der Gesellschaft stößt, daß er sich am Ende nicht anders zu helfen weiß, als zu dem ihm längst entfremdeten Gott seiner Väter zu beten; Rupert Kutzner ist die Schlüsselfigur für Adolf Hitler: doch könnte er auch ein beliebiger putschierender und mit seinem Putsch scheiternder kleinbürgerlicher Narr sein, wie es Hitler *auch* war – und habe er, wie es bei Goethe heißt, »den halben Erdball überflogen«. Wenn ich nun auf der anderen Seite meinte, es sei Feuchtwanger kein dialektischer Kopf und Schriftsteller, so heißt dies, daß er an einem ganz bestimmten, dem bürgerlichen, Humanitätsideal beharrlich festhielt, daß er nicht bereit war, dieses als ein zu überwindendes historisch-dialektisch in Frage zu stellen. Feuchtwangers bürgerliche Vernunft, die bei ihm stets im Dienste eines noch nicht erodierten Fortschrittsdenkens steht, hielt sich nicht schlecht gegen die Zerstörungsarbeit der Zeit, hat besseren Bestand als fast alle marxistisch inspirierte Prosa, die wir im Deutschland der Zwischenkriegszeit auffinden. Darum vielleicht, weil unleugbar das – im weitesten Sinne – bürgerliche Fortschrittsdenken ein *offenes* ist, ein Denken, das bereit ist, gegen sich selbst anzugehen, das keinem vorgeblichen historischen Gesetz, keinem Dogma sich verpflichtet.

Ein Einwand freilich – aber ob es ein solcher ist, bleibt

fraglich — muß erhoben werden: Feuchtwanger, gleich so vielen anderen bürgerlichen, wie übrigens auch proletarisch-marxistischen Autoren, sah die Zukunft falsch voraus. Das Buch hat in seinem dichten Handlungsgeflecht auch das Scheitern des Hitlerputsches von 1923 zum Gegenstand. Der Autor schrieb es in der Überzeugung, daß das, was er als faschistischen Narrenspuk ansah, mit dem Mißlingen von Hitlers erstem Versuch zur Machtergreifung verflogen sei — für immer. Als aber das Werk 1930 erschien, war schon die schwere Wirtschaftskrise im Anbruch, die braunen Bataillone wurden dichter, die Industrie war wieder bereit, Hitler mit Geldmitteln zu versorgen, und der kleinbürgerliche Narr war bereits zu wirklicher Gefahr geworden. Darf man dies dem Dichter anlasten? Und darf man gar behaupten, es hätten die Leute von der mythischen »Roten Front«, die Entwicklung richtiger vorausgesehen? Die Antwort auf beide Fragen muß ein entschiedenes Nein sein. Im marxistischen Lager war man überzeugt davon, daß die — faktische — Verelendung der Massen sie zum Bewußtsein ihrer Lage bringen werde, daß die proletarisierten Kleinbürgerschichten sich nunmehr mit dem Proletariat solidarisieren und mit ihm die Große Revolution machen würden. Sie gingen mit dieser dogmatischen Auffassung ebenso fehl wie Lion Feuchtwanger, der offensichtlich darauf schwur, daß die humane Vernunft sich durchsetzen müsse — gegen den Feind der Humanität, sogar gegen den eingeborenen Pessimismus des Humanisten, der er war. Er traute dem deutschen Volke und namentlich dem bajuwarischen Stamm, aus dem er selbst, mit kleinem Geburtsfehler freilich, herausgewachsen war, alles mögliche Miserable zu: daß man aber auf den Rupert Kutzner hereinfallen und ihn zum Führer würde machen, konnte er nicht glauben. Niemand glaubte es, nicht einmal jene deutschnationale Großbourgeoisie, die Hitler finanzierte und bis 1933 überzeugt war, sie würde ihn nach ihrem Gutdünken zu manipulieren vermögen.

Nun, Dichter sind keine Hellseher. Es ist schon verdienstlich genug, daß Lion Feuchtwanger dort *zu sehen versuchte,* wo Hans Fallada ganz einfach die Augen schloß und mit seinem kleinen Pinneberg in der Idylle die eigene Identität suchte. Von Feuchtwanger können wir, auch wenn er die Zukunft nicht erschaute, nicht erschauen konnte, da man ja trotz Klassenjustiz, Korruption, Niedertracht aller Art, schließlich doch in einem zivilisierten Lande wohnte, etwas lernen – im Unterschied zu Fallada, der uns nichts zubringt als allerkleinste, sympathische Menschlichkeit. – Lassen Sie mich bitte noch ein Wort sagen über Feuchtwangers Stil, von dem sehr zu Unrecht Robert Neumann einmal ungefähr gesagt hat, er sei bis zur Unpersönlichkeit sterilisiert, sei gleichsam bewußt auf leichte internationale Übersetzbarkeit hin zubereitet. Dies stimmt überhaupt nicht. Die schweren, stampfenden, am Lateinischen geschulten Sätze dieses Autors haben nicht nur etwas ganz Eigenes, sie sind auch im Roman *Erfolg* von einer frappierenden Bodenständigkeit, so daß sie gelegentlich sogar mit denen des Volksdichters Oskar Maria Graf vergleichbar sind. Es sind Sätze und Handlungskonstruktionen, die sich nicht übernehmen und aus diesem Grunde nirgendwo jene unheimlichen Leerstellen haben, wie wir sie auch bei großen Autoren oftmals antreffen, so daß wir sie mit Ungeduld nur überfliegen. Die adjektivischen Wiederholungen bei der Menschendarstellung haben etwas im eigentlichen Wortsinne Einprägsames: man vergißt sie nicht leicht; sie lasten in uns, wir leben weiter mit ihnen, als seien sie Teil unseres Ich. Feuchtwangers Bücher, *Jud Süß, Der jüdische Krieg, Waffen für Amerika,* der große Emigrantenroman *Exil* und vor allem der hier vorgestellte *Erfolg* müssen unbedingt wiedererweckt werden. Deutschland ist nicht reich genug an gesellschaftlichen Epikern, als daß es sich den Verzicht auf diesen Autor leisten könnte.

Revision zweier Gesellschaftsromane
Über John Galsworthy und D. H. Lawrence

Der eigentümliche Reiz des Wiederlesens alter Bücher, die man vor Jahrzehnten durchgegangen ist und beurteilt hat und die nunmehr in neuem Lichte und gleichsam von der »anderen Person«, zu der man wurde, neu aufgenommen werden – dieser Reiz hat vielfältigen Charakter. Die Zeitperspektiven verschieben sich. Das einstens Unerhörte ist längst zum Überdruß an Gehörtheit geworden. Das Ich, das man vor, sagen wir, vier Jahrzehnten war, wird als etwas ganz Fremdes empfunden, wenn man sich manchmal die Frage stellt: *wie* hat mir dies und das gefallen können? und wie war es möglich, daß ich jenes so schlecht begriff? Die alten Bücher werden zu unserem Spiegel, die Autoren der Vergangenheit zu Unbekannten, wie gut wir sie einstens zu kennen meinten. Dies kann dahin führen, daß man beim Wiederlesen nicht nur Bücher und Schriftsteller, sondern sich selber neu einschätzen muß, was manchmal recht peinigend ist. – Gelegentlich rollt ein solches »relire«, ein Wiederlesen, das Wiedererkennen und zugleich Nicht-Erkennen ist, auch zeitgeschichtliche Panoramen auf. Gerade dies stieß mir zu, als ich jüngst englische Bücher aus der Zwischenkriegszeit las und mir klar wurde darüber, wie hier im Geschick dieser Nation ein dialektisches Gesetz sich erfüllte: die *erste* Industrienation mußte zur *letzten* werden; die aktuelle Misère Englands wird verständlich aus dem brutalen Klassencharakter – es ist ja kein Zufall, daß Marx stets das englische Modell vor Augen hatte, wenn er vom

Kapitalismus sprach – den die englische Gesellschaft sich noch in den Jahren zwischen den beiden Kriegen hartnäckig bewahrt hat. Die unverschleierte Form der Klassengesellschaft, beziehungsweise der jenseits aller Schlagwort-Geistlosigkeit *oppressive* Charakter dieser Sozietät wurde mir so recht deutlich, als ich soeben zwei Autoren vor mir hatte, die beide, sehr andersartig, aber doch wieder konvergierend, das England der Vergangenheit vor meinen Augen enthüllten: John Galsworthy und David Herbert Lawrence.

Es sind zwei in jeder Hinsicht äußerst verschiedene Schriftsteller; zunächst einmal schon dem Jahrgang nach: John Galsworthy wurde 1867 geboren, D. H. Lawrence 1885, also achtzehn Jahre später. Der Tod rückte sie beide einander näher: Galsworthy starb 1933, Lawrence lief ihm voran und machte sich schon 1930 aus dieser Welt davon. Der Ältere war noch geprägt durch die Zeit vor dem Ersten Weltkrieg, also dem Viktorianismus, der weit über die Regierungszeit der Königin Viktoria hinauslangte; der andere siedelte sein Hauptwerk in der Zwischenkriegszeit an: wo bei Galsworthy die Besitzenden noch mit Karossen fahren, dort rattert bei Lawrence schon das Automobil. In den Galsworthy-Romanen tragen die Damen Korsetts, Kleider mit Wespentaille und Puffärmeln, Lawrence' Lady Chatterley müssen wir uns in einem kurzen Sackkleid vorstellen, wie es in den frühen Zwanzigerjahren Mode war. Lawrence' Szene waren die »Midlands«, wo hart die Klassengegensätze von Bergarbeitern einerseits, dem Grubenbesitzer Sir Clifford Chatterley andererseits aufeinanderstießen. Bei Galsworthy haben wir es mit dem weltstädtischen Bürgertum zu tun, für das die »niederen Volksklassen« sozusagen nicht auf der Welt sind, wo sie nur pittoreske Staffage bilden oder Faulpelze, die man strenger zur Arbeit anhalten muß.

Und dennoch: Beide Autoren, Galsworthy und Lawrence haben es mit der gleichen Gesellschaft zu tun, die auf den Gipfeln droben an ihre Unerschütterlichkeit glaubte, einer Gesellschaft, die in weiten Teilen des Lebens der Nation sogar noch in unsere Zeit herüberragt und deren Herüberragen in meinen Augen eben die Ursache dafür ist, daß Englands Uhren anders gehen.
Erstaunlich ist freilich etwas, das mir einst entgangen war und mir erst jetzt beim Wiederlesen zu Bewußtsein kam: daß nämlich der eine wie der andere zu den scharfen Kritikern ihrer Gesellschaft gehören, wobei nun als kritischer Richter der mir damals so harmlos erschienene John Galsworthy besser abschneidet als der häufig von der Linken für sich reklamierte Erfinder der Lady Chatterley. Und die Revision vorgefaßter, richtiger: zu früh gefaßter Urteile ging nun über das zeitgeschichtliche kritische Element in den Werken dieser Romanciers weit hinaus und mußte auch auf ästhetischer Ebene vorgenommen werden. Das war keine geringe Überraschung für mich, denn nach reiflichem Erwägen, das freilich sich keine objektive Gültigkeit anmaßen will, vielmehr sich seiner Subjektivität bewußt bleibt, sage ich mir, daß die vorliegenden Texte — und hier spreche ich von den Hauptwerken meiner Autoren, der *Forsyte-Saga* und der *Lady Chatterley* — in John Galsworthy den größeren Schriftsteller ausweisen. Beim Wiederlesen mußte ich zunächst einmal mit mir selber streng ins Gericht gehen. Ich hatte Galsworthys *Forsyte-Saga* vielleicht 1929 oder 1930 gelesen, soferne meine Erinnerungen an eine so weit zurückliegende Zeit getreu sind. Aber *habe* ich sie denn auch wirklich und genau gelesen? Ich zweifle daran, habe das Gefühl, als hätte ich nur eben in der *Forsyte-Saga* so ein wenig herumgeblättert, ein Kapitel da, ein anderes dort, ohne Ernst, gänzlich ohne Vergnügen. Die Geschichte der Brüder, Väter, Müt-

ter, Onkels, Töchter und Söhne Forsyte war mir ziemlich langweilig. Ich fand, es gehe mich nichts an, ob Soames Forsyte sich ein Haus baut und was aus diesem wird. Ich meinte, daß es nicht meine Sache sei, mich zu befassen mit dem alten Jolyon Forsyte und seinen da und dort zweifelnden Gedanken über seine Klasse und deren Auserwähltheit. Dazu kam ein anderes: als die Forsyte-Saga 1925 in deutscher Sprache herauskam, war ich längst Thomas Manns *Buddenbrooks* begegnet, einem Werk, das einen tiefen und bis heute bleibenden Eindruck auf mich gemacht hatte, so daß ich bewußt, halbbewußt, unbewußt ständig Vergleiche zwischen diesen beiden Familienromanen anstellte, die natürlich nicht zu Gunsten Galsworthys ausgehen konnten. Natürlich? So unbedingt und einschränkungslos? Auch hier habe ich zu revidieren. Daß Thomas Mann die originellere, ästhetisch höher rangierende Figur ist, daran kann vernünftigerweise nicht gerührt werden. Immerhin erscheint es mir doch so, als hätte ich Galsworthy auch als *Dichter* unter dem Eindruck der *Buddenbrooks* unterschätzt. Was gar das Politisch-Kritische angeht, so muß ich mir heute eingestehen, daß John Galsworthy gegenüber dem Verfasser der *Buddenbrooks* die fortschrittlichere Position innehat. Thomas Mann war 26 Jahre alt, als die *Buddenbrooks* erschienen. Galsworthy war ein reifer Mann, als zwischen 1906 und 1921 die einzelnen Bände der *Forsyte-Saga* im Original herauskamen. Dies erklärt vieles im biographisch-psychologischen Felde. Unabhängig aber von solchen Fakten bleibt bestehen, daß Galsworthy seine Klasse mit Unbarmherzigkeit sezierte, während der Thomas Mann der *Buddenbrooks* ihr liebevoll-ergeben, allenfalls mit wohlwollender Ironie gegenüberstand. Thomas Manns englischer Kollege war zwar durchaus auch seiner Klasse – oder sagt man vielleicht schon besser: Kaste? – verhaftet,

aber er erschaute sie aus einer sehr angelsächsischen Distanz. Er machte sich keine von jenen Illusionen, die des deutschen Dichtens und Denkens liebste Kinder sind. Vor mir liegt eine lange vor dem Kriege in einer Buchgemeinschaft herausgekommene, leider von Luise und Wolf Schalit miserabel übersetzte Ausgabe, zu der kein anderer als eben der Autor der *Buddenbrooks* das Vorwort schrieb. Es scheint mir nicht nur legitim, sondern unerläßlich, aus diesem knapp zwei Druckseiten langen Text ein paar Zeilen zu zitieren. »Gesellschaftlich gesehen«, schreibt Thomas Mann, »stellt dieser Mann und Dichter, typischer Engländer aus gutem Hause, etwas vor wie eine Blüte westeuropäischer Zivilisation, und das Wort Gentleman, das so reich ist an physischen und moralischen Sinnbezügen, wäre erschöpfend für ihn, wenn es geistiger wäre. Sehr bald im Verkehr mit John Galsworthy findet man bestätigt, was man im voraus wußte, nämlich, daß man es zwar mit einem klassischen Gentleman zu tun hat, darüber hinaus aber, oder eigentlich, mit einem Geistesmenschen, einem Wissenden und Empfindlichen, in dem Leiden und Formtrieb jene geheimnisvolle Mischung eingegangen sind, die die Quelle der Literatur ist, mit einem Schriftsteller, kurz gesagt, dessen wohltuende menschliche Erscheinung – oder soll ich sagen Maske – die des Gentleman ist. Der dichterische Historiker einer bestimmten Epoche des englischen Bürgertums ist natürlich kein Klassenmensch und also auch kein Klassenbürger. Erkenntnis und Kunst distanzieren ihn von einer sozialen Lebensform, die nach Herkunft, Erziehung, Überlieferung die seine ist, der er aber nicht mehr naiverweise angehört, sondern die seine Prosa objektiviert, indem sie an ihr und ihrer historischen Lage Kritik übt.«
Man kann es nicht besser, nicht deutlicher sagen. Jawohl, Galsworthys als sentimentale Bürgergeschichte verschrie-

nes und von mir selbst einst ungeduldig beiseite gelassenes Werk gehört durchaus in die große Tradition des westeuropäischen kritischen Gesellschaftsromans, der in Deutschland auf so beklagenswerte Weise fehlt: Balzac, Dickens, Stendhal, der Flaubert der *Bovary*, Zola, Martin du Gard, sie alle, die großen sozialkritischen Autoren der Vergangenheit sind literarische Blutsverwandte Galsworthys, stehen ihm im Grunde näher als der romantische Bürger-Künstler Thomas Mann mit seinen ästhetisch unzweifelbar höher rangierenden, aber sozialkritisch kaum in Frage kommenden *Buddenbrooks*. An Klarheit seiner Einsicht läßt Galsworthy kaum etwas zu wünschen übrig. Schon im Vorwort zur *Forsyte-Saga* sagt er: »Wenn der bessere Mittelstand mit anderen Klassen dazu bestimmt ist, in Amorphie überzugehen, liegt er hier, in diesen Seiten konserviert unter Glas zur Schau für alle, die in dem weiten schlecht angelegten Museum der Literatur umherstreifen. Hier ruht er in seiner eigenen Atmosphäre: dem *Streben nach Besitz*.« Galsworthy geht nicht sentimental mit seinen Besitzbürgern um, als deren paradigmatische Persönlichkeit der bis zur Unheimlichkeit kalte Soames Forsyte zu stehen kommt, jener »reiche Mann«, dem freilich sein Reichtum nicht helfen konnte, die schöne, der Emma Bovary nachgezeichnete Frau Irene zu halten. Galsworthy zeigte diesen papierenen, schmallippigen, auf Besitz und Mehrung des Besitzes bedachten Menschen in seiner ganzen Inhumanität, wenn er etwa mit methodischer Strategie den Liebhaber seiner Frau, einen grundsympathischen Menschen, finanziell zugrunde richtet. Und dennoch: anders als Flaubert, der dem armen Teufel Charles Bovary nur die totale Verachtung des Großbürgers gegenüber dem halb-proletarischen Kleinbürger fühlen läßt und dergestalt den *armen* Kerl gleichsam naturgesetzlich auch zum *dummen* Kerl macht,

gelingt es Galsworthy, für den vorerst mit indifferenter Präzision porträtierten Soames Forsyte, sobald dieser im Elend des Verlassenseins steckt, im Leser Mitleid zu erwecken. Da gilt dann plötzlich auch das Streben nach Besitz nicht mehr, beziehungsweise der triste Soames geht in diesem Streben nicht mehr auf. Sein gesellschaftliches Sein bestimmt schließlich weniger sein Bewußtsein als sein Leiden um die geliebte Frau, der vor ihm ekelt, die nichts anderes im Sinne hat, als die kalten Lippen des ehelichen Liebhabers mit den heißen des echten Liebenden zu vertauschen. Auch John Galsworthy spricht vom Schicksal des *Fleisches,* nicht in den kruden Worten D. H. Lawrence', sondern mit jener Zurückhaltung des Gentleman, in der letzten Endes mehr Erotik steckt als in Lawrence und seinem Wildhüter Mellors, der eine verworrene Philosophie des »Fuck« entwickelt.
Und schon treten wir mit dieser Feststellung über aus dem Reich des Gesellschaftskritischen in das des Ästhetischen. Zu unserem Staunen erkennen wir, wenn wir den von seiner Frau verlassenen Soames bei einem abendlichen Spaziergang durch den Hyde Park begleiten, wie gerade in der Darstellung des Erotischen – aber wohl allerwegen dort, wo *Emotionen* im Spiele sind – ein scheinbares Zuwenig besser ist als ein offenbares Zuviel. Soames sieht im Hyde Park auf den Wiesen und unter den Bäumen Liebespaare, ist Zeuge dessen, was er niemals erleben durfte, da doch das Streben nach Besitz seine Existenz ausfüllte. Jählings fühlt mit ihm der Dichter und er durch den Dichter die Realität der fleischlichen Verstrickungen, die nun nicht mehr reduktibel sind auf Soziales: im Reich der Sinne und des Leibes finden die sozialen Determinationen ihre Grenzen. Dabei wird zugleich kritisch und ästhetisch eine Höhe erklommen, von der aus gesehen, Lawrence sich dürftig ausnimmt. Es

heißt bei Galsworthy: »Die Instinkte der Selbstvergessenheit, der Leidenschaft und Liebe, die sich vor den Hütern des Besitzes, ihres unbarmherzigsten Feindes (. . .) verbargen, feierten ein heimliches Fest, und Soames, der auf dem Rückweg von Bayswater Road (. . .) am Wasser entlang und nachhause ging, (. . .) trieb es das Blut zum Herzen, als er ein leises Lachen und das Geräusch von Küssen vernahm (. . .). Schweigend und ohne Scheu (saß) ein Paar, das sich nicht regte, die Frau barg das Gesicht am Halse des Mannes, es war wie eine einzige Gestalt — ein Sinnbild der Leidenschaft, in Stein gehauen. Wer weiß, was Soames dachte, wer weiß, was er suchte auf diesem Wege? Brot für Hunger — Licht in der Finsternis?« — Durchaus dichterischen Rang hat auch das Zwischenspiel »Indian Summer« (Nachsommer), die sehr zarte Geschichte der Liebe des achtzigjährigen Jolyon, eines sehr reichen, aber schon etwas aus der Art geschlagenen Forsyte — da er sich doch manchmal in vertieften Stunden Gedanken macht über das Streben nach Besitz, das ihm nicht mehr als der in sich ruhende letzte Wert des Daseins erscheint —, und eben jener leidenschaftlichen Irene, die nach der Scheidung von Soames und dem Tode ihres Geliebten bei dem alten Manne Zuflucht sucht, sie findet, bis schließlich an einem warmen Sommerabend Jolyon Forsyte unter einem Baume sitzend den Kopf auf die Brust sinken läßt — für immer. — Ich stehe nicht an, zu behaupten, daß dieser Dichter nicht nur verdient, wiederentdeckt zu werden, sondern daß man ihn tatsächlich wiederentdecken wird — und nicht nur als Szenaristen einer mehr oder weniger wohlgelungenen Fernsehserie. John Galsworthy, Träger des Nobelpreises für Literatur 1932, hat als Gesellschaftskritiker und Dichter auch uns Heutigen noch etwas zu sagen. Und selbst wer nicht zu überzeugen ist von der ästhetischen Qualität seines Werkes, von der Relevanz seiner Kritik, würde schließlich doch zugeben müssen, daß hier zumindest das Dokument jener englischen upper middle-class niedergelegt wurde, deren Niedergang die eigentliche Ursache des heutigen politisch-wirtschaftlichen Unbehagens der Insel ist.

Ja, und nun also David Herbert Lawrence und sein Hauptwerk *Lady Chatterley's Lover*. Es lag mir beim Wiederlesen in zwei Fassungen vor: ich befaßte mich mit der »autorisierten« Version in englischer Sprache und mit der jüngst vom Diogenes-Verlag herausgegebenen zweiten auf Deutsch. Das Buch, das immerhin seinen historischen Platz als eine der ersten Manifestationen dessen einnimmt, was man in diesen Tagen die »Sexuelle Revolution« nennt, hat mich seinerzeit erheblich bewegt, wiewohl es mich hart ankam, die Übersetzung von Herbert E. Herlitschka zu lesen, der den Midland-Dialekt des Wildhüters und Liebhabers der Lady ausgerechnet ins Oberbayerische übertrug, wobei es zu ziemlich grotesken Stellen kam, so beispielsweise jener, wo Mellors der Lady Chatterley sagte: »Du hast'n handsamsten Arsch von der Welt...« Gleichviel, ich empfand das Werk als einen Durchbruch zur erotischen Freiheit und fragte mich nicht weiter ab, ob diese Orgasmus-Philosophie, diese Phallus-Vergötzung, in welcher die Klassenkluft zwischen der Lady und dem Bergarbeiterssohn sich zu schließen schien, nicht eine einzige große Mystifikation sei. Im Gegenteil: die konfuse Zivilisationsfeindlichkeit des Textes zog mich an, der anti-industrielle Furor entsprach ganz der seelischen Lage eines jungen Menschen, der die Weltwirtschaftskrise des Kapitalismus im Fleische verspürte, ohne sie analysieren zu können. Desgleichen waren mir der Wald und die Hütte des Wildhüters Mellors (bzw. »Parkins« in der zweiten Version) eine mir eigene, auf mich zugeschnittene Zuflucht. Schließlich entsprach die falsch »vergeistigte« Sexualität, die bei Lawrence (ganz übrigens wie bei Wilhelm Reich) kosmische Dimensionen und metaphysische Tonlage hatte, einer Form der Befreiung des Humanen aus den Fesseln sowohl wirtschaftlicher Not wie bürgerlicher Hypokrisie.

Heute, nach sehr weitgehend vollzogener sexueller Revolution, nach allem, was wir kennen, von der frei verkäuflichen *Mutzenbacher* hinaus bis zu modernen Amerikanern und zum *Obszönen Werk* Georges Batailles, erscheint Lawrence' Kühnheit als ziemlich schal und überholt. Ich glaube dem Wildhüter Mellors und seiner hochgeborenen Connie ihre *Existenzen* nicht. Die Ressentiments des Bergarbeitersohnes Lawrence gegen die englische high-class, die verkörpert ist in dem durch Kriegsverletzung zur Impotenz verurteilten Sir Clifford, sind mir zwar psychologisch verständlich, aber sie dünken mich kindisch und undurchdacht, fern jeglicher Objektivierung. Und schließlich dies: Im Gegensatz zu Galsworthy, aber andererseits auch zu dem exorbitanten Joyce, schreibt hier *kein* Gentleman: keiner der Geburt, keiner des Geistes. Ich könnte ad infinitum Stellen zitieren, die vom Autor als zugleich erregend und revolutionär gewollt waren und uns heute einfach albern anmuten. Vieles wirkt ausgesprochen kitschig — soferne wir uns an die gegenwärtigen Kriterien halten, was freilich auch ein gewagtes Unternehmen ist, denn zu allen Zeiten wurde durch bloßen Verschleiß Kunst zu Kitsch.

Die Gegenüberstellung des eiskalten »Herrenmenschen« Sir Clifford, der, um das Tote der bestehenden Sexual- und Gesellschaftsordnung zu symbolisieren, von den Hüften abwärts gelähmt ist und sich nur im Rollwägelchen fortzubewegen vermag, und dem kräftigen, schon berufshalber »naturnahen« Wildhüter Mellors ist mehr als dubios. Am Ende ist auch, wer sich ans Inhaltliche, bzw.

das Handlungsplot hält, schockiert über die Härte, mit welcher der Autor hier einen Mann zeichnet, der immerhin im Kriegsdienst während des ersten Weltkriegs verstümmelt wurde, der zudem ein hochgebildeter Mensch ist, Leser und Kenner der klassisch-antiken, wie der modernen Literatur. Freilich, dergleichen zählt nicht in den Augen des Verfassers. Im Gegenteil: wenn die Namen aus dem Reiche des Geistes fallen – Platon, Plotin, bis Proust und Joyce –, so geschieht dies seitens Lawrence' stets mit einer Art von plebejischer Geistes-Verachtung. Alles, was man seit Freud gewohnheitsmäßig die »Sublimierung« der erotischen Triebe nennt, ist für den Verfasser der *Lady Chatterley* nur Erstarrung, Versteinerung, Tötung des »Lebendigen«. Seine ganze Zärtlichkeit gilt dem Geschlechtsakt, der für ihn eine Form kosmisch-metaphysischer Befriedung ist, und innerhalb dieses Aktes wiederum ist es der Phallus, der erigierte, wie auch der ruhende, der ihn entzückt. Eine eigenartige Dialektik übt da vor unseren Augen sich in dem ihr eigenen Wechselschritt: Lawrence, der als »Befreier von falscher Sexualmoral« gefeierte Dichter, erweist sich als »Phallokrat«, wie die Anhängerinnen moderner Frauenbefreiungs-Bewegungen sagen würden. Die Lady Constance ist immer wieder bezaubert von dem »kleinen Unterschied«, von dem einst der Philosoph Otto Weininger gesagt hat, man könne ihn doch klaren Auges auch beim besten Willen nicht als hübsch oder schön empfinden. Sehr zu Unrecht berufen sich also, so möchte ich meinen, moderne Sexualemanzipatoren auf D. H. Lawrence. Aus ihm spricht der *Mann*, der mit Großbuchstaben geschriebene *VIR* – und die Rolle der Frau beschränkt sich auf still-enthusiastische Bewunderung der *Virilität*, in die sie aus dem Totenreich impotenter Gesellschaftlichkeit und Geistigkeit beseligt flüchtet.

Ebenso mißverstanden wird Lawrence, wenn man in ihm den Sozialrevolutionär zu erkennen glaubt; er ist in Wahrheit das genaue Gegenteil eines solchen. Natürlich *kennt* er — im Gegensatz zum vorhin heraufbeschworenen Galsworthy — das Proletariat, er gehörte dieser Klasse ja selber an, ehe er sich autodidaktisch bildete, sich als Schriftsteller emporarbeitete und schließlich selber eine Lady Chatterley, nämlich die deutsche Aristokratin Frieda von Richthofen, zur Gemahlin nahm. Ebenso natürlich fallen bei ihm härtere Worte gegen die ausbeuterische high-class. Es sind aber diese in letzter Analyse unartikulierte Aufschreie, die gar keine politischen Implikationen haben. Ja, es schien mir, namentlich bei der Lektüre der zweiten Fassung, in welcher wir eine größere Anzahl im proletarischen Rahmen spielender Szenen finden als in der autorisierten —, als *hasse* Lawrence das Proletariat, dem er entstammt und dem er sich entrang. Jedenfalls erscheint in der erwähnten Fassung der Prolet und einzige revolutionäre Sozialist, Bill Tewson, als ein lächerlicher und vulgärer Mensch. Die Klassenfrage wird schließlich überhaupt eskamotiert, wenn Constance Chatterley zu erkennen meint, es gebe nur *zwei* Klassen, die aber ökonomisch nicht fixierbar seien und sich nur in ihrer Einstellung zur zärtlichen Sexualität unterschieden. Es heißt da zum Beispiel: »... die Homogenität des Proletariats war unterteilt zwischen den Besitzenden und den Habenichtsen, den Besitzern und Lohnempfängern, den Kapitalisten und Arbeitern. Es war ein polarisiertes homogenes Proletariat. Sie alle waren Roboter. Und es war der Selbstmord des Menschengeschlechts.« Wo und wie konnte dieses sich noch human bekräftigen? In der Zärtlichkeit der Sexualität — »Tenderness« war übrigens einer der Titel, die Lawrence für sein Werk in Erwägung zog — und in der Flucht aus der industriellen Welt. Connie hofft, sie werde gemeinsam mit dem Wildhüter nach ihrer Scheidung von dem lendenlahmen Sir Clifford eine Farm bewirtschaften: dort würde, inmitten von Wäldern, Wiesen, Blüten und nimmer erlahmenden Erektionen des Mellors-Phallus endlich das rechte Leben hingebracht werden. – Auf frappierende Weise schließt sich hier der Ring zweier naiver Rousseauanismen: von Lawrence rundet sich die Kreislinie und mündet ein in gewisse moderne Philosophien, die schon das gedankliche Feld des Marxismus verlassen haben um einer generellen Verwerfung der geordneten Industriewelt willen – ich denke hierbei nicht nur an den *Anti-Ödipus* von Deleuze-Guattari, sondern auch an einen verblüffenden Aufsatz des Schweden Lars Gustafsson, der kürzlich in Rowohlts *Literatur-Magazin 3* erschien.

Zwei Autoren wurden wiedergelesen, zwei Revisionen mußten unternommen werden. Es stehen freilich auch diese Neubewertungen, die ästhetischen und kritischen, im Bezugssystem der Gegenwart. Ich wage nicht zu sagen, daß sie auch morgen noch gelten werden. Im Augenblick aber erscheinen sie mir als legitim. Der allzu oft belächelte John Galsworthy nimmt sich als Dichter und Gesellschaftskritiker im Lichte dieser unserer Tage besser aus als der vielgepriesene D. H. Lawrence. Hätte ich zu plädieren, ich würde dafür eintreten, daß nicht nur die *Forsyte-Saga* Galsworthys wieder neue Leser finde, sondern auch die anderen Romane dieses Autors, und ich würde sogar den Bühnenleitern raten, wieder Galsworthys gesellschaftskritische Theaterstücke aufzuführen, namentlich das hervorragende, um das wiederum hochaktuelle Thema des Antisemitismus kreisende Drama *Justiz*.

Wider die Erosionsarbeit der Zeit
Über André Gide und Julien Green

Die Nachdenklichkeit, die einen beim Wiederlesen älterer Literaturwerke befällt, wird zugleich tiefer und unergiebiger, wenn es sich hierbei nicht nur um die Meisterung der zeitlichen Differenz handelt, sondern zusätzlich noch sprachlicher und nationaler Verschiedenheit. – Da redet man unaufhörlich von Europa, als handle es sich um einen Komplex, der von ein paar Technokraten im Brüsseler Europaviertel entworfen und verwaltet werden könne! Europa? Aber das sind ja schließlich nicht nur Milchpreise und Kohlenförderung. Das Wort müßte, soferne es im politischen Einigungssinne Realwert haben soll, auch sehr viel Geistiges umgreifen. Literatur zum Beispiel. Haben wir es mit dieser zu tun, merken wir alsbald, daß das Zeitalter europäischer Literatur – zu schweigen von der Goethe'schen »Weltliteratur« – noch immer nicht angebrochen ist. Es stehen die Literaturen der den Europabegriff tragenden Länder, Deutschlands und Frankreichs, beziehungslos nebeneinander oder, soweit Beziehungen bestehen, herrscht das Gesetz des geist- und wortfremden Marktprinzips. Was wird übersetzt? (Wobei beiläufig noch die beklagenswerte Feststellung gemacht werden muß, daß die überwältigende Mehrheit der Deutschen außerstande ist, Französisches im Original zu lesen, so wie die Majorität der Franzosen des Deutschen nicht mächtig ist.) Was wird diesseits und jenseits des Rheins an- und aufgenommen? Man steht vor unerklärbaren Mysterien. Die

meisten der gebildeten Deutschen, die ich kenne, haben niemals ein einziges Buch des großen französischen Romanciers François Mauriac gelesen; den Franzosen ist Heinrich Mann — der »französischste« aller deutschen Dichter — bestenfalls ein Brudername. Von Hervé Bazin, einem der populärsten und erfolgreichsten Schriftsteller der intellektuell gehobenen Mittelklasse, der zumindest fünfzehn bedeutende Romane geschrieben hat, sind im deutschen Buchhandel nur zwei Werke lieferbar; François Nourissier ist so gut wie unbekannt, Le Clézio, ein großartiger Autor der jungen Generation, wurde zwar ins Deutsche übertragen, blieb aber vollkommen unbeachtet. Andererseits haben die Franzosen es niemals für der Mühe wert erachtet, sich näher einzulassen auf Joseph Roth, Ricarda Huch, Emil Strauß — zu schweigen von einem Manne wie Hans Henny Jahnn. — Kein Wunder also, wenn auch die beiden französischen Prosaschreiber, über die zu sprechen ich mich jetzt anschicke, der jungen Generation in Deutschland kaum dem Namen nach bekannt sind: es handelt sich um André Gide und Julien Green.
Es ist wahr, Gides Hauptwerk *Die Falschmünzer*, als es zu Ende der Zwanzigerjahre in deutscher Sprache erschien, wurde schon seiner formalen Neuartigkeit wegen von der Kritik stark beachtet. Viele Leser dürfte es aber nicht gefunden haben, so wie ja auch Prousts *Recherche*, als sie endlich in einer ausgezeichneten Übertragung in deutscher Sprache herauskam, zwar hoch gepriesen, aber wenig gelesen wurde. — Und nun gar erst Julien Green, Mitglied der Académie Française (was noch nicht viel besagt), über alle Akademie-Ehren hinaus aber eine der stärksten und packendsten erzählerischen Potenzen des Jahrhunderts! Man las in den Dreißigerjahren seinen ebenso knappen wie ungeheuerlichen Roman *Adrienne Mesurat*. Man las vielleicht auch noch den *Geisterseher*,

eines seiner schwächeren Bücher, und den *Léviathan*. Heute aber ist er vergessen ganz und gar, und es bleibt abzuwarten, ob seine Tagebücher, aus denen demnächst der Europa-Verlag Auszüge bringen will, irgendwo Echo finden werden. Jedenfalls sind augenblicklich von diesem Autor nur zwei Werke lieferbar, nämlich *Adrienne Mesurat* sowie *Treibgut*. Im Schaufenster eines Buchladens habe ich keinen dieser Titel je gesehen.

In diesen Tagen machte ich mich also ans Wiederlesen beider Autoren, Gides und Greens, und da frage ich mich nicht ohne den Schrecken eines Mannes, der selber literarisch tätig ist, welche Bewandtnis es wohl haben mag mit der Indifferenz und der Vergeßlichkeit der deutschen Leserschaft. Haben vielleicht Gide und Green uns nichts mehr zu sagen? Sind sie geistesgeschichtliche Kadaver? Geht es mit rechten Dingen zu, wenn man sie ignoriert? Mitnichten. Höchst unrecht und ungerecht muß es bestellt sein um die geistige Verfassung einer Nation, die den Nachbarn so wenig versteht wie eine Vergangenheit, von der sie lebt, ohne es so recht zu wissen. Denn beide, André Gide und Julien Green, haben beim Wiederlesen mir klar vor Augen geführt, wie tapfer ihre Dichtungen der schweigenden Erosionsarbeit der Zeit widerstanden und wie aberwitzig es ist, sie totzuschweigen und zur gleichen Zeit die Wortkaskaden des Paranoikers Céline anzupreisen.

Lassen Sie mich vorerst ein Wort zu Julien Green sagen und mit ein paar unerläßlichen biographischen Bemerkungen beginnen. Green ist Franco-Amerikaner. Er wurde im Jahre 1900 als Sohn vermögender, aus dem Süden der USA stammender Eltern in Paris geboren, vollkommen zweisprachig erzogen, hat sich aber später, nach Abschluß eines dreijährigen Studienaufenthaltes in seinem amerikanischen Ursprungsland, entschlossen, französisch zu schreiben. Persönlich ist dieser Autor eine etwas mysteriöse Figur. Ein in seiner Jugend außergewöhnlich schöner, ja durchaus mondän wirkender Mann, hauste er mit seiner Schwester Anne, einer Übersetzerin, umgeben von Katzen und, wie man hört, Umgang pflegend mit Geistern, mit Ausnahme der relativ kurzen Unterbrechungen seiner USA-Aufenthalte, jahrzehntelang in fast völliger Isolation in seinem Appartement in Paris. Er war das genaue Gegenteil des im besten Sinne den »Literaten« verkörpernden André Gide, über den noch zu sprechen sein wird. Konvertiert vom Protestantismus zum Katholizismus, enge befreundet unter allen zeitgenössischen Autoren nur mit Georges Bernanos, führte er die Existenz eines Mystikers, doch ging freilich – und glücklicherweise, möchte ich sagen – die katholisierend mystische Disposition gerade in seine stärksten Werke, die frühen, nicht ein, beziehungsweise: es können diese Bücher auch ohne Rückbezüge auf ihren metaphysisch-theologischen Hintergrund gelesen werden, ohne daß sie an geistiger Spannkraft verlieren. Im Gegenteil: gerade wer da nicht auf die von der französischen Kritik so vielberedete Welt des Irrealen achtet, die hinter der realen stehe, wird mit umso höherem Gewinn Greens Romane als psychologische Dokumente von wahrhaft dostojewskischer Gewalt aufzunehmen imstande sein. Dann wird die vom Autor gewollte theologische Aussage zur weltimmanenten: die Hölle, die Julien Green beschreibt, hat gleichsam keinen Himmel als Korrelation nötig. Ihre ganze Desolation erfährt der Leser so erst recht, wenn er absieht von Tröstungen.

Greens in meinen Augen auch heute noch bedeutendster Roman ist sein zweiter: *Adrienne Mesurat,* mit dem er eklatant im Jahre 1927 in die elegante Literatur der Franzosen einbrach. Adrienne, ein schönes junges Mädchen in einer französischen Provinzstadt, steht unter dem unerträglichen Druck ihres Vaters, eines tyrannischen Pensionisten, dessen behaglich-neurotische Fixierung auf das *Gleichmaß* seiner Tage ihre Jugend verdirbt, wird ständig bespitzelt von einer mißgünstigen älteren und ältlichen Schwester, die ihr ihre Schönheit mißgönnt. Sie verliebt sich in einen nicht mehr jungen katholisch-verquälten Arzt, dem sie nur selten begegnet und der nicht die mindeste Absicht hat, auf ihre Avancen einzugehen. Um sich diesem Mann nähern zu können, stößt sie nachts ihren Vater die Treppe hinunter, so daß der Tyrann sein wohlverdientes gräßliches Ende findet. Die Schuldgefühle, sowie auch die ambivalente Beziehung zu einer reiferen Frau, die in dem Nest, wo sich das Ganze abspielt, einen zweifelhaften Ruf hat, schließlich die feierliche Unnahbarkeit des geliebten Mannes treiben Adrienne in den Wahnsinn. Ich bin mir bewußt, wie wenig diese Handlungsangabe aussagt, ja, wie sehr sie geeignet ist, im Leser die Vorstellung zu erwecken, es handle sich da um einen antiquierten Psycho-Krimi. Es wäre aber eine solche Idee, sollte sie entstehen, ganz abwegig. Was uns da nämlich vorgestellt wird, ist nicht mehr und nicht weniger als die Erkenntnis der *Finsternis der Welt,* der Einsamkeit als condition humaine, schließlich des bürgerlichen Universums einer höllischen Intim-Ordnung. Mit fast naturalistischer Präzision zeichnet Green das Leben in einer französischen Kleinstadt. In bis zur Kargheit knapper Sprache legt er die Fäden auseinander, die, wie Ernst Mach einst das gesagt hat, als »Bündel von Empfindungen« ein Ich ausmachen. Nur freilich: sowohl die analytische Psychologie wie die naturalistische Darstellung werden überschritten, so daß hinter ein paar banalen Vorgängen schwarz am Horizont die Konturen des Rätsels drohend erscheinen. Julien Green gönnt dem Leser kein befreiendes Atemholen: die Landschaften, wenn er sie sieht, haben nichts Beruhigendes wie bei Mauriac; die Mehrzahl der Menschen, von denen erzählt wird, sind physisch häßlich; eine vertraute Welt wird verfremdet, dergestalt, daß der Leser sich fragt, ob nicht immer schon sein Vertrauen in die Ordnung des Seins und die Menschlichkeit der Menschen eine Täuschung war. Der Schrecken – die Tötung des Vaters – wird ebenso selbstverständlich wie zugleich doch wieder auf sinistre Weise inexplikabel wie schließlich der Ausbruch des Wahnsinns. Wenn es von Adrienne in den letzten Zeilen des Buches heißt: »Sie konnte weder ihren Namen noch ihre Adresse angeben. Sie erinnerte nichts mehr«, dann erscheint dies dem Leser quasi als das natürliche Ende. So ist es eben: man wird unterdrückt, gepeinigt, man liebt ohne Gegenliebe, man tötet und wird wahnsinnig.

Greens Bücher spielen in der bürgerlichen Welt Frankreichs – mit Ausnahme des Werkes *Mont-Cinère,* dessen Schauplatz der Süden der USA ist. Das Inferno ist kleinbürgerlich ausgestattet. Ist es aber erlaubt zu sagen, es handle sich da um Kritik? Oder ist Green als affirmativer »bürgerlicher Autor« zu situieren? Beide Fragen können getrost mit entschiedenem Nein beantwortet werden. Die kleinbürgerliche Dekoration wäre austauschbar gegen eine proletarische, großbürgerliche, sogar aristokratische, ohne daß damit die Wesenselemente dieser Texte alteriert würden. Julien Green ist ein schlagendes Exempel dafür, daß der Literatursoziologie oder soziologischen Literaturanschauung Grenzen gesetzt sind. In *Adrienne Mesurat* sind wir Zeugen einer vergeblichen Suche nach der Befreiung eines Menschen, eben der jungen Adrienne, die mit dem Absturz in die Nacht des Wahnsinns endet. Durchaus aber könnte es eine solche Adrienne auch in unseren Tagen, also nach weitgehend vollzogener sexueller Revolution und nach dem Zerfall der kleinbürgerlichen Provinzialordnung geben, denn das Streben nach Freiheit und Befreiung ist nicht an bestimmte gesellschaftliche Ordnungen gebunden, wird vielmehr immer wieder unternommen, auch dort, wo nicht mehr die Nachbarin von ihrem »Spion« aus am Fenster unsere Schritte überwacht. Adrienne könnte ein Mädchen sein, das LSD nimmt. Sie könnte statt in der französischen Provinz in San Francisco wohnen und anstelle des Vaters ihren Stadt-Guerilla-Geliebten töten. Die Grundtatsachen blieben die gleichen. Und sie blieben dieselben in dem Roman *Léviathan* – darin es um die zu sadistischem Exzeß und schließlich wieder zum Mord führende unerwiderte Leidenschaft des Protagonisten zu einem jungen Mädchen geht –, wenn er in eine andere soziale Welt übertragen würde. Die Finsternis ist nicht Sache einer bestimmten Umgebung – in Greens Falle der französischen Provinz, die bei Proust so zärtlich und hell coloriert wird –, als vielmehr einer bestimmten subjektiven und darum unüberschreitbaren Erfahrung. Sollte diese Subjektivität, die sich im Werk aufs großartigste objektiviert, uns nichts mehr angehen? Unmöglich, daß ich mir anmaße, hier eine Antwort zu erteilen, die mehr ist als ein persönliches Bekenntnis. In diesem Sinne kann ich nur beteuern, daß beim Wiederlesen der Bücher Greens – wobei ich mich freilich der Lektüre der im Mystizismus versinkenden Werke wie *Mitternacht, Der Geisterseher, Varouna* enthielt – sie mir heute noch stärker und bis zur physischen Spürbarkeit gewichtiger erscheinen als ehedem, da ich sie zum erstenmal las.

Verwiesen sei, um den kurzen Diskurs über Green abzuschließen, noch ausdrücklich auf eines seiner vergessenen Bücher, den Roman *Treibgut (Epaves)*. In *Epaves* haben wir die Hölle, die bei Green zwar *auch* die Anderen sind wie bei Sartre, zugleich aber auch das je in Frage kommende Ich, an dem Geschick einer Familie exemplifiziert. Wieder haben wir eine unerwiderte Leidenschaft, wie in *Adrienne Mesurat* und *Léviathan*. Es ist das ältliche Mädchen Eliane, die ihren schönen Schwager Philippe liebt. Philippe aber ist nicht nur unlustig zur Liebe, die er weder seiner ihn ohnehin betrügenden Frau Henriette entgegenbringen will noch der verdurstenden Eliane, da er ganz und gar in den Fesseln einer schweren Angst- bzw. Feigheits-Neurose steckt. Wie alle Bücher Greens ist auch *Treibgut* ein verquältes und quälendes. Gleichwohl ist es von einer unabweisbaren Faszinationskraft, da doch auch hier wiederum der *Widersacher* oder das teuflische Prinzip oder wie immer man das wesende Böse nennen mag, so stark immanentisiert ist, daß wir uns sagen: Dies also ist die Welt; am besten wäre, nie geboren zu sein ... Es ist mir unverständlich, daß Julien Green vom deutschen Verlagswesen so wenig beachtet wird. Er ist – und hier wäge ich genau mein Wort – ein französischer Kafka.

Und nun, verehrte Hörerinnen und Hörer, wollen wir ansetzen zu einem Weitsprung: von dem Nobelpreisträger André Gide ist zu sprechen, einem Autor, dessen Name der Welt geläufiger ist als der Julien Greens. Soeben las ich Gides Hauptwerk, die *Falschmünzer*, nach Jahrzehnten wieder. Soeben konnte ich mich überzeugen davon, daß auch Gide Anspruch erheben könnte auf ein deutsches come-back. Gleichzeitig wurde ich mir freilich der Tatsache bewußt, daß André Gide nicht die dichterische Potenz hat, die wir seinem Kollegen Green zubilligen müssen. – Mit André Gide betreten wir eine völlig andere Welt, als diejenige es ist, die wir beim Abschied von Julien Green verließen. Gide führt uns nicht in die Enge der kleinbürgerlichen Provinz, vielmehr mitten ins geistig erregte Paris des Jahres 1910. Handlungsträger des Romans, von dem sein Autor gesagt hat, er habe »nicht eigentlich einen Gegenstand«, sind eine Anzahl von Abiturienten, die auf verschiedenste Weisen aus ihren bürgerlichen Milieus ausbrechen. Thematisch gesehen ist also Gide entschieden zeitgemäßer als Green, denn der Transport der Verläufe in unsere Epoche ist nicht nur möglich – wie auch bei Green –, sondern drängt sich auf. In unseren Tagen wären die *Falschmünzer* sehr wahrscheinlich junge Luxus-Gauchisten, und ihre ästhetischen Diskussionen nähmen politisch-gesellschaftskritischen Charakter an. Auch formal ist dieses Buch so geartet, daß vernünftigerweise die zeitgenössische deutsche Leserschaft, namentlich die sich als »fortgeschritten« verstehende, daran Gefallen finden müßte. In gewissem Sinne darf man es jenen Werken zuzählen, die – wie die Bücher von Musil, Joyce, Broch, Virginia Woolf, William Faulkner – tastende Versuche sind, so etwas wie den Neuen Roman, den Nouveau Roman, wie ich im Hinblick auf die französische Literatur sagen will, zu realisieren. Hier gibt das durch das Werk gezogene Tagebuch des jungen Schriftstellers Edouard theoretisch interessante Hinweise. Edouard sagt an einer Stelle, die ich hier selbst auszugsweise übersetze: »Ist es, weil unter allen literarischen Formen der Roman die freieste, die am meisten lawless zu nennende ist, ist es aus Furcht vor eben dieser Freiheit, daß der Roman sich so ängstlich an die Realität angekrampft hat? (...) Nun, ich selber möchte einen Roman, der zugleich wahr und von der Realität entfernt ist (...) Mein Roman wird keinen eigentlichen Gegenstand haben (...) ›Einen Abschnitt Leben‹ verlangte die naturalistische Schule. Der große Fehler dieser Schule aber war es, daß sie den Schnitt stets in der gleichen Richtung vollzog, in Richtung der Zeit und der Länge nach. Warum nicht der Breite nach? oder der Tiefe? Was mich angeht, so möchte ich überhaupt nicht schneiden (...) ich möchte alles einströmen lassen in den Roman. Keine Scherenschnitte, um an dieser Stelle lieber als an einer anderen aufzuhören (...) Ein Plan für ein solches Buch wäre unannehmbar. Alles, was ich von vorneherein entschieden hätte, wäre verfälscht ...«

Hier tauchen schon, vage freilich, denn der gute Edouard weiß im Grunde selber noch nicht, was er will, *will* auch dies offensichtlich so genau nicht wissen, die ersten Spuren des Neuen Romans auf: Verzicht auf die Zeit als agens der Handlung, Verzicht auf Handlung im älteren Sinne überhaupt, Ablehnung schließlich des omniszienten Erzählers. Es sind dies lauter Forderungen, die uns aus der theoretischen Diskussion über den Roman bekannt sind bis zum Überdruß und die sich schließlich auch als unerfüllbar erwiesen, denn natürlich ist der Erzähler omniszient, anders hätte er ja nichts zu berichten, und ebenso natürlich ist die Zeit nicht zu eskamotieren, denn *sie* ist es nun eben, die irreversibel *zeitigt* – im Roman nicht anders als in der Wirklichkeit, und wo der Zeitigungsvorgang nicht nachgezeichnet wird, fällt uns der Ariadnefaden, der uns durch die Realität leiten muß, aus den Händen. Gides *Falschmünzer* sind allein schon zum Verständnis der Genese moderner Prosa für uns unerläßlich. Bleibt die Frage, was sie uns jenseits dieser theoretischen Problematik noch angehen. Hier antworte ich mit einigem Zögern. Zuvor aber muß ich eingestehen, daß es mir unmöglich ist, die Vorgänge in diesem Buch – denn nur so darf man hier das bezeichnen, was »Handlung« zu nennen nicht statthaft ist – nachzuzeichnen. Zahlreiche Personen, meist sehr junge Menschen, bewegen sich zierlich und improvisatorisch um uns, lieben einander, homo- und heteroerotisch, reden viel Gescheites und Halbgescheites, so daß es stellenweise zum eleganten Konversationsstück kommt, verstricken sich tragisch, wobei ihre

Spiele bis zum muterprobenden Selbstmord gehen, dichten, beginnen Karrieren, leiden, machen leiden, verlieren sich, indem sie sich suchen. – Es ist das alles sehr kunstvoll geschlungen und geknüpft und führt gerade in der geistreichen Konstruktion als Form spontaner Prosa sich selbst ad absurdum. André Gide gehört zu den großen *Könnern* dieses Jahrhunderts, ja im Sinne barer Kunstfertigkeit ist er Musil, Joyce und vielleicht sogar Proust überlegen. Diese artifizielle Meisterschaft übt sich aber an einem Objekt, das mir, je weiter ich fortschritt beim Wiederlesen, in um so höherem Maße sowohl sozial als auch human leer erschien. Die Herrchen, so fand ich, die da agieren und uns das einst von der sozialen Lyrikerin Ada Christen stigmatisierte »girrende Herzeleid« vorführen, interessieren mich im letzten Grunde etwas weniger noch als die zeitgenössischen Systemveränderer aus gutem Hause, die mit dem Gelde Papas im Rücken ihre imaginären Revolutionen proben, denn diese, die Zeitgenossen, haben immerhin eine Sache im Auge, die eine ernsthafte ist, werde sie auch mit sträflichem Leichtsinn geführt. Gides Jünglinge aber, die, »frühgereift und sanft und traurig«, wie es bei Hofmannsthal heißt, nichts im Sinne haben als ihre ästhetischen und allzu menschlichen, darum gesellschaftlich scheinbar irrelevanten Probleme, die sie in eleganter Sprache abhandeln, lassen mich kalt. Ich fühle ihre Existenzen nicht. Wahrscheinlich deshalb, weil der Dichter sie, um ein aus der Mode gekommenes Wort zu gebrauchen, nicht »gestaltet« hat, nicht gestalten hat wollen.

Doch muß man Gide Gerechtigkeit widerfahren lassen. Nicht nur hat er ja Markierungen gesetzt, die den Weg wiesen nach dem späteren Nouveau Roman, sondern er hat auch beigetragen, ganz erheblich, zur individuellen Befreiung der Bourgeoisie von sich selbst. Er hat ihre falschgemünzten Werte erkannt, richtiger: hat dargelegt, wie die bürgerliche Wert-Devise schon vor dem Ersten Weltkrieg im Begriffe stand, sich inflationär zu verbrauchen. Seine Rebellion hatte keine soziale Ausdehnung, das nicht. Im Bereiche des Individuellen war sie gewiß ebenso nötig wie schließlich auch erfolgreich. Hierbei ist vor allem an die erotische und namentlich die homoerotische Emanzipation zu denken. Jean Genet hätte nicht sein können, wären nicht Gide und auch Cocteau ihm vorausgegangen. Das französische Bürgertum hatte dies ganz richtig erkannt und hat Gide von seinem Standpunkt aus ganz konsequent zum eigentlichen Widersacher gemacht. An diese emanzipatorische Rolle des Autors der *Falschmünzer* erinnert der deutsche Schriftsteller Ernst Erich Noth in seinem Werk *Erinnerungen eines Deutschen,* wenn er schreibt: »Das Leitmotiv ist Gides ›refus d'adhérer‹ gewesen, also seine Weigerung, sich ›anzuschließen‹, sich ›einzugliedern‹. (...) Die Frage, ob Gides ›Nein‹ zu allen persönlichkeitsvergewaltigenden Bindungen gesellschaftlicher Nihilismus war oder ob im Gegenteil seine luzide Weigerung die eines vorbildlichen Einzelgängers und Einzelsuchers darstellte, der sich nicht konformistisch gleichschalten lassen wollte, wird die Geister noch lange beschäftigen. Es ist die Gewohnheit der herrschenden Mächte, alles, was ihnen nicht dient und nicht paßt, mit dem Begriff des Nihilismus abzutun: so geschah es mit Nietzsche, mit Gide, mit den Surrealisten, schließlich auch mit Sartre.«

Es ist für uns stets reizvoll, den Spuren der nihilistischen Literatur nachzugehen: am Ende stellt sich dann doch heraus, daß sie auch dort, wo ihre Träger sich gesellschaftlich nicht engagierten, geschichtlich eine soziale Bedeutung annahm. Ich habe mich also zu korrigieren, wenn ich sagte, die jungen Leute aus dem Roman *Die Falschmünzer* gingen mich nichts an, und habe mir selber anzubefehlen, mich mit ihnen einzulassen. – Und nicht mit ihnen allein, sondern mit Gides gesamtem Werk. Bücher wie *Der Immoralist, Die Verliese des Vatikans, Die Schule der Frauen* verdienen ebenso unsere Aufmerksamkeit wie Gides naiver und sehr bald und abrupt abgebrochener Versuch, sich am Rande der kommunistischen Generallinie zu bewegen, der in dem dokumentarischen Büchlein *Zurück aus der UdSSR* niedergelegt wurde.

Von zwei Autoren war die Rede, die Frankreichs Literatur der Zwischenkriegszeit prägten. Darüber, daß ich Julien Green für den größeren halte, habe ich keinen Zweifelsrest gelassen. Um so nötiger erscheint es mir freilich, abschließend hier beide, Julien Green und André Gide, dem deutschen Leser ans Herz zu legen. Vielleicht wird er dann sogar, wenn er sie entdeckt, zu der ihn verblüffenden Erkenntnis gelangen, wie dürftig es um die zeitgenössische deutsche Literatur bestellt ist und wie manchmal ein Rückblick, der mehr ist als die ad nauseam bekannte »Nostalgie«, zugleich ein Blick vorwärts sein kann.

Die Nachtseite des American dream
Über Upton Sinclair, Sinclair Lewis, Theodore Dreiser

Alle drei hatten sie die Düsternis erkannt, die sich seit eh und je hinter einem Glanz verbarg, der auf den »glamour« herabkam. Sie ließen sich nichts vormachen. Jenseits einer als »protestantische Arbeits-Ethik« sich gefallenden kollektiven Grundhaltung erblickten sie das, was man im Amerikanischen »ruthlessness« nennt, die unbarmherzige Brutalität des Strebens nach dem Platz an der Sonne, der »pursuit of happiness«, die menschenzerstörende Mechanik des vielgepriesenen free enterprise. Sie zeigten auf, was man in den Metro-Goldwyn-Mayer-Filmen dieser Epoche *nicht* sah: das Wüten der Privatpolizeien der großen Unternehmungen gegen die sich bildenden Gewerkschaften, die Armut derer, die, wie Clyde Griffiths aus der *Amerikanischen Tragödie,* sich den Weg ins Freie um jeden Preis erst noch erstreiten mußten, schließlich die Ödnis und tragische Leere des mittelstädtischen Bürgertums, für das Sinclair Lewis' *Babbitt* in solchem Maße paradigmatisch wurde, daß der Name des tristen Musterbürgers aus der Stadt Zenith zum Adjektivum wurde: schon in den Dreißigerjahren sagte man von einem Teufel, der zu verdienen versteht, aber nicht auszugeben; zu trinken, aber nicht zu lieben; zu lesen nur, was seinen Job betraf: »he is babbitt.«
Man spricht in den USA, wenn die großen epischen Werke der Zwischenkriegszeit zur Diskussion stehen, vom Goldenen Zeitalter der amerikanischen Literatur. Zu Recht, so will mir scheinen. In Europa gilt gleichfalls die

Epoche zwischen den beiden Weltkriegen als die große Zeit der amerikanischen Epik. Nur freilich: man denkt diesseits des Atlantik hierbei zumeist an eine andere, jüngere Generation von Autoren, an Schriftsteller, die in Europa starken Einfluß ausgeübt hatten, an William Faulkner, Ernest Hemingway, Scott Fitzgerald, John Dos Passos. Dreiser, Upton Sinclair und Sinclair Lewis werden, so höre ich von verschiedenen wohlinformierten Seiten, nur noch wenig gelesen. Ich machte mich gerade in diesen Tagen ans Wiederlesen dieser drei Autoren, die man in den USA als »Giants« bezeichnet, wobei ich mir von jedem *ein* Buch vornahm, und zwar jeweils jenes, das mich vor Jahr und Tag am stärksten bewegt hatte: *Petroleum* von Upton Sinclair, den *Babbitt* von Sinclair Lewis, die *Amerikanische Tragödie* von Theodore Dreiser.

Upton Sinclair, in der Zwischenkriegszeit sowohl von der europäischen Linken als auch in der Sowjetunion als »der größte lebende amerikanische Schriftsteller« gefeiert, im eigenen Lande von der herrschenden Klasse als Bolschewik denunziert und allen möglichen Schwierigkeiten ausgesetzt, wurde mir jetzt zu einer Enttäuschung. Nicht nur das hier zur Rede stehende Buch *Petroleum,* das 1927 zum erstenmal in deutscher Sprache erschien, sondern auch andere, wie sein erster berühmt gewordener Roman *Der Sumpf,* der die blutige Szenerie der Schlachthäuser von Chicago zum Hintergrund hat, sind heute kaum noch lesbar. Der weniger epische als pamphlethafte Stil ist ebensowenig annehmbar wie ein naiver Marxismus, der getragen ist von einer ehrenwerten, aber schalen Sonntagsprediger-Entrüstung. Upton Sinclair, in dessen Roman *Petroleum* der kalifornische »Oil-Rush« der Zeit während des Ersten Weltkriegs und unmittelbar danach an den Personen von Vater und Sohn Ross dokumentarisch dargestellt wird, ist die Exemplifizierung eines in der Literatur immer wieder verwirrenden Tatbestandes. Hier wird uns klar, wie sehr die Aufnahme, die eine literarische Hervorbringung findet, sich als Antwort auf die je diskutierte *Aktualität* erweist, wie ausschließlich manchmal Erfolg so gut wie Mißerfolg vom *Inhalt* des betreffenden Werkes und nicht von der literarischen Verarbeitung abhängen. Als Upton Sinclairs Romane in Europa bekannt wurden, herrschte in der Alten Welt, woran man sich heute kaum noch erinnert, da doch die Dinge einen ganz anderen Verlauf nahmen, eine prä-revolutionäre Stimmung. Die Tragik – und die dynamische Dramatik – des Kapitalismus lagen in den von Inflationen und Krisen heimgesuchten europäischen Ländern offen zutage. Der Resonanzboden war gegeben – und die Paukenschläge der Sinclair'schen Dokumentar-Romane hallten weithin nach. Dazu kam das rein informatorisch Neue. Amerika, in der Vorstellungswelt der europäischen Massen damals noch das »Land der unbegrenzten Möglichkeiten«, ein Komplex von Autopolish, Frauenglanz, Wildwestromantik und industriellem Fortschritt-Sturmschritt, war so noch nie gezeigt worden. Bei Upton Sinclair erschien es ungeschminkt – und leider auch literarisch untransformiert und unreflektiert, doch das spielte keine Rolle. Entscheidend war die Erkenntnis, daß im Traum- und Vorbildland des Kapitalismus, der arme Teufel nicht hochkam durch Tüchtigkeit, sondern im günstigsten Falle durch Ellbogenkraft und Servilität, daß der Einzelne hilflos im Räderwerk einer unansprechbaren ökonomischen Mechanik hing, ja, daß sogar der »anständige« Unternehmer, wie eben Vater Ross aus *Petroleum* entweder sich selber und seine Menschlichkeit preisgeben oder beruflich scheitern mußte. Dergleichen ist heute allzu bekannt. Die Nachtseite der amerikanischen Gesellschaft wurde von unzähligen Scheinwerfern so aufgehellt, daß all ihre Häßlichkeit längst hat eingesehen werden können. Andererseits weiß man auch von gewissen Alternativen zum »American dream«, die ihrerseits nichts Traumhaftes haben, so daß also der in *Petroleum* dargestellte heroische Kampf der »Unions«, der Gewerkschaften, für uns, die wir das Gewerkschafts-Empire des George F. Meany kennen, etwas eigentümlich Zweideutiges bekommt. Upton Sinclairs Pamphlete, da sie doch eben nur Pamphlete sind, wurden von der Zeit überholt. Und sie nehmen sich besonders dürftig aus im Lichte der Tatsache, daß dieser 1878 geborene Schriftsteller nach dem Zweiten Weltkrieg als alter Mann selbst zu einem kaltkriegerischen Verfechter jenes Traumes wurde, den er zu Anfang des Jahrhunderts hat zerstören wollen.

Ein unvergleichlich höheres Niveau erklimmen wir, wenn wir zu Sinclair Lewis übergehen, der wegen der Namensähnlichkeit in Deutschland häufig mit Upton Sinclair verwechselt wird. Lewis, einer der amerikanischen Nobelpreisträger für Literatur, hat mit seinen Romanen *Babbitt, Elmer Gantry, Dr. med. Arrowsmith, Dodsworth* nun in der Tat so etwas wie eine amerikanische »comédie humaine« geschrieben, wobei wir zunächst den Akzent auf »comédie« setzen wollen, denn Lewis ist ein Satiriker und Humorist von Statur, ein Schriftsteller, der die Dialektik von Komik-in-der-Tragik und Tragik-in-der-Komik brillant zu handhaben weiß. Er zeichnete die Anatomie jener Klasse auf, die den American dream trug und trägt: der Mittelklasse, die später als »silent majority« zu traurigem Ruhm gelangte. Bei ihm liegt die Kritik nicht als offenes Pamphlet zutage, wird vielmehr durch das Ereignis selbst Gestalt. Der Humor verbietet jene sonntagspredigerhafte moralische Entrüstung, die ich vorhin bei Upton Sinclair bemängelte. Der Mechanismus kapitalistischer Ausbeutung wird nicht unvermittelt sichtbar, sondern ist

abgedeckt durch Witz. Hier spricht zwar ein politischer Schriftsteller, aber einer, der Schriftsteller erst und dann und daneben politischer Agitator ist: ein Autor also, den wir in durchaus modernem Sinne als einen engagierten zu verstehen haben, wobei er freilich an den Menschen tiefer engagiert ist als an eine politische Ideologie.
Lewis' wichtigster und auch berühmtester Roman *Babbitt* ist ein Buch, in welchem wenig vor sich geht, was für seinen besonderen, traurig-heiteren Zauber bedeutungsvoll ist, denn hier wird ja das bürgerliche Leben eines Mannes des amerikanischen Mittelstandes als ein Nicht-Leben erkannt und vor dem Leser aufgebreitet. Wer ist Babbitt? Mister America schlechthin. Was ist Zenith, die Stadt in der er lebt und arbeitet? *Die* amerikanische Mittelstadt. Was ist George F. Babbitts Vorstellungswelt? Das innere Universum eines Menschen, der den amerikanischen Grundwerten oder -unwerten so zutiefst verhaftet ist, daß er trotz gelegentlich gefaßter besserer Einsicht stets doch wieder unterkriecht in eine freundlich ausgestattete, von einer gutmütigen Familie bevölkerte kleine Hölle. Babbitt ist ein prosperierender Immobilienagent und als solcher eine der Stützen der Gesellschaft von Zenith. Er lebt – schon 1920 – in Suburbia mit den zwei Kindern und einer nicht eben zu erotischen Exzessen hinreißenden Ehefrau, die – schon 1920! – eine elektrische Geschirrspülmaschine in ihrer Küche hat. Er gehört – 1920, es könnte aber ebensogut heute sein! – gemeinnützigen Vereinigungen wie den »Elchen« an, wo man sich kameradschaftlich auf die Schulter schlägt, mehr oder weniger zotige Witze reißt, die Bolschewiken verflucht und überm Gemeinnutz den heiligen Eigennutz nicht vergißt. Gelegentlich trinkt er Fusel-Whisky (wir sind ja noch in der Epoche der Prohibition und der »bootleggers«). Vor allem

aber langweilt er sich buchstäblich zu Tode. Er spürt dunkel, daß diese Existenz, die er nach außen hin verteidigt und mit der ein Teil seiner Person stolz-zufrieden ist, nichts taugt. Hätte er nicht mit seinen Gaben ein großer Anwalt werden können, ein Politiker? Oder wäre es nicht noch besser gewesen, irgendwo in den Bergen von Maine das naturnahe Leben eines Fischers und Jägers zu führen? Zwei abortive Versuche, wenigstens touristisch die Natur wiederzugewinnen, lassen ihn verzweifeln an seiner Begabung für Freiheit und Einsamkeit. Ein Flirt mit einem Mädchen aus einem Manikürsalon verläuft auf lächerliche Weise im Sand. Eine Liaison mit einer lebenslustigen und ziemlich albernen Witwe wird ihm schließlich zur Last – und zur Schuld, im Augenblick wo seine Ehefrau an einer harmlosen Blinddarmentzündung erkrankt. Selbst Augenblicke von im Sack geballter Faust gibt es. In Zenith findet ein Streik statt, der von einer säbelrasselnden Bürgermiliz gebrochen wird. Babbitt, der ja im Grunde ein guter Kerl ist, wagt die Bemerkung, daß vielleicht die Rädelsführer der verdammten Streikbande ins Gefängnis gehören, daß jedoch die Masse der Arbeiter anständig sei und entsprechend entlohnt werden müsse. Worauf ihn die Stützen der Gesellschaft fallen lassen und seinem Immobilien-Unternehmen der Ruin droht. Schleunigst kriecht er zu Kreuze und tritt einer rechtsradikalen Vereinigung der Guten Bürger bei. So läuft alles, wie es sich gehört, in ein very unhappy happy-end aus. Babbitt wird Babbitt bleiben, und das einzige, was er zu tun vermag, ist der Rat an seinen Sohn, es besser zu machen als er selber. »Mein Leben lang habe ich nicht das getan, was ich zu tun wünschte«, sagt er dem filius, der sein College-Studium unterbrechen will, um Automechanik zu lernen. »Vorwärts, mein Junge, laß Dich nicht einschüchtern von der Familie und der Stadt Zenith – die Welt gehört Dir ...«

Es wird dies alles bei Sinclair Lewis mit ebensoviel Präzision wie Humor erzählt. Der Alptraum wird nicht visionär verdichtet, sondern bleibt, was er in Wirklichkeit ist: eine elende Welt mit Komfort, mit dummer Lustigkeit, sattem Behagen. Babbitts Unglücklichsein hat bürgerlichen Zuschnitt, will sagen: es reicht nicht hin zur befreienden Tat, auch nicht wie bei Dreiser, von dem gleich zu sprechen sein wird, zum tragischen Akt. Der Autor, im Gegensatz zu Upton Sinclair, verschont uns auch mit ideologischen und pseudo-ideologischen Diskussionen. Man schwätzt Unsinn bei den Babbitts, hat aber nicht die Anmaßung zu meinen, das Schwatzwort hebe die Schleier, die über dem Rätsel Leben liegen. Dem sozialen Bedürfnis genügen zur Befriedigung die Cocktail-Parties mit befreundeten Familien. Die metaphysische Unruhe wird durch den Prediger geglättet. Wo wirklich Tragisches sich abspielt, nämlich der Mord, den Babbitts bester Freund, Paul, an seiner unerträglichen Frau begeht, wird das Geschehen mit sehr bewußter Diskretion an den Rand gedrängt. Man soll das Drama ahnen; man wird zur Vorstellung nicht zugelassen. Es ist, als wolle Lewis dem Leser sagen: es *kann* eine Babbitt-Existenz auch mit Mord enden; da aber die überwältigende Mehrzahl der Babbitts sich fügt, habe ich kein Recht, einen Einzelfall zum exemplarischen zu machen; ich zeichne ein Individuum, das ein *Typus* ist, also habe ich mich ans Typische zu halten ...

Und nun die immer wieder beim Wiederlesen auftauchende, fundamentale Frage: Ist dieses Buch auch heute noch lesbar? Ist es lesenswürdig oder sogar lesensnötig? Das Ja fällt mir nicht schwer. Ich las nach rund vierzig Jahren den *Babbitt* in einem Zuge wieder, ohne mir dabei ein einziges Mal zu sagen: ach, das alles kennt man ohnehin. Im Gegenteil. Hier wurde mir die Tatsache, *daß* man es kennt, zu einem großen und dem Autor gegenüber beifälligen Staunen. Es ist verblüffend, wie wenig die USA sich trotz der Macht der damals noch gewalttätig unterdrückten Gewerkschaften, trotz ungeheuer fortgeschrittener Technologie, trotz Roosevelt und dem radikalen Schub zur Erringung der Neger-Gleichberechtigung, dessen Zeugen wir nach dem Zweiten Weltkrieg waren, geändert haben. Noch immer ist die Babbitt-Klasse richtunggebend für die amerikanische Ideologie. Noch immer ist sie sozial der entscheidende Faktor. Die Präsidenten Truman, Johnson waren Babbitts, das gegenwärtige Staatsoberhaupt ist es. Babbitts haben das Wort bei den Konventionen der großen Parteien. Babbitts bestimmen die Wirtschafts- und Finanzpolitik des mächtigsten Landes der Welt. – Es könnte übrigens schlimmer sein, denn eins ist gewiß: Babbitt hat keine Begabung, ein KGB-Häuptling zu werden; dies anzumerken scheint mir nur als recht und billig.

Es ist Zeit, uns zu befassen mit dem dritten der »Giganten«, die das Goldene Zeitalter der amerikanischen Epik einleiteten, zu handeln von Theodore Dreisers Werk *Eine amerikanische Tragödie.* Dieser 1871 geborene und 1945 verstorbene Autor war ein Autodidakt, der nach Absolvierung der Grundschule nur noch ein fragmentarisches Studium an der Indiana University hinter sich brachte, ehe er Journalist an ziemlich obskuren Blättern, schließlich Romancier wurde und schon 1900 mit seinem Buch *Sister Larrie* einen eklatanten Erfolg errang. Man hat sehr häufig den Journalismus als die beste Schule für Schriftsteller bezeichnet: er zwinge zur Knappheit der Aussage, Genauigkeit, Beschränkung auf das Sachliche. Bei Dreiser hat diese vorgeblich so gute Lehre ganz offensichtlich ihre Aufgabe nicht erfüllt. Er schreibt weitschweifig, unklar, gelegentlich sentimental, und legte man an ihn Hemingway-Maßstäbe, dann müßte man wohl von einem ausgesprochen schlechten Stil sprechen. Aber gelten diese Maßstäbe? Und welche sind überhaupt die Kriterien von »gutem« oder »schlechtem« Stil? Es ist hier nicht der Ort, auf diese überaus schwierige Frage einzugehen, und gerne gestehe ich, daß ich sie, hätte ich auch Zeit und Raum zur Verfügung, nicht schlüssig zu beantworten wüßte. Wenn wir aber nun, unisono mit den meisten amerikanischen und ausländischen Kritikern, der Meinung sind, daß Theodore Dreiser schlechten Stil schreibt, so werden wir, sobald wir seine *Amerikanische Tragödie* gelesen haben, doch letzten Endes sagen: Na gut, und wenn schon! Stil hin und her: das ist ein großartiges Buch. Womit das gesamte Stilproblem gewissermaßen entschärft, ja gegenstandslos würde und zugleich eine äußerst konsternierende literarkritische Frage aufgeworfen wäre. Denn: Literatur ist Sprache, Sprache hat Stil, diesen oder jenen. Wie also soll bei einem Sprachwerk abgesehen werden können von etwas, das sein Wesen ausmacht? Ich bin um Antwort verlegen, jedenfalls um überzeugende, kann mich also nur mit ein paar Andeutungen aus der für mich nicht günstig stehenden Affäre ziehen. Gut, so würde ich einräumen, wenn man mich auf die Begriffe Sprache und Stil festnageln wollte: Literatur ist Sprache. Aber ist sie *nur* das? Reicht sie nicht vielleicht in ihrer sprachlichen Existenz über die Sprache hinaus? Und liegen nicht die Ziele der Sprache jenseits der Sprache, nämlich in der Realität? Diese aber hat keinerlei Stil, bzw., soferne man sie nach Stilprinzipien würde beurteilen wollen, müßte man zugeben, daß sie in einem miserablen Stil vor unseren Augen abrollt. Theodore Dreisers im Original 1925 erschienene *Amerikanische Tragödie* wurde mir beim Wiederlesen zum schlagendsten Beweis für diesen Sachverhalt, von dem ich mir bewußt bin, daß ich ihm hier nur ganz approximativ gerecht werden kann. Denn der Stil dieses Werkes ist schlechter nicht nur als der des brillanten Sinclair Lewis, sondern auch als der des pamphletisch-reportierenden Upton Sinclair. Und dennoch ist meiner Überzeugung nach von den drei Büchern, mit denen ich mich wiederlesend einließ, das Dreiser'sche das bedeutendste, das sozial gültigste, das menschlich uns am intensivsten anrührende.

Man kennt die Handlung, und sei es auch nur aus dem recht guten Film, der nach dem Kriege mit Elizabeth Taylor und Montgomery Clift nach Dreisers Buch in den USA produziert wurde. Clyde Griffiths, Sohn sehr armer, puritanischer und einigermaßen hysterischer Laienprediger, will das, was ein jeder von uns will, was aber im Rahmen der amerikanischen Ideologie zur sozialen Pflicht und ethischen Aufgabe erhoben wurde: *besser leben*. Er verläßt die häusliche Umgebung, bricht aus der Zwangsneurose des Bibelkults aus und wird zunächst Hotel-Page. Das »bessere Leben« flimmert filmhaft vor seinen geblendeten Augen. Ihm selbst werden – die Trinkgelder fließen manchmal recht flott – Brosamen des Wohlstands der Hotelgäste zuteil. Freunde stellen sich ein, arme Teufel gleich Clyde, die das große Leben auf harmlos-gaunerische Weise nachspielen. Ein Autounfall ereignet sich. Der Wagen war gestohlen, nicht von Clyde, sondern von einem seiner Kumpane. Aber ein Kind kommt dabei ums Leben, und Clyde flüchtet nach Chicago, wo er dank seines gefälligen Äußeren bald wieder eine Hotelboy-Stellung findet. In der großen Stadt am Michigan-See begegnet er durch Zufall einem Bruder seines Vaters, der die soziale Stufenleiter schon weit hinauf erklommen hat: er ist ein im Staate New York angesehener, vermögender Hemden- und Kragenfabrikant. Der reiche Griffiths nimmt den armen Neffen, den er zuvor nicht gekannt hat, zu sich. Clyde wird Fabrikangestellter bescheidener Ordnung, ist aber bestrahlt vom Glanz des reichen Onkels. Das gute Leben ist in Greifweite. Clyde sieht die jungen Leute aus der Oberschicht der Stadt Lycurgus. Sie spielen Tennis und Golf, zwitschern zierlichen Unsinn, trinken, tanzen Foxtrott schon am hellen Vormittag. Der American dream hat hier seinen vollen Hollywood-Glanz, der bei Upton Sinclair und Sinclair Lewis nicht zum Leuchten kommt.

Hochkommen, hochkommen! Die amerikanische Philosophie ist hier Realität, aber jenseits bereits der puritanischen Arbeitsethik. Denn man gelangt nach oben nicht so sehr durch harte Arbeit als vielmehr durch Gefälligkeit, Liebenswürdigkeit, Bereitschaft zu Schmeicheleien und kleiner Schurkerei. Der reiche Onkel sieht den hübschen jungen Neffen nicht ungern; die Cousinen blicken mit noch mehr Wohlgefallen auf ihn: die breite Straße aufwärts scheint offen zu liegen. Aber da kommt es schließlich in der Tat so wie auf dem bekannten Bild evangelischer Missionen aus der Zeit der Jahrhundertwende. Die breite Straße führt geradenwegs in die Hölle. Clyde hat ein Liebesverhältnis mit einer kleinen Fabriksarbeiterin begonnen, für die er der prince charmant des Märchens ist. Das Mädchen wird schwanger und besteht auf Clydes Hilfe gerade in dem Augenblick, wo er der schönen und reichen Sandra begegnet. Sandra ist glatte Haut, perlendes Lachen, graziöse Bewegung, Sorglosigkeit – vor allem diese. Die schwangere Roberta ist Sentiment, Alltag, Schwere des armen Daseins. Clyde wählt, was er schon vorgewählt hatte.

Bei einem Bootsausflug mit Roberta will er das zur Last gewordene Mädchen in den abgelegenen, schwarzen Bergsee stürzen. Der Zufall nimmt ihm die Mordarbeit ab. Roberta verliert das Gleichgewicht nach einem nur leichten Stoß, den er ihr gab. Der Seewind ist der eigentliche Mörder. Aber für das Tribunal werden die Indizien zur erdrückenden Evidenz. Griffiths wird verurteilt und hingerichtet. –

Das ist wohl eine tragische, im Grunde aber doch banale Story, und in der Tat hat Theodore Dreiser den Vorwurf zu seinem großen Roman einer unter der Rubrik »Vermischtes« stehenden Zeitungsnachricht entnommen. Das vollkommen Verblüffende und für mich unlösbar Rätselhafte liegt nun gerade in der ungeheuren Überzeugungskraft des Banalen, das als solches nicht nur stofflich uns entgegentritt, sondern auch formal, da ja, wie schon gesagt, Dreiser alles eher denn ein raffiniert-glänzender Erzähler ist. Er berichtet umständlich in einer Sprache, die, wie amerikanische Kritiker behaupten, nicht einmal grammatikalisch ganz makellos ist. Der Leser achtet nicht auf die Mängel. Die Wirklichkeit mit ihrem düsteren Determinismus wird überdeterminiert durch den Autor, der da in bedrückendem Fatalismus uns in jeder Zeile zu fühlen gibt, daß es so kommen habe müssen, so und nicht anders. Wer hätte nicht im Glücke leben wollen? so scheint er rhetorisch zu fragen – und mit Brecht zu antworten: doch die Verhältnisse, sie waren nicht so. Auf der Stelle ist hier möglichen Mißverständnissen vorzubeugen: Theodore Dreiser, im Gegensatz zu Brecht, exemplifiziert hier keineswegs eine marxistische Gesellschaftsanalyse. Er verurteilt nicht einmal, wie Upton Sinclair, sentenziös die amerikanische Gesellschaft. Er läßt die deterministischen Mechanismen spielen, in denen die Heridität und sogar das Zufallen blinden Zufalls zumindest ebenso wichtige Elemente sind wie die ökonomischen Bedingungen. Im Grunde schrieb er so etwas wie ein amerikanisches Schicksalsdrama, und sein Unheld wird, wie es bei Hölderlin heißt, wie Wasser von Klippe zu Klippe geworfen. Die Bannkraft der Banalität wird besonders deutlich im letzten Teil des Werkes, wo Clyde Griffiths sich in seiner Tat, die er ja immerhin geplant, wenn auch nicht bis zur letzten Konsequenz begangen hat, nicht wieder erkennt. Er sieht nur Trümmer der Wirklichkeit, Bruchstücke im eigentlichen Wortsinne, und von sich selber so gut wie nichts. Daß Dreiser hier erst gar nicht versucht zu analysieren, vielmehr das trümmerhafte Geschehen in rohen, kaum aneinanderfügbaren Blöcken vor uns auftürmt, vermittelt sich uns als eine epische Form des Realismus, von dem man Lust hätte zu sagen, daß er ein »ewiger« sei.

In seiner Totalität ist Dreisers großer Roman gewiß eine Kritik der amerikanischen Gesellschaft. Aber es ist eine, die dem von ihr kritisierten Gegenstand sich unterwirft, denn der »American dream«, das gute Leben erscheinen auf weiten Strecken als der Menschheitstraum schlechthin. Reichtum, Sorglosigkeit, Erlösung von bedrückender Arbeit, Fröhlichkeit und erotische Spannung – sie mögen gut und gerne das sein, wovon in den Mittagstunden die kleine Verkäuferin träumt, die in einer Farah Diba-Zeitschrift blättert – doch ist damit nicht viel gesagt. Seien wir für einmal ehrlich mit uns: wir alle sind kleine Verkäuferinnen, wir alle haben die gleiche Sehnsucht wie sie und der arme Clyde Griffiths. Daß in der *Amerikanischen Tragödie* Theodore Dreiser zwar die Nachtseite des amerikanischen Traumes gezeigt hat, aber seine helle Tagseite nicht völlig unterschlug, ist nicht der letzte Grund dafür, daß sein Werk auch in diesen Tagen noch als ein meisterhaftes gelten darf.

Inmitten des alten Österreich
Arthur Schnitzler

Es ist doch manchmal recht irritierend für den Kenner österreichischer Literatur! Wann immer nämlich von dieser – und ich meine hier die Schriftwerke der Zeit zwischen 1900 und 1933 – die Rede ist, hört man erstens Musil, zweitens Trakl, drittens Karl Kraus und viertens allenfalls noch, dies aber seltener und seltener, Joseph Roth nennen. Als ob es nur diese gegeben hätte und das Österreich dieser Zeit ausschließlich das Musil'sche Kakanien gewesen wäre (was es bekannterweise seit 1918 nicht mehr gab!); als ob da nicht eine große Anzahl von Autoren zwischen dem ganz vergessenen Hermann Bahr, dem zu seiner Zeit weit überschätzten, heute wieder ebensoweit unterschätzten Stefan Zweig, zwischen dem weithin unbekannten kleinen Meister Peter Altenberg und Alfred Polgar im ersten Drittel dieses Jahrhunderts noch anderes gewesen wäre, das unsere Achtung und Beachtung verdient. Der Musil-Kult, berechtigt angesichts der Tatsache, daß dieser Dichter zu seinen Lebzeiten sich mühselig und im Dunkel hat hinfristen müssen, und unrechtfertigbar freilich, wenn man in diesem Autor einen der ganz Großen des Jahrhunderts, gleich Joyce, Proust oder Thomas Mann sieht, wird ohnehin in sich selbst zusammenstürzen: so will es das unerbittliche Gesetz von Verbrauch und Abnützung des Geistes.

Es ist aber keineswegs gewiß, daß darum sein älterer Landsmann, von dem hier zu sprechen ist, Arthur Schnitzler, in den vollen Genuß seiner Rechte gelangen wird.

Irre ich mich nicht, dann ist, von ein paar sich auf Österreichs Szene spezialisierenden Germanisten abgesehen, Schnitzler den Bücherfreunden bestenfalls noch dem Namen nach bekannt. Man spricht weniger von ihm als von Hofmannsthal, der seinerseits stiefmütterlich genug behandelt wird. Und doch war Arthur Schnitzler in meinen Augen mit Abstand der bedeutendste seiner schreibenden Zeit- und Heimatgenossen. Es war kein Zufall, daß ihn und nur ihn unter den Österreichern Sigmund Freud, der mit ihm dies und das zu tun hatte, als seinen Pair anerkannte. – Geboren 1862, Sohn eines gefragten Arztes und Professors, war er der rechte Sohn »Kakaniens« und namentlich der glänzenden Kapitale Wien. Aus seinen, von seinem Sohn herausgegebenen, Jugenderinnerungen, tritt uns ein reichlich mit Geldmitteln ausgestatteter junger »Lebemann« entgegen, wie man dergleichen damals nannte, ein Student der Medizin, der das Studium mühelos bewältigte, ein unermüdlicher Walzertänzer und Eroberer jener »süßen Mädels«, von denen er später auf so ernst-eindringliche, durch und durch humane Weise gesprochen hat, ein junger Mensch von erfreulichem Äußeren, dem schon von Papas wegen alle Türen offen standen; eine Art Proust also, der gleichfalls als Sohn eines prominenten Arztes in die Gesellschaft eindrang, aber ohne Prousts verquälte und zutiefst selbstzerstörerische Natur. Ein Bruder Leichtfuß? So hat man ihn häufig dargestellt, nachdem er von der Medizin zur Literatur hinüberwechselte und in dieser, als Dramatiker vornehmlich, frühe Erfolge einheimste. Man sah immer nur jenen Schnitzler, der, wie Hofmannsthal es im Prolog zu Schnitzlers *Anatol* geschrieben hatte, »frühgereift und zart und traurig« seine Spiele spielte. Oder gar den Skandal-Schnitzler, dessen dramatische Szenenfolge *Der Reigen*, als Fragment uraufgeführt in München im Jahre 1903, die

Bovary-Komödie wiederholte. Das Werkchen galt als obszön und versetzte eine auf Wahrung der heiligsten Güter bedachte Öffentlichkeit und verstockte, anti-sensuelle und gewiß auch antisemitische Behörden in den Zustand großer Erregung. Nun, so liebenswürdig der harmlos-zynische *Reigen,* nachmals wunderschön verfilmt als *La Ronde* durch Max Ophüls, auch war, er ist, so meine ich, keineswegs repräsentativ für Schnitzler, ist es ebensowenig wie der *Anatol,* dem das Wiener Burgtheater noch immer dann und wann seine Huldigung darbringt: der Skandal von gestern wurde zur nationalen Tradition von heute.

Ist Schnitzler wesentlich der *Dramatiker,* als der er, soferne überhaupt, heute noch da und dort erwähnt wird? Ich überantworte die Frage den bestallten Germanisten. Was mich angeht, so schätze ich seine Dramen: *Liebelei* namentlich, die in aller Süße des Ausdrucks unvergleichlich scharfe Kritik an der bürgerlichen Sexualmoral; *Freiwild,* die Abfertigung des Ehrencodex der Oberklasse; *Professor Bernhardi,* den vehementen Angriff gegen den Austro-Antisemitismus. – Ich schätze diese Stücke und auch andere, denen Schnitzler als junger Mensch schon einen steil ansteigenden Ruhm verdankte. Bei weitem höher aber werte ich den *Erzähler, Novellisten* und *Romancier* Arthur Schnitzler, dem – gewiß auf Abruf und bis zur Rehabilitierung – als einem »traditionellen« Autor der Prozeß des Totschweigens gemacht wurde. Er hält sich auch in der Tat an die zu seiner Epoche herkömmliche Form. Man kann ihn mit Maupassant vergleichen, wenn man die französische Härte sich wegdenkt und an ihre Stelle die wienerische Melancholie setzt. Besser noch ist es, wenn man seine Erzählkunst mit der seines noch älteren und gänzlich vergessenen Landsmannes Ferdinand von Saar vergleicht. Zweimal nur in seiner langen Laufbahn als Schriftsteller hat es Arthur Schnitzler mit dem formalen Experiment versucht: als junger Autor mit der großartigen Novelle *Lieutenant Gustl,* die uns als erstes erzählerisches Werk den »inneren Monolog« mitanhören läßt, und als alter Mann mit der Erzählung *Fräulein Else,* einem weniger gelungenen, gleichfalls mit dem inneren Monolog operierenden Text. Man soll die formale Innovation von *Lieutenant Gustl* nicht unterschätzen, denn was Schnitzler damals bewerkstelligte, war ja immerhin so etwas wie ein Durchbruch, wenn auch natürlich kein totaler, wie der Joyce'.

Dennoch meine ich, daß seine ganz ohne Anspruch vor uns hintretenden Erzählungen wie *Traumnovelle, Spiel im Morgengrauen, Frau Berta Garlan* und das schauerliche Stück *Sterben* à la longue die Geistesgeschichte sehr hoch werten wird. Man vergleiche diese Novellen mit der im ungefähr gleichen Milieu spielenden und gleicher formaler Mittel sich bedienenden, in der Zwischenkriegszeit zu einem unglaublichen Erfolg gewordenen Erzählung *Brennendes Geheimnis* von Stefan Zweig: alsogleich wird man dann der totalen Eigenständigkeit der Schnitzler'schen Prosa inne, die noch das »sensationellste« Geschehen aller Hitzigkeit und Effektfreudigkeit entkleidet und mit einem schwer beschreiblichen musikalischen Zauber durchaus poetische Valeurs setzt.

Man wird all diese Schnitzler'schen »Weisen von Liebe und Tod«, denn das sind sie, wie abgebraucht dieser Rilke-Titel auch klinge, so recht nur verstehen können, wenn man sich in das Österreich der Doppeladler-Monarchie zurückversetzt. Die Melancholie dieses in Glanz und Üppigkeit untergehenden Ancien Régime d'Autriche, das allerwegen die Armen schuldig werden ließ, durchströmt die Schnitzler-Prosa. Sie ist — im Gegensatz zu der eines Stefan Zweig und in noch schärferem Widerspruch zur bis ins Alberne reichenden Preziosität Hofmannsthals – zurückhaltend, wie einst die der böhmischen Österreicherin Ebner-Eschenbach es gewesen war. So schreibt nur, wer nicht nur Dichter ist, sondern auch *Moralist:* und als solchen unseren Autor zu präsentieren ist meine Sache hier. Stets war die schillernde Untergangs-Opulenz des Walzer-Österreich präsent bei Schnitzler. Aber immerdar erhob sich mitten in ihrem Glanz das bleiche Antlitz der *Armut.* Nehmen wir uns Schnitzlers großen Roman *Der Weg ins Freie* wieder einmal vor. Da ist die Szene bevölkert von reichen Nichtstuern, Aristokraten, Offizieren, deren Eleganz allein schon dafür zeugt, daß sie im kommenden Kriege versagen werden, Industriellen und deren verwöhnten Gattinnen und Töchtern. Anna Rosner aber, das arme Mädchen aus dem kleinen Mittelstand, die an der Geburt ihres von einem jungen Adeligen ihr sorglos gemachten Kindes stirbt, ist des Romans eigentliche, stille und verzichtende Heldin. Die Lüster der Ballsäle, die kostbaren Roben der Frauen, der Chic der Offiziere mit den hohen Kappen – sie sind gleichsam nur der Hintergrund, vor dem Schnitzler die Tragödien von Armut und Verzweiflung abrollen läßt. In unvergleichlich schärferer Weise als der so viel berühmtere Robert Musil hat Arthur Schnitzler das glänzende Österreich der Zeit vor dem Ersten Weltkrieg als einen Staat des Unrechts demaskiert. Das Unrecht vor allem gegenüber den Frauen. Sie sind, als Anna Rosner aus dem *Weg ins Freie,* als Christine aus *Liebelei,* als Fanny Theren des Dramas *Das Märchen,* als das Dienstmädchen des *Reigen,* stets die Opfer der jungen Herren aus gutem Hause, denen die Welt gehörte, wie sie in der Tat Eigentum des jungen Studenten, Militäreleven, vermögenden Arztes Arthur Schnitzler gewesen war. Der Autor geht nicht sanft um mit sich und seinesgleichen. Seine ganze Zärtlichkeit, die nicht zurückscheut vor der

Darstellung der Emotion, die keine Angst hat, als Geschriebenes Rührung zu erwecken, gehört den von einer Männergesellschaft mißhandelten Weibsgeschöpfen.

Und damit komme ich zu Schnitzlers Spätwerk, das ich den Hörerinnen und Hörern besonders eindringlich ans Herz legen möchte, zu seinem Roman *Therese – Chronik eines Frauenlebens.* Es ist dieses Buch ungeachtet seiner augenscheinlichen Einfachheit, die nun einmal die des sachgetreuen Chronisten ist, schon kompositorisch ein außerordentliches Wagnis. Die Handlungsbewegung geht nämlich keineswegs, wie bei den meisten Romanen der Epoche, auf- und abwärts. Es fehlt ein Kulminationspunkt. Die Sache beginnt mit Niedergang und führt ohne Hast, ohne Rast, immer tiefer hinunter – ins Bodenlose. Damit spiegelt sie nicht nur ein individuelles Geschick, sondern auch den Untergang des Reiches, aus dem Schnitzler niemals wie Joseph Roth, dessen *Radetzkymarsch* nur wenige Jahre nach *Therese* erschien, einen Mythos gemacht hat. Der Wiener Schnitzler war im Bereiche des Sentimentalen dem alten Österreich zumindest ebenso tief verhaftet wie der aus Ostgalizien stammende Roth. Nur ließ er sich nichts vormachen. »Tiefsinn hat nie die Welt erhellt, Klarsinn schaut tiefer in die Welt«: so lautet ein sehr schöner und geistvoller Aphorismus Schnitzlers. Nun denn: es war dieser tiefer schauende Klarsinn die Ehre des Moralisten und das Instrument des gesellschaftskritischen Erzählers. – Was da sich ereignet in der Chronik des Lebens der Therese, ist leicht berichtet. Therese Fabiani, Tochter eines höheren pensionierten Offiziers, wächst in Salzburg heran. Schon die ersten Seiten des Buches, das von ihr erzählt, sind unheimlich genug und lassen ahnen, was da noch kommen werde. Der Vater führt seltsame Reden von bevorstehender Beförderung in den Generalsrang, sendet ein umfangreiches Manuskript an das Kriegsministerium in Wien. Es ist klar, der Mann steht im Begriffe, dem Wahnsinn zu verfallen, und wird denn auch alsbald in eine Anstalt eingeliefert. Therese bleibt mit ihrer Mutter in ökonomisch ziemlich bedrängten Umständen zurück. Eine jugendliche Bindung an einen ungelenken und allzu schüchternen Freund, der überdies nach Wien übersiedelt, um dort das Medizinstudium zu beginnen, bringt wenig Licht in Thereses Dasein. Der Versuch ihrer Mutter – einer spinnrigen Frau, die Romane des Courths-Mahler-Genres schreibt –, sie an einen älteren Mann zu verkuppeln, scheitert an Thereses empörtem Widerstand. Daß sie sich bald danach von einem jener bei Schnitzler immer wieder auftauchenden sorglos gemeinen und liebenswürdigen jungen Offiziere verführen läßt, ist ein Emma Bovary-Abenteuer: Flucht aus kleinbürgerlicher Enge in ein wenig Flitterglanz und zärtliche Fleischlichkeit. Natürlich bleibt ihr der fesche Leutnant nicht lange erhalten, und so geht sie, blutjung und schon vom Leben gezeichnet, ein »gefallenes Mädchen«, nach Wien, wo sie sich als Erzieherin von Kindern wohlgestellter Bürgerfamilien ihr Brot verdient. Die Stellungen wechseln. Die Menschen huschen an ihr vorüber. Zudringliche Familienväter, flott-angreiferische Familiensöhnchen, Kinder, an die sie sich attachiert und von denen sie immer wieder ein Geschick, das sich zumeist nur in Ärgerlichkeiten und Bagatellen dartut, wegreißt; andere Kinder, die nichts als verwöhnte Rangen sind, so daß sie froh ist, sie los zu sein. Und Abenteuer, wie denn auch anders! Auch sie lösen einander schattenhaft ab, denn ein jedes ist stets nur die Wiederholung des ewigen Bovary-Motivs. Aber es liegt nicht an ihr. Therese ist nicht, wie die Gesellschaft es damals genannt hat, »verworfen«. Sie ist Emma Bovary ohne den braven Landarzt Charles. Es sind immer wieder die Männer, die sie an sich ziehen, nur um sie fortzuwerfen. So fällt sie, wie »Wasser von Klippe zu Klippe geworfen, jahrelang ins Ungewisse hinab«. Ein Erlebnis freilich unter so vielen hat tragische Folgen: Ein obskurer Musikant, der aus dem Nichts auftaucht und verschwindet, macht ihr ein Kind. Was soll sie anfangen? Sie muß den Knaben zu Bauersleuten in Kost geben, dort wird aus ihm ein verschlagener, tückisch-brutaler Knabe, später ein jugendlicher Strizzi, ein Delinquent, der am Ende seine Mutter, beim Versuch, ihr Geld zu entreißen, tötet.

Diese vielleicht traurigste Frauengeschichte, die wir in der neueren deutschen Literatur kennen, wird von Schnitzler mit äußerster Diskretion erzählt, »nach-erzählt« ist man versucht, zu sagen, denn bei jedem neuen Unglück, das die arme Therese trifft, meint man zu wissen: es sei doch so gewesen, es sei dies die Wirklichkeit eines Frauenlebens, das der Dichter zu hoch in Ehren hält, als daß er würde versuchen wollen, es durch erklügelte Stilmittel zu »Literatur« zu machen. Aber Literatur, nun ohne Anführungszeichen geschrieben, große Literatur, entstand hierbei doch. Vielleicht, *weil* Arthur Schnitzler hier nur nacherzählte, was ihm da und dort an Frauengeschicken begegnete. Er, der Meister raffinierter Konstruktion im Drama, hat hier auf jedes konstruierende procedere verzichtet. Er sah eine Schicksalslinie, die führte abwärts. Und er verfolgte sie mit jener impressionistischen Wirklichkeitstreue, die das Detail übersehen darf über dem Licht und dem Schatten. Renoir, schreibend. Nicht zu Unrecht hat man gesagt, in Schnitzler spreche literarisch sich aus, was der österreichische Physiker und Philosoph Ernst Mach formuliert hat, nämlich, es sei das »Ich ein Bündel von Empfindungen«. Bei Schnitzler, nicht anders übrigens als bei dem größeren Proust, wird stets die Identität der Gestalten zum Opfer der unaufhaltsam fließenden Zeit.

Nur daß Marcel Proust der Realität in der Erinnerung, dem »souvenir«, das er vom bewußten »mémoire« unterscheidet, habhaft wird, während für Schnitzler nur der Augenblick da ist, von dem nicht einmal mehr gefordert wird, daß er verweile. Hier spricht der gleiche radikale Pessimismus sich aus, der auch die Gedanken von Schnitzlers großem Zeitgenossen Sigmund Freud kennzeichnet, und es ist nur selbstverständlich, daß Freud keinen anderen schreibenden Landsmann so hoch schätzte wie ihn. Und ebenso ist Schnitzlers Verehrung Sigmund Freuds eine geistesgeschichtliche Notwendigkeit, denn beide, Schnitzler und Freud, waren Kinder des naturwissenschaftlich orientierten neunzehnten Jahrhunderts, dessen schärfste Köpfe, lange vor Jacques Monod, die Einsamkeit des Menschen im physikalischen Universum erkannt hatten.

Ist es aber erlaubt, von einer direkten Einflußnahme des Psychologen auf den Dichter zu sprechen? Ich glaube nicht. Denn ganz gewiß hat zwar Arthur Schnitzler, als er *Therese* schrieb, die wichtigsten Veröffentlichungen Freuds gekannt, mit ebensolcher Sicherheit aber darf man annehmen, daß er von diesen bei der Konzeption seiner frühen, sich um Frauenschicksale bewegenden Werke wie *Liebelei* oder *Freiwild* noch nichts wußte. Er war ja auch nichts weniger als ein Theoretiker. Wohl finden wir in seinem unter dem Titel *Buch der Sprüche und Bedenken* gebündelten Aphorismen enorm viel Lebensweisheit, aber diese ist ja das genaue Gegenteil eines Systems. Der Denker systematisiert seine Ideen, so daß sie sich widerspruchslos ineinander fügen; der Weise erkennt stets im Wahren das Falsche. Was Freud und Schnitzler miteinander verklammert, ist viel weniger die Doktrin als die Umwelt: das bürgerliche Wien der Zeit vor dem Ersten Weltkrieg, die österreichische oder zeitweilig austro-judäische

Melancholie. Die Grundstimmung des Niedergangs, die manchmal die zynischen Züge des »après nous le déluge« annahm, öfter aber zu jenem reinen Schmerz wurde, der sich weit hinein in die spätere Zeit fortsetzte bis zu dichterischen Erscheinungen wie Ingeborg Bachmann, ist nirgendwo anders so klar aus dem Schauen und Erfahren destilliert wie bei Schnitzler, und dies vor allem in dem Roman *Therese.* Bei anderen Autoren nahm das, was wir den morbus austriacus füglich nennen dürfen, andere Züge an. Bei Trakl steigerte er sich ins Tragisch-Apokalyptische. Bei Hofmannsthal wurde er sublimiert und ästhetisiert. Peter Altenberg preßte ihn in die kleine Form liedhafter Prosa. Alfred Polgar wich aus ins resignierend-humoristische Feuilleton. Richard Beer-Hofmann, noch ein zu Unrecht ganz dieser Zeit in Verlust Geratener, sprach ihn mit großem feierlichen Ernst aus, wenn er sagte: »Keiner kann keinem Gefährte hier sein«, und verstärkte durch die bewußt für sich reklamierte Bindung an das gleichfalls den gesellschaftlichen Krankheitszustand erleidende Judentum noch den tragischen Grundton. Karl Kraus reagierte auf das österreichische Leid mit der Vehemenz des Polemikers und eifernden Moralisten. Und noch kleinere, aber keineswegs die totale Vernachlässigung durch die Nachwelt verdienende Dichter wie Anton Wildgans, von dem zumindest ein Drama, *In Ewigkeit Amen,* hohen Rang hat, wurden nicht fertig mit ihrer Existenz als Bürger eines Landes, das sich zweimal, in der Spätzeit der Monarchie und in der Ersten Republik, als von der Geschichte schon abgeurteilt fand. Wenn Joseph Roth im *Radetzkymarsch* und in der *Kapuzinergruft* das alte Österreich als majestätischen Mythos dargestellt hat, war auch dieses Verfahren eine Art von Überkompensation nationaler »Organminderwertigkeit« — um es mit den Worten eines anderen Österreichers, Alfred Adlers, zu sagen.

Zu sprechen ist noch, was Schnitzler angeht, etwas ausführlicher von der so benannten »Judenfrage«, die in Österreich virulent war und von welcher der Dichter, wie schon angedeutet, nicht unbetroffen blieb. Persönlich hat er wohl nicht übermäßig gelitten. Der schöne Mann mit dem verschleierten Schwärmerblick, Professorssohn und Reserveoffizier, hatte, wie wir es seinen posthum herausgegebenen Memoiren entnehmen, in seiner Jugend den Antisemitismus als gegen ihn direkt gerichtet nicht erfahren. Aber er sah ihn herauswuchern aus Österreichs Gesellschaft. Es war zu seiner Zeit, daß Karl Lueger mit seinem demagogischen Kleinbürger-Antisemitismus, der unter der Flagge des Christlich-Sozialen segelte, gegen den Widerstand des alten Kaisers, siegreich als Bürgermeister ins Wiener Rathaus einzog. Und schon machte sich auch der renitentere antisemitische Kreuzzug der Deutschnationalen, der seine Brutstätten vor allem an den Hochschulen hatte, ungut geltend. Schnitzler hat in seinem Werk diese Grundverfassung des alten Österreich dargestellt: diskret und ohne jede Vehemenz. Zu sehr war er durchdrungen von altösterreichischer Zivilisation, von der man damals glauben durfte, sie würde für immer die Antisemiten an den Rand des politischen Geschehens verweisen. — Immerhin, das jüdische Problem war ihm bewußt; ja es ist ein integrierender Teil seiner schriftstellerischen Arbeit. Im Drama *Professor Bernhardi* stand der Antisemitismus im Mittelpunkt. In dem Roman *Der Weg ins Freie* wurde er zu einem Handlungselement erster Ordnung. Aber selbst dort, wo die Judenfrage nicht direkt angefaßt wurde, war sie häufig präsent. Irgendwo war immer auch ein Jude da — ein Theaterkassier wie in *Freiwild,* ein episodenhaft auftauchender, humaner jüdischer Arzt wie in *Das Vermächtnis.* Auch unser Roman *Therese* spart den Komplex nicht aus: Therese, die gelegentlich auch in jüdischen Familien ihren Gouvernantenberuf ausübt, ist nicht frei von angelernten antijüdischen Affekten. Am Ende aber ist es ein wohlhabender jüdischer Herr, Vater einer ihrer Privatschülerinnen, der sie als seine Gattin aus dem Elend herausziehen möchte, und ebenso selbstverständlich wie ihr undurchdachter Antisemitismus ist für sie, daß sie nicht zögert, dem Werben des Mannes nachzugeben. Unglücklicherweise stirbt der wackere Herr Wohlschein, und Thereses grausames Geschick findet sein ganz und gar trostloses Ende.

Der Begriff »Kakanien« ist durch Musils *Mann ohne Eigenschaften* geläufig geworden. Nun, ich meine, daß man eben dieses Kakanien, das sich ja bei Musil auflöst, teils in Intellektualität, teils auch in eine den traditionellen Realismus transzendierende dichterische Gestaltungsform, viel besser und genauer durch die Lektüre der Werke Arthur Schnitzlers nacherfahren läßt als durch Musil. Die Atmosphäre, bei Musil oftmals sarkastisch ins Expressionistische verzerrt oder aus ihrer Eigentlichkeit gerissen und zur Musil-Luft geworden, ist bei Schnitzler ganz rein erhalten. Keiner von beiden hat, wie Joseph Roth, des alten Österreich franzisco-josephinisches Kaisergelb zu purem Gold machen wollen. Keinem entgingen die kleinen Schuftereien der Österreicher, die nachmals uns so unvergleichlich Qualtinger in seinem *Herrn Karl* übermittelt hat und die natürlich auf noch viel großartigere Weise Karl Kraus in den *Letzten Tagen der Menschheit* in sein realistisch-surrealistisches Panorama einmontierte. Nur ist es so, daß Schnitzler in spontan-humaner Gütigkeit viele der Schrecken, welche bei Kraus zur Apokalypse, bei Musil zum schwarzen Humor wurden, durch jene liberale Toleranz entschärft, die gleichwohl die kritische Haltung einschließt. Kakanien hat keinen energischeren und bewußteren Kritiker gehabt als Arthur Schnitzler und keinen verständnisinnigeren Freund. Man vergleiche nur einmal die stupiden österreichischen Offiziere bei Kraus mit dem Schnitzler'schen *Lieutenant Gustl.* Dieser ist nicht klug, nicht besonders gütig; er ist sogar brutal, so etwa wenn er an sein Mädchen denkt, das für ihn nur ein Ding ist, das man zur Hand nimmt und wie einen abgenützten Gebrauchsgegenstand wieder fortwirft. Bei alledem aber ist er dennoch ein *Mensch,* ein armer Teufel im Grunde, wie wir alle. Schnitzlers Klarsinn schaute tiefer in die Welt und in Österreich hinein: sowohl als Musils Tiefsinn wie als Karl Kraus' lodernder Zorn.

Am Ende zeugt keiner besser als Arthur Schnitzler für einen Realismus, der Wittgenstein-Kennern naiv erscheinen mag, der aber unser aller alltägliche Lebenswelt ist und den wir niemals müde werden in der Literatur zu suchen. Und wenn ich vom Alltag spreche, fällt mir ein, wie dringlich andere Österreicher, nämlich die Angehörigen des philosophischen »Wiener Kreises«, der in seiner radikalen Form nicht von seinem Inspirator Wittgenstein vertreten wurde, sondern von Otto Neurath, stets auf die Alltagssprache, als auf die letzte und unüberschreitbare Instanz des Erkennens von Wirklichkeit verwiesen.

Man verzeihe die Abschweifung, die ja im Grunde keine war, da wir doch von Österreich handelten, das in seiner Ersten Republik noch immer von den geistigen Beständen des alten Reiches lebte, also von »Kakanien«, also vom Österreich Arthur Schnitzlers. Der Weg zurück zu *Therese* öffnet sich auf ganz natürliche Weise. Und alsbald wird sich uns eine Frage über die Lippen drängen, die heute Teil ist, unentrinnbarer, des ästhetischen Gespräches und auf die oftmals alle Wertungen zurückgeführt werden: Hat dieser Bürgersohn, der sehr wohl die Antisemiten sah, auch wirklich das *soziale Problem* in dessen ganzem Umfang erblickt? Hat er, der Zeitgenosse Viktor Adlers, auch nur ein Wort gesagt zu den Kämpfen der österreichischen Arbeiterschaft, die später unter dem Begriff »Austromarxismus« eingingen in die Sozialgeschichte? Die Antwort ist nicht leicht. Tatsächlich hat der Autor uns zwar da und dort Andeutungen hinterlassen, aus denen seine Sympathie für die österreichische Sozialdemokratie hervorging, doch hat er, soweit ich mich entsinne, an keiner Stelle deutlich Position bezogen, geschweige denn, daß er sich darauf eingelassen hätte, von dem damals in vollem Aufbruch befindlichen Industrieproletariat zu sprechen. War er also politikblind? Sozialblind? Das genaue Gegenteil ist wahr. Wenn wir uns *Therese* vornehmen, ist es nicht schwer zu entdecken, daß dies ein Roman sowohl der unterdrückten – erotisch und sozial unterdrückten – *Frau* als auch eine Tragödie der *Armut* ist. Schnitzler war sich sehr wohl bewußt, wer in seiner Welt die herrschende und wer die unterdrückte Klasse war. Alle die »süßen Mädels«, die Choristinnen, Midinetten, kleinen Schauspielerinnen, Balletteusen, die da zum Spielzeug der jungen Herren aus gutem Hause werden, sie sind ja, wie die Gouvernante Therese, schließlich auch Proletarierinnen, wenn sie auch nicht im ehernen Getöse der Fabriken stehen. Die erotische Freiheit, die sie suchten, war stets zugleich auch eine soziale. Nur daß sie eben in den Betten der jungen Herrschenden den Klassenkampf verloren ...

Nein, Arthur Schnitzler ist nicht der Troubadour der kakanischen Oberschicht, sondern ihr Richter. Seine sozialkritische Bedeutung ist nicht geringer als seine poetische. Er verdient es, wiederentdeckt, wiedergelesen zu werden. Sein Werk ist als das unerläßliche Komplement zu Musils *Mann ohne Eigenschaften* und Karl Kraus' *Die letzten Tage der Menschheit* zu verstehen.

Auch ein »roter Preuße«
Über den deutschen Enzyklopädisten des Ersten Weltkriegs, Arnold Zweig

Es war in den frühen Fünfzigerjahren, daß der bekannte holländische, kommunistische Schriftsteller Nico Rost, ein Freund Arnold Zweigs, mir einmal erzählte, er habe diesen gefragt, ob er denn nicht vielleicht jetzt eine große epische Arbeit über den *Zweiten Weltkrieg* schreiben wolle. Zweig habe eine Weile nachgedacht und dann gesagt: Nein, denn ich bin immer noch mit dem Ersten nicht fertig. Tatsächlich ist dieser Arnold Zweig, den junge Deutsche von heute allenfalls als einen Staatsdichter der DDR kennen mögen, *der* große Epiker, um nicht zu sagen: der Enzyklopädist des Ersten Weltkriegs.
An dieser Stelle mag es mir gestattet sein, gleich eingangs eine Parenthese zu öffnen. Der Zweite Weltkrieg hat in der deutschen Literatur eine zwar achtbare, aber letztlich doch nicht eben imponierende Reihe von Schriftwerken als Erbschaft hinterlassen. Der *Erste* Weltkrieg hingegen zog sehr bedeutsame literarische Folgen nach sich: Sie reichen von dem weltberühmten *Im Westen nichts Neues* von Erich Maria Remarque bis zu dem in unserer Sendefolge schon abgehandelten Knaben-Roman *Jahrgang 1902* von Ernst Glaeser. Zwischen diesen beiden lagen Romane, die genannt werden sollen, seien sie nun von pazifistisch-sozialistischer, von bürgerlich-liberaler oder auch von deutschnational-nationalsozialistischer Gesinnung geprägt gewesen. Da war das unvergessene, heute freilich nur in der DDR noch in Ehren gehaltene Buch *Krieg* von Ludwig Renn. Da waren Jüngers *In Stahlgewittern*, Schau-

weckers *Der feurige Weg*, Carossas *Rumänisches Kriegstagebuch*, A. M. Freys Sanitäter-Roman *Die Pflasterkästen*, Dwingers Kriegsgefangenen-Epos *Armee hinter Stacheldraht*, Edlef Köppens *Heeresbericht*, Joseph Roths *Flucht ohne Ende*, Georg von der Vrings *Soldat Suhren* – und ganz gewiß habe ich bei dieser Aufzählung aus dem Gedächtnis noch manches Wichtige vergessen. Tatsache ist jedenfalls, daß der Konflikt 1914–1918 im besten wie im übelsten Sinne sich literarisch niederschlug, während die Jahre 1940–1945 nur zu wenigen bedeutenden Literaturwerken Anstoß gaben. Die Ursache für dieses frappierende Faktum liegt auf der Hand. Thomas Mann hat in seinem *Doktor Faustus* den Ich-Erzähler Serenus Zeitblom, einen deutschen Patrioten, der 1914 selber mit vaterländisch-geschwellter Brust in den Krieg zog, sagen lassen, es seien die Deutschen damals »vergleichsweise reinen Herzens« zu Kriegern geworden, wohingegen 1939/1940 es die deutsche Katastrophendynamik war, die sie von Haus und Herd weg in die Stahlgewitter trieb. Die deutschen Epiker von Rang, soferne sie sich nach dem Zweiten Weltkrieg überhaupt mit diesem befaßten, wie Hans Werner Richter, Autor des Buches *Die Geschlagenen*, Heinrich Böll mit seinem *Wo warst du, Adam?*, Alfred Andersch mit *Kirschen der Freiheit* und seinem jüngsten Buch *Winterspelt*, schämten sich als Deutsche des kriegerischen Unternehmens Adolf Hitlers. Nun, Scham war gewiß auch im Spiele, als Renn, Remarque, ja meinetwegen sogar Carossa ihre Bücher schrieben. Aber es war nicht die *brennende Scham* jener, die man gezwungen hatte, für eines der scheußlichsten und auch sinnlosesten kriegerischen Vorkommnisse der Weltgeschichte ihre jungen Leben aufs Spiel zu setzen.

Zu jenen, die des großen Krieges von 1914–1918 sich schämten, ohne freilich deswegen meinten, sich verachten zu müssen, gehörte Arnold Zweig, der uns die in meinen Augen literarisch bedeutungsvollsten wie auch dokumentarisch gültigsten Werke hinterließ. Muß er vorgestellt werden? Es kann, so meine ich, nicht schaden, wenn ich ein paar Daten und Fakten über sein Leben hier nenne, da doch Arnold Zweig in der Bundesrepublik leider nicht im gleichen Maße wieder aufgenommen wurde wie andere große Romanciers der Zwischenkriegszeit. Einem weitverbreiteten Irrtum ist alsogleich vorzubeugen: Arnold Zweig war *nicht*, wie vielfach angenommen, der Bruder des bekannteren Stefan Zweig; er hatte mit diesem überhaupt nichts zu tun, außer daß er ihn herzlich verachtete. Er, Arnold Zweig, kam aus Glogau, Stefan Zweig war mährischer Abstammung. Dieser war Österreicher, jener Preuße. Beide waren sie freilich Juden, was dann nach 1933 für ihr Geschick entscheidend wurde, so daß es am Ende doch eine gewisse Parallele ergibt. Arnold Zweig, Sohn eines kleinbürgerlichen Sattlermeisters, geboren 1887, hatte sich schon zur Zeit seiner germanistischen und psychologischen Studien einen gewissen Namen gemacht: sein Roman *Novellen um Claudia*, ein zierliches, ästhetisierendes Werkchen, das offensichtlich aus der Dichterstube eines hypersensiblen, wohl auch psychisch gefährdeten jungen Menschen kam, trug ihm einen erheblichen Achtungserfolg ein. Als er Soldat wurde, *preußischer Soldat*, Mann der Schützengräben im Westen, danach Presse-Unteroffizier im Stabe Ober-Ost, war er bereits jener nicht unbekannte junge Schriftsteller Bertin, der als autobiographischer Protagonist das große opus durchwandert. Mit diesem hatte es eine eigentümliche und ungewöhnliche Bewandtnis. Der Roman *Der Streit um den Sergeanten Grischa*, mit dem wir uns sogleich befassen wollen, erschien als *erstes Buch* Zweigs über den Weltkrieg im Jahre 1927. Er wurde aber nicht der Anfang, sondern das Mittelstück des unvollendeten Romanzyklus *Der große Krieg der Weißen Männer,* zu dem auch die Bücher *Junge Frau von 1914, Erziehung vor Verdun, Einsetzung eines Königs, Die Feuerpause* und *Die Zeit ist reif* gehören. Die beiden letztgenannten Arbeiten erschienen 1954 und 1957, also zuerst in der DDR, alle früheren konzipierte Arnold Zweig noch vor Ausbruch des anderen, größeren und furchtbareren Krieges. Die genannten Teile des Romanzyklus sind von ungleicher Qualität. Mir erscheint das erste Buch, der *Grischa,* das den Autor mit einem Schlage aus einem anerkannten zu einem weltberühmten Schriftsteller machte, auch heute noch als das bei weitem wichtigste. Hier war nämlich Arnold Zweig ganz offensichtlich noch nicht belastet von politischen Doktrinen, die viele seiner späteren Arbeiten auf ambivalente Weise kennzeichnen. Zweigs politisches Geschick war ein für die deutsche Zeitgeschichte exemplarisches, gewiß auch ein tragisches.

Er begann als bürgerlicher Humanist: als solcher tritt er uns nicht nur aus dem 1912 erschienenen Buch *Novellen um Claudia,* sondern auch aus dem *Grischa* entgegen. Später verschrieb er sich zwei politischen Bewegungen, die damals freilich noch nicht, so wie heute, in schroffem Gegensatz zueinander standen: dem Zionismus und dem Sozialismus. Der zionistische Impuls trieb ihn, als 1933 die Tage des Exils begannen, nach dem damaligen Palästina. Aber das Land, das noch keines war, enttäuschte ihn. Er fühlte sich als deutscher Schriftsteller inmitten der Juden, die nur noch Juden und nichts anderes sein wollten, in zwiefacher Emigration: verbannt aus Deutschland nicht nur, sondern auch aus seinem Zionismus, der für die Pionier-Erde Palästina offensichtlich nicht radikal genug war. Er hatte als Autor keine Gemeinde mehr, wurde sogar als deutschschreibender Schriftsteller boykottiert in der neuen Heimat. So kam es, daß die zionistische Ideologie gegenüber der sozialistischen mehr und mehr in den Hintergrund trat. Wer Zweigs Werk und sein Geschick gekannt hat, der war nicht weiter erstaunt, daß er sehr bald nach Kriegsende in dem für seine Vorstellung sozialistischen Teil Deutschlands Wohnung nahm. Denn am Ende war dieser Ex-Zionist und Neu-Sozialist, der niemals zum rechten Vollmarxisten wurde, in erster Linie *Deutscher,* sogar *Preuße.* Der Name »Der rote Preuße«, den Leopold Schwarzschild für Karl Marx erfand, trifft viel besser auf Arnold Zweig zu. Er hat den alten preußischen Obrigkeitsstaat, der ihn in den Krieg stieß, aus ehrlichem, erst bürgerlich-humanistischem, danach liberalsozialistischem Herzen gehaßt. Er hat aber ganz offenbar ohne dieses Preußen nicht leben können, und als es wiedererstand in der Gestalt des SED-Staates, stellte er sich, Soldat und brav, ihm zur Verfügung. Was er in all den DDR-Jahren, in denen ihn das »andere« Deutschland mit Ehren überhäufte, wirklich gedacht hat, ist schwer ergründbar und wird wohl erst viel später in Erfahrung gebracht werden können. Wie hat er, der Freund und Briefpartner Sigmund Freuds, den er in der Korrespondenz stets als »Vater Freud« ansprach, es hinnehmen können, daß man in der DDR, so wie in allen anderen Ostblock-Staaten, diesen »Vater« im besten Fall totschwieg, im schlimmsten verunglimpfte? Wie hat er überhaupt, er, der Streitrufer für Gerechtigkeit, das viele Unrecht innerlich verarbeitet, das sein neues Preußen dem Volke und namentlich den Intellektuellen zumutete? Nur wenige Äußerungen von Zweigs Kollegen sind uns bekannt, die darauf schließen lassen, daß er die Augen verschloß und leider auch gelegentlich noch kleine Fleißaufgaben machte. So erzählt Ludwig Marcuse in seinen Erinnerungen, es habe Arnold Zweig, der in späten Jahren fast ganz

erblindet war und auch bereits schlecht hörte, Blindheit und Taubheit zu einer Waffe gegen unerwünschte Fragen entwickelt. Robert Neumann berichtet, wie er ihn in den Sechzigerjahren bei einer PEN-Veranstaltung traf und wie Zweigs erste Worte waren: »Ich bin mit der Politik unserer Regierung völlig einverstanden.« Eine bekannte französisch-jüdische Zeitschrift *L'Arche,* übrigens ein nichtzionistisches und sehr sorgsam redigiertes Organ, sandte gleichfalls in den Sechzigerjahren zum Dichter einen interviewenden Redakteur, dem daran lag, über Zweigs Position gegenüber dem jüdisch-israelischen Problemkomplex ins klare zu kommen. Zweig, so schreibt der Redakteur, sei mit der Ängstlichkeit und dem unwirschen Ärger eines seine Lebensgewohnheiten gefährdet sehenden Greises allen Fragen ausgewichen.
All dies ist nicht schön und paßt wenig in das Bild des militant humanistischen Arnold Zweig der Zwischenkriegszeit. Keinesfalls aber habe ich den Eindruck, daß es sich in diesem Falle um jene Art von diplomatischem Verhalten gehandelt habe, die durch das schlichte Wort Feigheit ersetzbar ist. Was ich meine, ist vielmehr dies: daß hier der Preuße, der nach langer Irrfahrt seine Heimat wiedergefunden hatte, nicht riskieren wollte, sie noch einmal zu verlieren. Auf Arnold Zweig mag zutreffen, was einst Erich Kästner in einem Gedicht über sein Verbleiben in Deutschland während der Nazizeit gesagt hat: »Ich bin wie ein Baum, der — in Deutschland gewachsen — wenn's sein muß, in Deutschland verdorrt.« Und spreche ich von Zweigs spezifischer Deutschheit, münde ich auch schon wieder ein in sein Hauptwerk, das hier der Leserschaft in Erinnerung gebracht werden soll, seinen Roman *Der Streit um den Sergeanten Grischa.*
Die Grundachse der Fabel ist recht einfach. Der russische Kriegsgefangene in deutschen Händen, Sergeant Grigorij

Iljitsch Paprotkin, genannt Grischa, flieht aus dem deutschen Gefangenenlager, in dem es ihm im Grunde so übel nicht geht. Er bricht aus purem Heimweh aus, ein einfacher Mann, der nicht begreift, was mit ihm geschah, als der Zar ihn ins Feld schickte, und jetzt nicht verstehen kann, warum er, ein Mensch der weiten russischen Erde, der ohne diese nicht zu leben und nicht zu sterben vermag, seine Zeit in fremden Baracken hinbringen muß, wo es doch daheim so viel zu tun gäbe, Arbeit am Felde und im Haus, Aussaat und Ernte, liebevollen Kampf gegen eine allmächtige freund-feindliche Natur. Der Ausbruch gelingt zunächst. Grischa stößt zu einer Partisanengruppe, findet dort eine Geliebte, die häßliche, aber bett-tüchtige Babka. Das zugleich lebensgehärtete und herzenszarte Weib, überzeugt, daß es Grischa niemals gelingen könne, durch die dichtbesetzten deutschen Linien in das von den Russen gehaltene Gebiet überzulaufen, gibt ihm den Rat, er solle sich den Deutschen stellen, und zwar als Überläufer. Ausgestattet mit falschen Papieren, die auf den Namen Bjuschew lauten, folgt Grischa der Anweisung seiner ihm an Intelligenz überlegenen Freundin. Aber er wird als Deserteur nicht aufgenommen. Er ist den Deutschen verdächtig. Daß seine Papiere gefälscht sind, ist offenbar. Man hält ihn für einen russischen Spion und macht sich daran, ihm das Schicksal zu bereiten, das in Kriegszeiten jedem Spitzel droht. Jetzt kämpft Grischa um sein Leben. Er bekennt, wer er wirklich ist: der entlaufene Kriegsgefangene Paprotkin. Es gelingt ihm, seine Identität überzeugend nachzuweisen; im Lager, dem er entlief, gibt es genug deutsche Offiziere und Soldaten, die ihn kennen. Vergebens. Ein Gericht des Generalquartiermeisters Ober-Ost verurteilt ihn zum Tode, wobei es eigenmächtig in den juristischen Bereich des Divisionskommandanten eingreift. Die Gerichtsbarkeit der Division als zuständige Behörde revidiert das Todesurteil denn auch, da der gutmütige, bärenstarke, zutrauliche Grischa mächtige Freunde findet in den Personen des Divisionskommandanten General von Lychow, dessen Neffen und Adjutanten, Oberleutnant Winfried, des jüdischen Kriegsgerichtsrates Posnanski, des gleichfalls jüdischen Literaten und Schreibers Bertin. Vergebens auch diese Hilfe. Der Generalquartiermeister schert sich den Teufel um Schuld oder Unschuld des Rußki. Ihm geht es um Gewichtiges: es muß wieder einmal ein Exempel statuiert werden, damit klar zutage trete, wer in diesem Gebiet der Herr ist. Deutschland muß sich als unerbittliche Besatzungsmacht bekräftigen. Nicht um einen Menschen handelt es sich hier, sondern um Politik. Hohe Politik, denn schon liegen ja alle Pläne vor, wie Deutschland nach seinem Siege die ihm zufallenden Territorien zu verwalten gedenkt. Hinter der Person des Generalquartiermeisters, der großartig porträtiert ist in dem Kapitel »Schieffenzahn, Generalmajor«, steht, kaum verhüllt, die Gestalt Ludendorffs und der durch ihn verkörperte deutsche Imperialismus. Schieffenzahn exemplifiziert auf eindrucksvolle Weise, zusammen übrigens mit einem Komplizen, dem »größten Industriellen des Kontinents, Kohlenherrn, Erzherrn, Schiffsherrn, Führer im Kampf um die Annexion lothringischer Erze und nordfranzösischer Hütten«, das militante Unrecht. Für das Recht steht die alte Exzellenz, General von Lychow, ein Mann aus Fontane-Geblüt, dem es zwar auch um Kompetenzfragen geht, in erster Linie aber um die »moralische Existenz« des preußischen Staates. Er kämpft um Grischa als zuständiger Divisionskommandant, auf höherer Ebene aber auch als der rechtlich gesinnte Altpreuße, der sich seine Welt nicht vorstellen kann, ohne daß das Recht des Staates auch zugleich das Recht des Menschen ist.

Kein Zweifel, daß man aufs erste die, wie Arnold Zweig versichert, nicht erfundene Fabel in ein marxistisches Schema spannen kann. Das alte, paternalistische, feudalistische Preußen, versinnbildlicht durch General von Lychow, verliert seinen Krieg gegen das neue wilhelminische, das industriell-imperialistische Deutschland. In der Resignation, mit welcher von Lychow schließlich jenen aufsteigenden und stärkeren gesellschaftlichen Mächten das Feld räumt, die in der widrigen Person des Generalquartiermeisters Schieffenzahn zur individuellen Gestalt werden, ist der wehmütige Abschied, den eine Eduard-von-Keyserling-Figur von einer neuen Welt nimmt, die sie nicht mehr versteht. Nur reicht, so möchte ich meinen, der marxistische Raster nicht hin zur Interpretation dessen, was der Autor uns hat sagen wollen. Denn unschwer hätte sich ja allenfalls eine Geschichte finden oder erfinden lassen, in der das Recht von der *aufsteigenden Gesellschaft* gehandhabt wird – diese ist schließlich im strikt marxistischen Sinne die fortschrittlichere gegenüber der feudalistischen – und das Unrecht bei den alten Soldaten, den Junkern, den Ostelbiern liegt. Jenseits der marxistisch deutbaren Thematik haben wir es in diesem Roman mit Recht und Unrecht schlechthin zu tun. Zweigs Rechtsbegriff, so wie wir ihn aus dem *Grischa* herauslesen können, ist kein dialektisch-marxistischer (der übrigens überzeugend noch nirgendwo ausgearbeitet wurde), sondern ein kantianisch-bürgerlicher, vor allem: ein abstrakter. Wer in den Briefen Zweigs an Sigmund Freud blättert, die sich von 1927, dem Erscheinungsjahr des *Grischa,* hinerstrekken bis zum Tode Freuds im Jahre 1939, der wird, soferne er Zweig nur als poeta laureatus der DDR kannte, höchlich erstaunt sein darüber, wie schwächlich Zweig allemal dort reagiert, wo Freud ihm zu verstehen gibt, daß er, Freud, nicht allzu viel halte vom Sowjet-Experiment und daß er unerschütterlich ein »alter Liberaler« bleiben wolle. Zweig stellt sich dem »Vater« gegenüber generell eher als einen Diszipel der Psychoanalyse hin denn als einen Marxisten. Das erste Buch, das er dem Meister in der Berggasse in Wien übersandte, war ja auch keineswegs ein marxistisches, sondern ein psychologisches. Es war das Werk *Caliban oder Politik und Leidenschaft – Versuch über die menschlichen Gruppenaffekte, dargestellt am Antisemitismus*. Das spezifisch jüdische Problem ist meines Erachtens auch im *Grischa* zumindest ebenso deutlich gegenwärtig wie das allgemein gesellschaftliche. In der gemeinsamen Kampffront, die hier ein alter preußischer General und dessen junger Neffe mit dem jüdischen Kriegsgerichtsrat Posnanski und dem Schriftsteller Bertin bilden, wird ein Zweig'scher Traum verwirklicht: der Traum von der deutsch-jüdischen Symbiose, der dann 1933 auf so erschreckende Weise unterbrochen wurde.

Ich glaube, man kann Arnold Zweigs gesamtes Werk nicht richtig verstehen, wenn man nicht seine vertrackte Situation als *preußischer Jude* berücksichtigt, aus deren Perspektive die übergeordneten gesellschaftlichen Verhältnisse ein besonderes und eigentümlich schwankendes Licht erhalten. Der preußische Jude, dem der Antisemitismus schon lange vor Hitler sein Preußentum und Deutschtum grob in Frage gestellt hat, mußte Zuflucht suchen in Gedankengebäuden, die ihm eine durch den tragischen Geburtsfehler vom Anbeginn her schon beschädigte Existenz möglich machten: er fand sie im Sozialismus, im Zionismus, in der Freud'schen Tiefenpsychologie. Keines dieser Bauwerke war stark genug, den Stürmen der Zeit zu widerstehen; keines war so schwach, daß Zweig es ganz verlassen hätte. Alle drei erwiesen sich schließlich als unzureichend, ihm jenen festen Boden unter den Füßen zu schaffen, dessen der Dichter bedurfte. Da war dann am

Ende vielleicht wirklich die DDR für diesen Mann die letzte Chance, das Leben im Alter zu bestehen. Und es war — auf anderer Ebene — der Erste Weltkrieg, in dem es doch in der Praxis so etwas gab wie den vollpreußischen volldeutschen Juden, das zentrale Erlebnis, dem Arnold Zweig sich nie entrang. Der Schriftsteller Bertin im *Grischa* ist ein bürgerlicher, liberalsozialistischer Zivilist, dem die Uniform lästig ist, ein Pazifist, der das Menschenschlachten zutiefst verabscheut. Was nichts daran ändert, daß Bertin-Zweig in der deutschen Uniform, inmitten der Kriegsgreuel, eine Identität besaß, wie sie dem Dichter erst viel später in der DDR wieder zugebilligt wurde.

Aus all den hier knapp skizzierten Voraussetzungen ist der *Grischa* zwar ein Buch, in dem die Politik eine wichtige Rolle spielt, aber nicht eigentlich im vollen Begriffsinhalt ein *politisches* Buch. Zweigs Verhältnis zum Leben war, ich sagte es soeben, ein schadhaftes oder, wenn man lieber will: ein gebrochenes. Die dichterische Reaktion auf des Autors Grundkondition konnte also keine naive sein: sie mußte, es war nicht anders möglich, im Schiller'schen Sinne »sentimentalisch« sein und bleiben. Sentimentalisch, vielleicht sogar sentimental ist zumindest stellenweise auch das Werk, mit dem wir hier befaßt sind. Gerne nähme ich die Gelegenheit wahr, um auch den Begriff des »Sentimentalen« in der Literatur zu erlösen aus der Strafecke, in die man ihn nun seit langem schon gestellt hat. Es ist nämlich schwer, ja wahrscheinlich überhaupt nicht abzuklären, wo in der Literatur die Grenzen zwischen dem Erfühlten oder, wie man früher gesagt hätte, dem »Empfindsamen« und dem Sentimentalen verlaufen. Arnold Zweig, gewiß kein Schriftsteller, der vom Gefühl sich ganz und gar überschwemmen läßt, ist im *Grischa* gleichwohl und trotz preußischer Zucht ein sentimentalisch-sentimentaler Autor, ist es im gleichen Sinne, wie auch

der alte Fontane es war. Die Schilderungen von Landschaften, Menschen, dialektischen Situationen, in denen Gesellschaftliches transparent wird, bannen unsere mitfühlende Aufmerksamkeit, nicht obwohl, sondern *weil* die Emotion *nicht* ausgespart, bzw. unterdrückt wird. Vermittels dieser, allerdings stets durch sprachliche Knappheit und intellektuelle Sauberkeit in gutes Gleichgewicht gebrachten Emotion gelingt Zweig auch die totale Einverwandlung in seine Gestalten. In dem Literaten und Schreiber Bertin skizziert Zweig sich selber, ohne daß je das Autobiographische aufdringlich würde. Er steckt aber auch in der alten Exzellenz von Lychow, in der reizenden Schwester Bärbe, in dem skeptischen, das Gute tuenden ohne so recht daran glaubenden Kriegsgerichtsrat Posnanski, ja sogar in dem höchst widrigen Schieffenzahn-Ludendorff, bei welchem die Gefahr gedroht hätte, er könne zur Karikatur werden. Er ist das keineswegs. Er ist der Generalquartiermeister, der, wie es wörtlich heißt »das Gehirn des gesamten Gebietes zwischen Ostsee und Karpaten in seinem kurzgeschorenen Schädel trägt«, der »seine maßlose Leistungskraft« liebt, ein vollgültiger Vertreter des deutschen Imperialismus und dennoch ein Individuum. Ein unangenehmer Mensch, aber ein Mensch gleichwohl – kein Monstrum.
Bewundernswert, wie Arnold Zweig um die Grischa-Episode herum seinen ungeheuren Stoff organisiert. Soldaten, Offiziere, Unteroffiziere, Russen, Deutsche, verliebte Krankenschwestern, salbungsvolle Feldgeistliche, Hochadelige und Proleten tauchen aus dem Dunkel der Vergangenheit heraus und reden miteinander, reden zu uns, als wären sie die Umwelt unseres Alltags. Kein Zweifel an ihrer Realität ist möglich, kein Zaudern hat der Autor im Angesicht der Gesamtwirklichkeit, die er in großen Kapitel-Blöcken aufbaut, hemmend verspürt. Hier

tritt uns noch einmal und auf imponierende Weise mit Magnifizenz und Selbstgewißheit der *realistische Roman* entgegen und der realitätsgetreue Erzähler, der uns nicht weismachen will, er sei nicht allmächtig und allwissend. Tatsächlich ist ja der Erzähler *immer* allwissend, auch dann, ja namentlich dann, wenn er so tut, als rollten Verläufe ab, auf die ihm der Zugriff verwehrt ist.

So wenig die Realität als Erzählbarkeit für Arnold Zweig ein Problem war, ist ihm die Sprache ein Wittgenstein'sches Mysterium. Er redet die Sprache eines gebildeten, humanen Mannes: die Alltagssprache seiner gesellschaftlichen und edukativen Schicht. Und wo er seine Personen reden läßt, dort hat er ihnen gründlich aufs Maul geschaut. Ist es denn auch möglich, auf andere Weise eines so ungeheuren Handlungskomplexes Herr zu werden? Ich zweifle daran, und je weiter ich fortschritt im Weiterlesen von Zweigs *Grischa,* desto müßiger erschienen mir alle, einschließlich der geistreichsten ausgeklügelten Experimente, an die zeitgenössische Erzähler uns gewöhnt haben. Das aus dem neuen literarkritischen Vokabular verbannte Wort von der *Gestaltung* kam mir bei der Lektüre in den Sinn. Plötzlich wußte ich wieder, was das ist und sein kann, vielleicht sein muß: die dreidimensionale Formung von Figuren und vieldimensionale Erfassung und Wiedergabe ihrer seelischen Befindlichkeit. Man kann ganz offensichtlich weder eines russischen Kriegsgefangenen, noch eines preußischen Generalmajors, noch eines jüdischen Kriegsgerichtsrates habhaft werden, wenn man nicht weiß, wie sie sich räuspern und wie sie spucken, was sie denken vor dem Einschlafen. Das Epos ist konzipierbar nur mit epischen Mitteln: und irgendeinmal wird sich erweisen, daß die von heute und von morgen nicht grundverschieden sein können von denen der Vergangenheit.

Arnold Zweig, der Epiker des Ersten Weltkriegs, hat nicht in allen um seinen zentralen Gegenstand kreisenden Werken die gleiche Höhe gehalten. Neben dem *Grischa* erscheint mir noch *Erziehung vor Verdun* als besonders lesenswert oder nachlesenswert. Die späteren Werke lassen ein deutliches Nachlassen der dichterischen Kraft verspüren, wenngleich auch sie – und selbst dort, wo der Autor allzu sichtbare Konzessionen machte an einen verordneten, von ihm niemals ganz bewältigten orthodoxen Marxismus – als Dokumente über den *Großen Krieg der Weißen Männer* und den deutschen Imperialismus Gültigkeit haben. Der *Grischa* aber ist nicht nur Arnold Zweigs Meisterwerk, er ist ganz gewiß auch das wichtigste Buch, das in deutscher Sprache über den Ersten Weltkrieg geschrieben wurde. Das Epos ist zudem der überzeugende Triumph dessen, was wir die »epische Objektivität« nennen wollen. Man darf diesen Roman als ein Werk des »sozialistischen Realismus« bezeichnen, wie dies in der DDR üblich ist. Man ist ebenso im Recht, wenn man vom bürgerlichen Realismus spricht. Am besten tut man wohl, beide Adjektive beiseite zu lassen. Die Realität *hat* gesellschaftliche Formen: sie *ist* aber mehr als diese.

Glanz und Elend der Schriftsteller-Stars
Über Jakob Wassermann und Stefan Zweig

Wenn Autoren zu ihrer Zeit höchste Ehren genossen und später vergessen oder verleugnet werden, stellt dies allerwegen das Problem: Wer hatte da eigentlich recht? Ihre Zeitgenossenschaft, die sie umjubelte, oder die Geschichte, die sie verwarf? Die Zeitgenossenschaft kann sich selbst noch nicht begriffen haben, das ist sicher. Aber andererseits muß die spätere Einsicht nicht unbedingt auch die richtigere sein, denn auch sie bewegt sich im unerforschlichen Spiegelkabinett der Subjektivitäten, die, aufsummiert, noch immer keine klare Objektivität ergeben. Ich glaube, das ganze Problem ist falsch gestellt, da es von der logisch unhaltbaren Prämisse ausgeht, daß »gut« und »schlecht«, also Werturteile, den gleichen Anspruch haben wie Sachaussagen. Sie haben ihn nicht. Sie sind, geschichtlich gefroren oder zeitgenössisch strömend, stets nur Aussagen über die Beziehung eines Betrachtenden zu einem Gegenstand, nicht aber Urteile, die im Gegenstande selbst begründet wären.

Werfe ich also hier und heute die Frage auf, ob Jakob Wassermann und Stefan Zweig, beide Autoren, die hochgeschätzt waren, aber heute manchem kritischen Leser kaum eine abwertende Handbewegung wert sind, zu Recht ihr Geschick erlitten oder ob die Nachwelt sie zu Unrecht vom Piedestal riß, dann bin ich mir bewußt, daß auch ich hier nur subjektiv zu urteilen vermag — so subjektiv wie damals die Kritik und heute die Literaturgeschichte. Ich kann mich nur bemühen, innerhalb meiner Subjektivität

gerecht zu bleiben, will sagen: mich nicht bloßen Affekten hinzugeben. Dies sei versichert, ehe wir unsere Debatte beginnen.
Als Jakob Wassermann, kaum 61jährig, starb, schrieb Thomas Mann, der ihn gut gekannt hat, an den gemeinsamen Freund René Schickele: »Das Aussehen des armen Wassermann war schon bei unserer letzten Begegnung (...) so unzweideutig, daß wir ihm kaum ein halbes Jahr gaben. Nun ist es noch schneller mit ihm gegangen – am Neujahrsmorgen früh ist er einem Herzschlag erlegen. (...) Das Herz war schwer strapaziert; er war schon im Herbst wegen eines bösen Anfalls sogenannter angina pectoris behandelt worden, und aus Geldbedürfnis unternahm er dann doch die Reise nach Holland, wo er, um Hotelkosten zu sparen, in einem ungeheizten Privat-Garagenhaus genächtigt und sich weiter verdorben hat (...) Es ist ein tief melancholischer Untergang nach einem sehr glänzenden Aufstieg aus Not und Dunkel. – Sein Werk hat mir wegen eines gewissen leeren Pompes und feierlichen Geplappers oft ein Lächeln abgenötigt, obgleich ich wohl sah, daß er mehr echtes Erzählerblut hatte als ich. Auch kannte ich seinen heiligen Ernst, seine Vision eines großen Werkes (...) und hielt seine persönliche Freundschaft in Ehren. (...) Der Berliner Börsenkurier schrieb: ›W. war einer der angesehensten Schriftsteller November-Deutschlands. Mit der deutschen Literatur hatte er so gut wie nichts zu schaffen.‹ Soll einen diese stinkende Idiotie nicht unter die Erde bringen? Sehen Sie es sich an: Es ist der deutsche Nekrolog für uns alle.«
Allein über diesen Brief wäre soviel zu sagen, daß wir mehrere Stunden nötig hätten. Wir haben aber für den armen Wassermann gerade fünfzehn Minuten und sind zur Vereinfachung angehalten. Thomas Mann hatte in

vielem recht: Der Jude Jakob Wassermann aus Fürth war tatsächlich aus »Not und Dunkel« sehr glänzend aufgestiegen am deutschen Literaturhimmel. Kein Zweifel, daß er als Verfasser der Romane *Die Juden von Zirndorf, Das Gänsemännchen, Kaspar Hauser, Die Geschichte der jungen Renate Fuchs, Laudin und die Seinen, Der Fall Maurizius, Etzel Andergast* zeitweise entschieden ein breiteres Publikum ansprach als Thomas Mann selber. Unleugbar ist auch, daß er mehr »echtes Erzählerblut« besaß, nicht nur als Thomas Mann, sondern als die meisten seiner damals mit ihm ranggleich angesehenen Autoren. Freilich, es kam ihm dieses Erzählerblut, dank dessen man seinen Stil oft als orientalisch-üppig bezeichnet hat, nicht immer zugute. Er geriet manchmal vom Hundertsten ins Tausendste, fabulierte drauflos, die Dialoge verloren hierdurch an Spannung, die glänzend aufgebaute Struktur seiner Romane war stets in Gefahr, vom Wortreichtum, ja der Wort-Zügellosigkeit des Autors weggeschwemmt zu werden. Dazu der »feierliche Pomp« von dem Thomas Mann sprach und der uns heute stört! Dieser Romancier war so verzückt von seinen Figuren, die oftmals Käuze waren, allemal aber »Originale«, wie der seltsame Ägyd Frauendorfer aus *Laudin und die Seinen,* wie Waremme-Warschauer aus dem *Fall Maurizius,* daß er sie, ihrer Kauzigkeit entsprechend, »feierlich plappern« ließ und das Geplapper dann für vertiefte Lebensweisheit ausgab. So kam es dahin, daß man die wirkliche Weisheit und die echte Gestaltungskraft dort, wo sie zu finden sind, zu übersehen geneigt ist.

Ich las soeben einige seiner Bücher wieder, darunter sein vielleicht berühmtestes, den *Fall Maurizius* – und mußte am Ende trotz aller auf der Hand liegenden Einwände, die gegen diesen Erzähler vorzubringen sind, mir doch sagen: Es ist schade, daß man ihn bei der Wiederentdekkung der Exilliteratur, der er schließlich angehörte, obgleich er schon 1934 starb, so ganz außer acht ließ. Denn schließlich war er ja doch trotz seiner barocken Opulenz am Ende wahrscheinlich der letzte unter den großen konventionellen Romanciers der Deutschen, der letzte auch, der »Unterhaltung« bot, ohne dabei ein Unterhaltungs-Schriftsteller zu sein. Manches ist gänzlich unerträglich für den Leser von heute – so das *Gänsemännchen,* wo es eine ärgerliche Irritation ist, einem Protagonisten zu begegnen, der unablässig von den Furien des Künstlertums gepeitscht ist und dazu noch den Namen Daniel Nothafft führt! – Aber anderes sollte wiedergelesen werden, und sei es nur zum Zwecke der Erkenntnis, daß Erzählen eben Erzählen ist und daß die Formprobleme, die sich jedem Romanschriftsteller stellen, eine Sache sind, die man nicht etalieren soll vor der geneigten Leserschaft, die man, im Gegenteil, mit sich selbst abzumachen hat. – Nehmen wir als Exempel eben jenen *Fall Maurizius,* der nicht nur Wassermanns erfolgreichstes, sondern vielleicht auch sein wohlgelungenstes Werk ist. Hier hat der Autor sich inspirieren lassen von der faktischen Begebenheit eines Justizirrtums. Ein Mensch verbrachte achtzehn Jahre lang im Kerker wegen eines Mordes, den er nicht begangen hatte, und als seine Unschuld sich herausstellte und er aus der Haft entlassen wurde, war er dem Leben nicht mehr gewachsen und brachte sich um. Um dieses in seiner Faktizität dürres Ereignis hat Wassermann nun den Teppich einer Geschichte gewoben, um dessen Präzision ihn jeder berufliche Krimi-Autor beneiden könnte, hat aber dazu auch eine Anzahl überaus lebensechter, wenn auch »kauziger« Figuren geformt, mit denen wir für die Dauer der Lektüre in inniger Gemeinschaft leben – auch wenn wir am Ende vielleicht sagen: Na, ganz so sieht die Welt nicht aus! Schwerer wiegt, daß im *Fall Maurizius* Wasser-

mann den Begriff der absoluten Gerechtigkeit, verkörpert in dem 16jährigen Staatsanwaltssohn Etzel Andergast, der institutionellen Justiz entgegenstellt. Etzel Andergast – gibt es wohl soviel kristallklares, diamanthartes Rechtsbewußtsein? aber lassen wir die Frage – führt den unterirdischen Prozeß, in dessen Verlauf er die wahren Zusammenhänge aufdeckt, gegen seinen Vater, den Staatsanwalt, für den Justiz (als staatserhaltendes Prinzip) und Gerechtigkeit (als Abstraktum) zweierlei sind. Fiat mundus, pereat justitia, ist gleichsam des Vaters Devise, wobei er unter Justitia jene Justiz versteht, der es in erster Linie um Anklage und Bestrafung als gesellschaftliche Notwendigkeit geht. Man sollte meinen, daß unsere Zeit, die sich wie keine andere zuvor mit dem Prinzip von Strafe und Freiheitsberaubung auseinandersetzt, so namentlich in Michel Foucaults vielgelesenem Werk *Überwachen und Strafen*, sich dieses Romans von Wassermann besonders annehmen würde.
Es ist leider nicht der Fall. Der Gründe hierfür sind mancherlei. Da ist zunächst die Tatsache, daß Wassermann seine Werke nicht eigentlich gesellschaftskritisch konzipiert hat, wenn auch dieser Schriftsteller, der allein durch die Tatsache seiner jüdischen Herkunft ein Außenseiter und also sozialkritisch prädestiniert war, unterschwellig stets die deutsche Gesellschaft als ganze anklagt. Allerdings, diese Anklage hat kein rechtes Objekt. Der Autor verspürt den von oben auf unten ausgeübten Druck. Aber er erkennt jene nicht, die da, einem unbarmherzigen Mechanismus gehorchend, zu Unterdrückern werden. Er erschaut keine gesellschaftlichen Strukturen, teils weil es nicht in der Zeit lag, teils weil er stets nur Individuen und Prinzipien sah. Hat er zumindest diese Prinzipien begrifflich klar werden lassen? Auch das nicht, leider, denn er war gewiß kein philosophischer Kopf, war sehr weit von

jenem, ihm als Erfüllung der eigenen geistigen Existenz vorschwebenden enzyklopädisch gebildeten, jeden Debatter niederdonnernden, souveränen Waremme-Warschauer aus dem *Fall Maurizius* entfernt. Nein, die theoretischen Dialoge, die einerseits Etzel Andergast und Warschauer, andererseits Staatsanwalt Andergast und der unschuldig verurteilte Universitätsdozent Maurizius auf langen Strecken führen, liegen nicht auf der Höhe der heutigen Auseinandersetzung über Schuld, Strafe, Justiz. Sie ertrinken in dem von Thomas Mann freundschaftlich dem verstorbenen Kollegen nachgesagten »leeren Pomp«. Und dennoch, da und dort stoßen wir auf Aussprüche, die wirklich sowohl »weise« wie in durchaus modernem Sinne gescheit sind, so etwa wenn Maurizius in seiner Zelle zum Staatsanwalt sagt: »Zwischen dem Zugemessenen und dem Unerträglichen (der Haft) liegt der ganze Weg der Erfahrung, den immer nur einer für sich allein gehen kann. So wie immer nur einer allein seinen Tod stirbt und keiner vom Tod etwas weiß (...) Alles Unrecht und Leiden der Erde hat seinen Grund darin, daß Erfahrungen nicht übermittelt werden können. Höchstens mitgeteilt.«

Wir finden bei der Lektüre Wassermanns immer wieder derlei kleine Kostbarkeiten, die allerdings häufig im »feierlichen Geplapper« ertrinken. Er selbst dürfte sich dieses Sachverhaltes, der sich ja nicht auf ihn allein beschränkte, vielmehr den ganzen alten fabulierenden Roman mit einbezog, vage bewußt gewesen sein. Er zweifelte selber am traditionellen Roman, so wie alle jene, die damals kühn die Behauptung aufstellten, nach Joyce' Versuch werde es fürderhin unmöglich sein, überhaupt noch Romane zu schreiben. – In seinem Nachwort zur posthum erschienenen Ausgabe von Hofmannsthals Romanfragment *Andreas* schrieb er: »Dann kam der Krieg, die große

Cäsur in unser aller Leben. Von dem ›Roman‹ war nicht mehr viel die Rede. Manchmal ein sehnsüchtiges Wort von seiner (Hofmannsthals) Seite; ein resignierter Hinweis, daß kein Mensch nach dergleichen mehr verlange. Dieses Verzichten hatte bei ihm etwas unbeschreiblich Tragisches, weil es mit soviel Sehergabe und Untrüglichkeit des Gefühls verbunden war ...« Es ist, als hätte Wassermann hier nicht Hofmannsthals Geschick, sondern sein eigenes heraufbeschworen. Freilich, für ihn, Wassermann, der im Gegensatz zu Hofmannsthal nicht reich geboren war, sondern bürgerliche Ansehnlichkeit sich im Schweiße seines Angesichts hatte erschreiben müssen, kam diese vornehme Resignation nicht in Frage. Nach dem *Fall Maurizius* schrieb er die gleichfalls noch einigermaßen erfolgreiche Fortsetzung *Etzel Andergast,* danach als Abschluß des Etzel-Zyklus den zum Teil unverhüllt autobiographischen Roman *Kerkhovens dritte Existenz,* darin er die peinigende Geschichte seiner ersten Ehe mit Julie Speyer erzählte. Er wußte, daß das Hinfabulieren nicht mehr dem Zuge der Zeit entsprach. Schon war ja Musil, wenig gelesen, um so höher von den Fachleuten eingeschätzt, mit dem ersten Band seines *Mann ohne Eigenschaften* da, sowie auch der formal höchst neuartige Hermann Broch, der durch sein Werk *Die Schlafwandler* kühn den großen philosophischen Essay »Zerfall der Werte« zog. Der traditionelle Roman schien von der Tagesordnung abgesetzt zu sein. Damit sank auch Wassermanns Stern — und wäre wohl weiter gesunken, auch wenn nicht das Jahr 1933 die Kontinuität der deutschen Literatur jäh zerrissen hätte. Von heute aus gesehen kann man nur kopfschüttelnd staunen angesichts der Tatsache, daß der so oft — nach Joyce, nach Proust, nach Musil, auch noch nach Thomas Manns *Doktor Faustus* — totgesagte konventionelle Roman sich bei ausgezeichneter Gesundheit erhält.

Wir begegnen ihm keineswegs nur in der (platten oder gehobenen) deutschen Literatur, sondern treffen ihn auf internationaler Ebene an. Zu seinen deutschen Vertretern gehören Autoren wie Siegfried Lenz, in den USA ist Saul Bellow sein Wortführer, in Frankreich vielleicht Hervé Bazin. Durchaus koexistieren in der Prosa die so benannte »experimentelle« Literatur und die »traditionelle« friedlich nebeneinander. Siegfried Lenz neben dem Autor von *D'Alemberts Ende*, Helmut Heißenbüttel; Peter Härtling neben Arno Schmidt. Es ist nicht einzusehen, warum eine solche Koexistenz nicht auch in die Vergangenheit rückprojiziert werden dürfte. Der Vollbluterzähler Jakob Wassermann gehört gewiß nicht zu den Giganten des Jahrhunderts. Aber er ist besser als sein armseliger Nachruhm. Er nötigt uns vielleicht da und dort »ein Lächeln ab«. Aber er bannt uns. Er ist niemals langweilig. Und das ist gar nicht so wenig in einer Zeit, in der das Lesen von Romanen manchmal zur mühseligen, erschöpfenden Dechiffrierungsarbeit wird.
Nicht ganz unähnlich dem Geschick Wassermanns ist dasjenige Stefan Zweigs, der sich 1942 im brasilianischen Exil mit seiner zweiten Frau, einer nach den Photos und den Freundeszeugnissen zu urteilen, melancholischen jungen Person, buchstäblich aus allerblauestem Himmel heraus das Leben nahm. Nicht ganz unähnlich, sage ich und meine damit das Faktum, daß hier ein Weltstar der Literatur der Zwischenkriegszeit radikal abgewertet wurde. Ansonsten waren die Lebenswege Zweigs und Wassermanns sehr verschiedene. Mußte sich Wassermann von seinem sechzehnten Lebensjahr an mühevoll durch eine feindselige Welt schlagen, war dem jungen Zweig, Sohn eines sehr reichen mährischen Textilindustriellen, jeder Weg geebnet. In einem Alter, in dem Jakob Wassermann eben gerade ein Dach überm Kopf und die nötigste

Nahrung hatte, verfügte der junge Student der Rechte Stefan Zweig über einen persönlichen Diener. Zweig war von Haus aus, aber auch dank des geradezu unerhörten Erfolges seiner Bücher, finanziell vom Anbeginn seiner Laufbahn bis zu deren tragischem Ende, vollkommen gesichert: vielleicht war dies ein Grund für die eigentümliche Welt- und Zeitfremdheit seines Werkes, über die wir gleich zu sprechen haben werden. In fast unglaublicher Naivität schrieb er in seinem, übrigens schönen und lesenswerten Erinnerungswerk *Die Welt von gestern*, es habe vor dem Ersten Weltkrieg »die Welt einem jeden gehört«, und er sei bis nach Indien gefahren, ohne auch nur einen Reisepaß zu haben. Die Kleinigkeit, daß diese schöne gestrige Welt schön nur für die Besitzenden war und daß, Paß oder nicht, andere junge österreichische Dichter sich nicht einmal einen Urlaubsaufenthalt im Salzkammergut leisten konnten, fiel ihm nicht bei. Der gute Stefan Zweig, der als Lyriker unbestimmt Hofmannsthal'scher Prägung begann, der seinen Weltruhm aber seinen historischen Roman-Biographien verdankt, war viel sozialblinder als Wassermann, der immerhin die Not gekannt und gestaltet hat. Die heile Welt war für ihn, Stefan Zweig, die k.u.k. Monarchie, in welcher der jüdische Kommerzialrat und der arische Landesgerichtsrat gute Nachbarschaft pflogen. Er sah nur »psychologische Problematik«. In seinen historischen, biographischen Romanen, deren beste die Bücher über Fouché und die Geschichte der Maria Stuart sind, machen allein die Menschen die Geschichte, und zwar Menschen, die aus ihrem gesellschaftlich-politischen Kontext herausgelöst dastehen. Sie handelten so und so, weil ihre »Charaktere« – ein fragwürdiges Wort, nicht nur für den Soziologen, sondern auch für den Psychologen – so und nicht anders beschaffen waren.

Dergleichen, wenn es geschickt gemacht ist, zieht den Leser an. Es wird ihm die Identifizierung mit den behandelten Gestalten kinderleicht gemacht. Gegen solche romancierte Geschichtlichkeit ist viel, sehr viel einzuwenden, und man hat ja auch genugsam Argumente gegen Stefan Zweig vorgebracht. Es ist aber auch manches da, was *für ihn* und sein Werk spricht, und vor allem dies: Es geben Zweigs Biographien, haben sie nun Fouché, Maria Stuart, Erasmus von Rotterdam, Franz Anton Mesmer, Balzac, Dostojewski, zum Vorwurf, dem mittelgebildeten Leser Geschmack an Geschichte bzw. Geistesgeschichte. Es sind Bücher, die zunächst einmal informieren, die aber darüber hinaus, auch ohne daß sie gesellschaftliche Aufschlüsse geben, Zeitklima heraufbeschwören, und sie sind schließlich alle ausgezeichnet geschrieben, wenn auch allemal mit einem Schuß von Feuilletonismus. Gerade dieses im weitesten Sinne journalistische Element ist es, das sie zu *volksbildnerischen Anregern* macht. Stefan Zweig war, im guten wie im schlechten Sinne, ein Popularisator historischer und geistesgeschichtlicher Gegenstände. Man könnte Wetten darauf abschließen, daß, wer die napoleonische Epoche nur unzureichend kennt, nach der Lektüre des *Fouché* Lust bekommen wird, mehr und Gründlicheres über diese Zeit zu erfahren. Wem das elisabethanische Zeitalter nicht geläufig ist, der wird, hat er Zweigs *Maria Stuart* gelesen, einigermaßen vertraut mit diesem Geschichtsabschnitt und wird eben aufgrund dieser neuen Vertrautheit noch mehr darüber wissen wollen. Die Historiker mögen zehnmal die Nase rümpfen über derlei Vulgarisation: sie hat ihre didaktischen Verdienste, vor denen Bildungshochmut unangebracht ist. Wer weiß, um nur ein Exempel zu geben, von dem fanatischen protestantischen Prediger und Reformator John Knox, der in der Geschichte Schottlands so bedeutsam war? Eben. Hat einer Zweigs *Maria Stuart* gelesen, dann weiß er *etwas* über diese Zeit, nicht genug, aber viel mehr als nichts.

Zu sagen ist noch, daß Zweigs biographische Erzählungen, trotz des journalistischen Elements, auch rein literarisch keineswegs so ganz ohne Wert sind, daß er gar nicht verglichen werden darf mit einem Autor wie Emil Ludwig, der gleichfalls als Biograph in dieser Zeit stark gelesen wurde. Zweigs Stil hat etwas Schwelgerisches, das der Dichter noch aus der Zeit des Wiener Ästhetizismus sich bewahrt hat; er wühlt gleichsam in einem aufgehäuften adjektivischen Wortschatz. Aber die Rapidität seines Erzählens, die Dramatik der Dialoge hebt das Negative seiner Redundanzen wieder auf. Die Spannung läßt niemals nach. Das permanente Tribunal der Geschichte wird bei ihm zur Szene – und gejuckt vom grandios Gruseligen wartet man auf das tragische Ende des von der Historie plus Stefan Zweig so wohlgeknüpften Geschehens.

Diesen Biographien verdankte Stefan Zweig einen Weltruhm, der zeitweise im Auslande jeden anderen aus dem deutschen Sprachgebiet in den Schatten stellte. Die großen historischen Romane, oder richtiger: romancierten Lebensbeschreibungen wurden ebenso verschlungen wie die kürzeren Darstellungen und die knappen »historischen Miniaturen« in *Sternstunden der Menschheit*. Soeben las ich deren stärkste wieder: die Geschichte des Reitergenerals Grouchy, der einen wörtlich gegebenen Befehl des Kaisers Napoleon wichtiger nahm als die offensichtliche strategische Lage, unbeirrt mit seinen Männern in die falsche Richtung zog, so daß der Kaiser die Schlacht von Waterloo verlor. Historiker zweifeln gewiß mit guten Gründen, daß sich das so grundeinfach abgespielt habe auf der von Victor Hugo melancholisch besungenen »morne plaine« Waterloo. Sogar der schlichte gesunde

Menschenverstand sagt sich, daß die Alliierten numerisch ein so erhebliches Übergewicht hatten, daß Napoleon, auch wenn Grouchy ihm zu Hilfe geeilt wäre, die Schlacht hätte verlieren müssen. Aber was verschlägt's? Die dramatische kleine Story erweckt des Lesers brennendes Interesse an des Kaisers letzter, verspielter Chance. Manch einer, der vorher den Namen Grouchy noch nie vernommen hatte, wird sich wohl nach der Lektüre dieser *Sternstunde* an das ernsthafte Studium der Schlacht von Waterloo gemacht haben.

Und wie steht es um Zweig, den Erzähler? Unter seinen zahlreichen Novellen ist die bekannteste wahrscheinlich *Brennendes Geheimnis,* Geschichte eines Knaben, der durch seine hartnäckige Eifersucht seine Mutter davor bewahrt, daß aus einem zunächst harmlosen Sommerfrischen-Flirt ein Ehebruch mit all dessen in dieser Epoche tragischen Konsequenzen werde. – Ich las das Stück soeben wieder und war doch recht enttäuscht. Die eigentümliche Hektik, die Zweigs historische Werke kennzeichnet, das Pathos, die Dramatik, die den Leser mitreißen, so daß er den geschichtlichen Figuren ein allenfalls vorher nicht gehabtes Interesse entgegenbringt – hier, in der Erzählung, wirkt sich das Verfahren negativ aus. Es ist, als fehle es dem Dichter an jener Distanz, die gerade der Novellist nötig hat, an jener Kleist'schen Wucht und Verkürzungstechnik, in der das ungewöhnliche, unerwartete Ereignis präsent wird. Ein oberflächliches Psychologisieren irritiert ebenso wie die fehlende Kraft bei der Ausformung der Gestalten. Es ist, als habe Stefan Zweig sich stets nur an geschichtlichen Persönlichkeiten entzünden können, wäre nicht fähig gewesen, Menschen zu erfinden. – Eine Ausnahme möchte ich freilich machen. In seinen späten Jahren in der Emigration schrieb Zweig die *Schachnovelle,* Geschichte eines nach dem Anschluß

Österreichs von der Gestapo verhafteten Aristokraten, der sich ein Schachbuch verschafft und nun in seiner Zelle in einer dem Wahnsinn sich annähernden Konzentration, die Flucht aus der Wirklichkeit ist, sich zum Schachspieler ausbildet, so glänzend, daß er nach seiner Befreiung in der Tat so weit ist, einen professionellen Schachmeister schlagen zu können. Hier ist nun nichts mehr zu spüren von der Verspieltheit des Ästheten Zweig, nichts auch von dem durch das geschichtliche Geschehen sozusagen aus zweiter Hand Erregten. Die Betroffenheit von der politischen Situation – wenn auch nicht Engagement – ist so tief, daß der Autor auf alle jene Mittel oder Mittelchen, denen er seinen Weltglanz verdankte, verzichten konnte und ein ganz reines, zauberhaft in sich geschlossenes kleines Werk schuf. In der *Schachnovelle* hat Zweig im wörtlichsten Sinne sich selbst übertroffen. Ich stehe nicht an, ganz ausdrücklich auf diese Erzählung zu verweisen, gehe so weit, sie den großen Kurzprosa-Schöpfungen der deutschen Literatur beizurechnen.

Klänge es nicht so vermessen, dann müßte man freilich sagen, daß das größte Meisterwerk Zweigs, des Erfolgreichen, Umworbenen, des Götterlieblings, sein Freitod im Jahre 1942 war. Hier war, zur letzten Höhe hinaufgesteigert, das »ungewöhnliche Ereignis«, dem keine Psychologie, keine kausale Erklärung überhaupt gerecht werden kann. Franz Werfel, der Freund und Landsmann, sprach über diesen Tod aus heiterem Himmel Brasiliens dies: »(Das Argument der Feigheit vor dem Leben) ist billig und abgeleiert. (. . .) Ein Mann, vom Leben verwöhnt, der Schönheit hingegeben, noch immer jung genug, um sich nach allen Genüssen des Körpers und Geistes zu sehnen, hält ein Glas mit tödlichem Gift in der Hand. Er weiß, wenn er dieses Glas geleert hat, wird sein Blut sich zersetzen, der Atem röcheln, das liebe, gierige Herz gelähmt sein. Vor dem Manne stehen nicht mehr die Gründe, die ihn dazu getrieben haben, das Todesurteil über sich zu verhängen, vor dem Manne steht nun das nackte Todesurteil selbst und die Gehorsamspflicht, es zu vollstrecken.«

Zweigs Freitod, ein Tod aus Gram über den Zerfall seiner »Welt von gestern«, hebt ihn hinaus über sein Werk und gibt auf geheimnisreiche Weise diesem oft unzulänglichen opus eine neue Dimension. Man hat den Lebenden oft, wie es so heißt, nicht ganz ernst genommen. Seine Antwort, auf die nun keinerlei Widerrede mehr statthaft ist, war der fürchterliche Ernst seines letzten Aktes.

Heinrich Mann oder Die Bürgerzeit

Kürzlich ergab es sich, daß ich mit einer sehr gescheiten und wohlbelesenen jungen Frau über Thomas Mann zu sprechen kam. »Gerade las ich zum x-ten Mal die ›Buddenbrooks‹ wieder«, sagte mir die Dame, und: »sie sind herrlich wie am ersten Tag ...« Unverzüglich verwies ich sie auf ein wenig gelesenes Werk *Heinrich* Manns, den kleinen Roman *Eugénie oder Die Bürgerzeit,* der mir nicht nur als ein ganz unerläßliches Komplement zum Verständnis der *Buddenbrooks,* sondern als eines der liebenswertesten Bücher dieses Autors überhaupt erscheint. – Ich bin darum gesonnen, gerade diese Arbeit ins Zentrum meiner Überlegungen über den Schriftsteller Heinrich Mann zu stellen: Sie zeigt, genauer als seine großen Werke und unter ihnen namentlich der vielgelesene und zu Recht auch heute noch als Meisterwerk gepriesene *Untertan,* Heinrich Manns eigentümliche Stellung zum Bürgertum, denn aus diesem Buche wird klar, entgegen den vehementen Äußerungen Thomas Manns in den *Betrachtungen eines Unpolitischen,* daß der ältere der Brüder keineswegs *nur* mit Haß die Bürgerwelt erlebt, nur mit der Waffe ätzender Satire sie bekämpft, nur aus der Perspektive des französischen »Citoyen« den deutschen Bürger erschaut hat. – In seinem rückschauenden Alterswerk *Ein Zeitalter wird besichtigt* hat Heinrich Mann an einer Stelle gesagt, es sei doch schade, daß nicht, wie es einst halb scherzhaft geplant gewesen, er, Heinrich, gemeinsam mit seinem Bruder Thomas ein Buch geschrieben habe: der Vater der beiden hätte darin sein Haus wiedererkannt. Nun, *Eugénie oder die Bürgerzeit* ist Heinrich Manns heimlicher Beitrag zu den *Buddenbrooks.* Man kann keines der Werke so recht verstehen, wenn man nicht auch das je andere kennt – und da ich meine, daß die meisten unserer Hörer die *Buddenbrooks* sehr wohl gelesen haben, nicht aber Heinrich Manns zierliche *Eugénie,* will ich sie gleich eingangs dringlich darum bitten, das bislang Versäumte nachzuholen.

Als 1971 die bundesdeutsche literarische Welt den hundertsten Geburtstag Heinrich Manns mit gedämpften Paukenschlägen feierte, da konnte manchmal der Eindruck entstehen, es sei dies eine Zentenarfeier ohne Folgen. Gewiß, Zeitungen, Funkanstalten stellten sich ein. Man ließ Männer zu Worte kommen, die voll Respekt und Liebe über diesen Dichter schrieben, den der jüngere Bruder in späten Jahren einmal den »genialsten der deutschen Schriftsteller« nannte – nachdem er freilich in seiner Frühzeit die Werke des Älteren da und dort als »miserabel« bezeichnet hatte. Die preisenden Worte der Nachgekommenen bezogen sich freilich vielfach zuvörderst auf Heinrich Mann als einen *politischen* Schriftsteller, eine politische Figur. Man rühmte seine frühen Einsichten in Struktur und Wesen des deutschen Obrigkeitsstaates, aus dem wie die Giftblüte aus der harmlos erscheinenden Knospe dann der Nationalsozialismus sich häßlich entfaltet hatte. Man führte immer wieder den *Untertan* ins Treffen (manchmal nicht ohne eine gewisse Spitze gegen den Bruder Thomas), jenen *Untertan,* der ja nun in der Tat zu den wenigen großen gesellschaftskritischen Romanen der Deutschen gehört, vergleichbar allenfalls dem *Bel-ami* Maupassants oder sogar dem *Le Rouge et le Noir* Stendhals. Der großartige Aufsatz über *Zola* wurde erwähnt, politisches Pamphlet allerersten Ordnung, trotz seiner Verschlüsselung nicht so ganz unähnlich dem *Hessischen Landboten* Georg Büchners. Verwiesen wurde auch nachdrücklich auf Heinrich Manns vom Anbeginn ganz unzweideutige Stellung den Nazis gegenüber: War nicht *er* sofort nach Ausbruch des Dritten Reiches in die Emigration gegangen und hatte zu ihr sich bekannt, während der jüngere Bruder noch drei Jahre in einer Art von schweizerischer Neutralität verharrte, ehe er seinen, allerdings danach mit um so größerer Vehemenz vertretenen, Standpunkt fand?

Sehr gut, sehr dankenswert war das alles. Nur freilich, *der Dichter* Heinrich Mann war bei all diesen, übrigens rasch in Äther und Makulatur sich auflösenden Ehrungen zu kurz gekommen um des politischen Schriftstellers willen. Wirklich also – eine Zentenarfeier ohne Folgen? Sehe ich recht, so hat das Blatt sich endlich doch gewendet. Soeben erscheint eine zehnbändige Gesamtausgabe der Werke Heinrich Manns. Sein prachtvolles Drama *Madame Legros* wurde aufgeführt, in Deutschland sowohl wie auch in Frankreich. Und in der DDR, wo Heinrich Mann allerdings immer schon als einer der Großen geehrt wurde, erschien jüngst ein dokumentarischer Roman über dieses Autors, wie er schrieb, »überaus traurigen« Abschied von Europa im Jahre 1940. – So darf ich denn berechtigte Hoffnung hegen, daß ich nicht ins Leere spreche, wenn ich mir den Dichter Heinrich Mann angelegen sein lasse, ohne natürlich hierbei den politischen Schriftsteller zu vernachlässigen, der er bis zum Ende, irrend und treffend, engagiert aber allemal, geblieben ist.

Zum Dichter nun, ehe wir uns im besonderen dem Roman *Eugénie oder die Bürgerzeit* zuwenden wollen. Nur ein Verblendeter kann behaupten, daß Heinrich Mann – und dergleichen Widersinn hat man leider oftmals hören können gelegentlich der Jahrhundertfeier *Thomas*

Manns – größer sei als der jüngere Bruder. Daß er es nicht nur nicht war, sondern, im Gegenteil, die Breite und Tiefe der Thomas Mann'schen Erzählkunst, die noch in dessen nebensächlichsten Werken sich bezaubernd kundtut, nur in seltenen Fällen erreichte – er hatte es selbst in seinem Memoirenwerk einbekannt, und es gibt wohl nichts Rührenderes als die Widmung eines seiner letzten Werke an Thomas, wo es heißt: »Meinem großen Bruder, der den Doktor Faustus schrieb.«

Er habe zu oft »improvisiert im Leben und im Schreiben, die eines sind«, hat Heinrich Mann von sich gesagt, wohl wissend, daß der Jüngere sich niemals auf Improvisation eingelassen hatte, die allemal Gefahr ist und nur selten zugleich auch Chance. Er wußte, daß er nicht »vollkommen« war wie der andere in jedem nur erdenklichen Bezuge Glücklichere. Wir wollen ihn bei dieser Selbsteinschätzung, zu der er im Alter nach manchen Kämpfen gelangte, gewiß nicht korrigieren. Es ist leider wahr: viele der frühen Bücher Heinrich Manns, jener zumal, die unter dem Einfluß des unerträglichen d'Annunzio standen, sind heute kaum noch lesbar. *Die Göttinen* zum Beispiel, sind von schwer aushaltbarem Nietzscheanismus und Ästhetizismus. Ich würde keinem präsumptiven Heinrich Mann-Leser empfehlen, chronologisch vorzugehen und mit diesen im ganz unguten Sinne grellen und steilen Büchern zu beginnen. Auch *Im Schlaraffenland*, jenem einerseits schon gesellschaftskritische Intentionen bezeugenden, andererseits noch vom unterschwelligen Antisemitismus des deutschen Hochbourgeois gezeichneten Roman, würde ich nicht anraten wollen. – An dieser Stelle bitte ich Sie, mir die Öffnung einer Parenthese zu erlauben: sie betrifft Heinrich Manns frühen Antisemitismus und den seines Bruders, der, wiewohl verheiratet mit einer Frau jüdischen Ursprungs, ungeachtet auch aller

seiner späteren energischen Stellungnahmen wider antisemitische Umtriebe, ihn gleichwohl bis ans Ende nicht völlig verlassen hatte. Beide Brüder waren als junge Menschen Judenfeinde und beide waren deutschnational. Heinrich Mann zeichnete eine Zeitlang als Redakteur der von dem »Heimatdichter« Friedrich Lienhard herausgegebenen Zeitschrift *Das 20. Jahrhundert,* und Thomas war Mitarbeiter dieses Blättchens. Allerdings hat Heinrich Mann sich sehr frühe schon vom Antisemitismus, der ja so etwas war wie eine deutsche Bürgerneurose, vollkommen gelöst, während Thomas, wie eben gesagt, bis in den *Doktor Faustus* hinein den Leuten »dieses Geblüts«, wie er es nannte, stets mit etwelcher Ambivalenz gegenüberstand. Es gibt in seinem Werke nicht nur die deutlich antisemitische Erzählung *Wälsungenblut,* sondern es fallen auch nach der republikanischen Kehre noch Worte wie »scharfe Judenjungen« (in der Ansprache »Von Deutscher Republik«) – und spät im *Faustus* noch die Figur jenes tief unbehaglichen, dem Philosophen Oscar Goldberg nachgezeichneten Dr. Chaim Breisacher, die nicht aufgewogen wird durch die amüsant-melancholische Erscheinung des Impresarios Saul Fitelberg, der à tout prix den deutschen Tonsetzer Adrian Leverkühn in Paris zum Star und hochexotischen Konsum-Boche machen will.
Sie verzeihen mir wohl die Abweichung: sie drängte sich auf, als ich von dem Buche *Im Schlaraffenland* sprach, das 1900 erschien, prinzipiell sozialkritisch orientiert war – nur leider durch die Gestalt des Börsianers und Profiteurs Türkheimer zur Mythologie des »jüdischen Kapitalisten« oder des »reichen Juden« seinen, politisch gesehen, nicht eben fortschrittlichen Beitrag leistete. Zudem stand auch dieses Buch noch im Zeichen eines nicht recht verdauten Renaissance-Ästhetizismus, der als abgetan gelten muß. Wo also beginnen mit Heinrich Mann? Vielleicht mit der

bereits meisterhaften Erzählung *Pippo Spano* aus dem Jahre 1905, wo eben dieser Ästhetizismus bereits kritisch durchleuchtet und damit überwunden wurde; am besten aber mit dem auch heute noch gültigen Roman *Die kleine Stadt*, einer Art von wildem und flackerndem Festspiel der Demokratie, der 1909 herauskam, im gleichen Jahre also wie Thomas Manns höchst liebenswürdiges, aber sehr verspieltes und denn doch nicht ganz ernsthaftes Märchen vom »happy prince«, *Königliche Hoheit*, darin das Volk nur pittoreske Staffage vor den Herzenssorgen eines Fürsten war, während es in der *Kleinen Stadt* als Hauptakteur vor die Rampe trat.

Aber es ist ja keineswegs meine Absicht, hier chronologisch die Bücher Heinrich Manns aufzuführen und gar ihnen Zensuren zu erteilen, was ein ganz dumm-schulmeisterliches Vorgehen wäre. Es kam mir nur darauf an, ein paar Exempel aufzuweisen, daß Heinrich Mann ein Autor war, der Bücher höchst ungleicher Qualität schrieb, und dies nicht nur in seiner Jugend, sondern auch noch in reifen Jahren, aus denen wir Werke kennen, die zumindest als problematisch bezeichnet werden müssen wie beispielsweise *Die große Sache* oder auch das Buch über das Leben seiner zweiten Frau, Nelly, *Ein ernstes Leben*. Es stimmt schon: um vollkommen zu sein, hatte er zu oft improvisiert. Um so großartiger aber war er dann, wenn eben diese Improvisation gelang, wie im *Untertan*, jener unvergleichlichen, in Deutschland einsam in die Höhe ragenden, in ihrer Anatomie wie unter Röntgenstrahlen durchsichtigen Monumentalfigur des Wilhelminismus. – Ich glaube, um noch einmal abzuweichen, sogleich aber wieder zurückzusteuern in die Strömung des Hauptthemas, daß man die Werke der Brüder stets aufeinander bezüglich sehen muß. Da haben wir denn etwa im *Untertan* eine fast schmerzhaft komische, weil zugleich grauenhafte Beschreibung einer Lohengrin-Aufführung, dargestellt als die Apotheose deutscher Mittelklasse. Müßten wir nicht auf diese Szene zurückgreifen zum Verständnis von Thomas Manns Schilderung des großen Götterdämmerungs-Abends in *Wälsungenblut*? Der *Untertan* wurde 1913 geschrieben, mußte bis 1918 warten, um ins Volk zu gelangen. *Wälsungenblut* kam als Privatdruck 1921 heraus. Es ist wohl nicht bare Spekulation, wenn man in der Schilderung des »erhabenen Lärms« der Götterdämmerung eine Antwort erkennt auf Heinrich Manns ganz unbarmherzige Lohengrin-Szene im »Untertan«. Das »brüderliche Welterlebnis« (Thomas Mann dixit) war allerwegen entscheidend für beide Brüder — solange, bis endlich Thomas Manns Weltruhm das Ansehen des älteren Bruders definitiv in den Schatten verwiesen hatte.

Gerne würde ich — was immer allenfalls die bestallten Thomas und Heinrich Mann-Philologen dagegen vorzubringen gestimmt seien — auch das 1928 erschienene, vergleichsweise kurze Romanstück *Eugénie oder Die Bürgerzeit* als Manifestation dieses brüderlichen Welterlebnisses verstanden und gelesen wissen, und zwar nicht nur als Gegen- oder Seitenstück zu den *Buddenbrooks*, sondern gleichsam als Antwort Heinrich Manns auf diese. Verknappt formuliert lautet Heinrich Manns Gegenrede, die als solche sich nicht nur auf die *Buddenbrooks* bezog, vielmehr auch auf die *Betrachtungen eines Unpolitischen* und Thomas Manns gesamte Apologie des deutschen Bürgers: Siehe, mein Bruder, ich bin nicht nur der Zivilisationsliterat, den du immer in mir sahst. Auch ich bin der Lübecker Senatorssohn. Du hast nicht allein die Zärtlichkeit gepachtet zu einer abgelebten Daseinsform; auch mir ist diese nicht fremd. Nur freilich: Ich sah und sehe *mehr* als du, nämlich den Verfall nicht nur einer Familie, sondern einer *Klasse*, die, wie liebenswert manche unter ihren individuellen Vertretern auch seien, als ganze unsere Nachsicht und innige Verbundenheit nicht verdient. Die wackeren Leute aus Lübeck, Stadtväter, Großkaufherren, Börsenkönige waren wacker recht wohl, wenn's etwa um alte Freundschafts- und Familienbindungen ging. Zugleich aber waren sie so skrupellos, ja schuftig, wie das Gesetz es befahl, nach dem sie angetreten.

Die Handlung von *Eugénie* ist schnell erzählt. Die Bürgerzeit, in den *Buddenbrooks* ausgebreitet durch ein paar Generationen hin, ist hier gerafft in ein paar Tagen aus der Gründerzeit. Der Konsul, der das Antlitz des Vaters Mann und das Thomas Buddenbrooks hat, mit fein und lang ausgezogenen Schnurrbartspitzen und weichen, gepflegten Haarhügeln an den Schläfen, führt hier den Namen West. Seine Gattin kommt, wie die Mutter der Brüder Mann, aus dem Süden: nicht eben aus Brasilien, nur aus Bordeaux, doch ist sie den steifleinernen Lübekkern fremd und leicht fragwürdig, vergleichbar durchaus der Buddenbrook'schen Gerda Arnoldsen, wenn sie auch nicht Violine spielt, nur eine leichte Neigung zu Flirts mit eleganten jungen Offizieren hat. Das aufziehende Unheil hat unheimlichere Gestalt als die vergleichsweise harmlose Geschichte mit der durch Hagelwetter zerstörten »Pöppenrader Ernte« in Thomas Manns epischem Werk. Konsul West nämlich, trotz eingeborener Noblesse und humaner Sauberkeit, läßt sich unterm Druck schwieriger ökonomischer Verhältnisse mit einer durchaus finsteren Figur ein, einem bräunlichen und bärtigen, verhängnisvoll vitalen Herrn Pidohn, der, ungeachtet düsterer Vergangenheit, die ihn sogar in ein englisches Zuchthaus geführt hatte, durch kühne und nicht nur moralisch, sondern auch legal nicht mehr rechtfertigbare geschäftliche Manipulationen sehr viel Geld verdient. Doch nicht nur Konsul West geht ihm ins Garn und macht sich mitschuldig: fast die ganze vermögende Bürgerschaft tut mit, pecunia non olet, und nur ein paar ganz Vorsichtige halten sich abseits, wenngleich auch dies nicht aus sittlichen Gründen, nur einfach aus Zagheit. Die Sache geht auf dramatische Weise hoch, ausgerechnet an dem Abend, wo bei den Wests die Liebhaber-Aufführung eines Stückes über Napoleon III. und Eugénies Begegnung nach der Niederlage von Sedan in Szene gehen soll. Das Dramolett wurde gedichtet vom poeta laureatus der Deutschen und namentlich der Lübecker, dem alten, zugleich verträumten und schlauen Professor Heines, hinter dessen edler Maske sich die reale Figur des Dichters Emmanuel Geibel verbirgt. Gabriele, Konsul Wests sehr schöne und allzu sorglose Gemahlin, hat sich nicht nur von Leutnants hofieren lassen: um ein Haar wäre sie dem fremdartigen Herrn Pidohn verfallen, der gleich ihr in der Hansestadt ein Außenseiter ist. Aber nur um ein Haar. Denn am Abend der Aufführung, bei welcher Pidohn in der Rolle des geschlagenen Kaisers der Franzosen ihr Partner sein soll und wo eben der Skandal um die Pidohn'schen Machenschaften ausbricht, findet sie ganz zurück zu ihrem Jürgen West, dem Konsul und Kaufherrn, der es glücklos mit den Praktiken eines ins Fäulnisstadium übergehenden Kapitalismus versucht hat. Man ist arm und unglücklich von einer Stunde zur anderen. Aber Heinrich Mann, der sonst so Unbarmherzige, beschert uns ein happy end: der alte Bürgermeister Lübecks, ein wettergegerbter Mann aus bäuerlichem Geschlecht und alter Freund der Familie West, will aufkommen für des Konsuls Schulden. Man darf ein neues Leben auf anderer, bescheidenerer Grundlage beginnen. Der »Verfall einer Familie« trägt in sich hier den Keim zu neuem Aufbau.

Thomas Mann hat über diesen Verfall sein machtvolles und heute noch glanzvoll vor uns stehendes großes Romanwerk *Die Buddenbrooks* geschrieben. Heinrich, mit rascherer Feder, kürzerem Atem, aber schärferem Blick, begnügte sich mit einer kurzen Romanskizze. Kein adjektivisch opulentes Ausweitungsvorhaben, dafür die genaue, da und dort jagende, stets im Stil makellose Darstellung einer Situation, die transparent wird, so daß wir hinter ihr so viele andere, unserer Imagination zur Ausarbeitung überlassene erkennen. Thomas Mann malte, um einen Vergleich aus der bildenden Kunst herbeizuholen, ein mächtiges und von Gestalten in all ihren Einzelheiten bevölkertes Fresko. Heinrich, von dem wir Federzeichnungen kennen, die uns das ungenützte Talent eines George Grosz erkennen lassen, begnügte sich mit einer haarfeinen Graphik. Doch ist damit noch wenig gesagt. Lag über den *Buddenbrooks* eine schwermütige Abenddämmerung, so spielt sich bei Heinrich Manns *Eugénie* alles in einem glashellen Morgenlicht ab. Arbeitete der junge Thomas Mann mit den Mitteln der so oft evozierten Ironie schon in seinem Frühwerk, so hielt sich der reife Heinrich Mann an die brillante Satire. Und dennoch: über alles Satirische und auch jenes eigentümlich Kolportagehafte, das so viele seiner Bücher kennzeichnet, gelangte er in der *Eugénie* hinaus zu einer Zartheit, die wir sonst selten bei ihm finden. Er erkannte mit dem Auge des Falken den Sumpf der Bürgerzeit: und sah mit dem gleichen Blick auch ihre verlorene Anmut, so daß am Ende auch sein Gegenstück zu den *Buddenbrooks* etwas von jener Melancholie hat, vor der wir bei Thomas Manns Jugendwerk allemal die Waffen strecken.

Ich stehe nicht an, *Eugénie oder die Bürgerzeit* als ein Kleinod zu bezeichnen, das wir entdecken oder wiederentdecken sollen. Wäre ich Cinéast, auf der Stelle würde ich mich an die Verfilmung dieses vielschichtigen, vergleichsweise kurzen Romantextes machen, der ebenso-

viel akustische Möglichkeiten in sich birgt (und hier denke ich ganz nebenhin an ein Hörspiel) wie auch optische. – Die Szene der Liebhaberaufführung, wo Napoleons schwere Stunde mit der des hochstaplerischen Pidohns in eines fällt, könnte unter den Händen eines kundigen Regisseurs zu einem Feuerwerk filmdramatischer Kunst werden. (Dies den Kollegen von der Filmbranche ohne Honoraranspruch beiseite ins Ohr geflüstert.)
Ich sprach von einem Kleinod. Ein solches ist freilich per definitionem im Gesamtwerk eines Autors ein œuvre mineur. Ist es nötig, hier noch auf die magna opera dieses Schriftstellers zu verweisen? Ich glaube doch, da ja auch die Aufnahme dieser durch das deutsche Leserpublikum in gar keinem Verhältnis steht zu ihrer Bedeutung und da es gilt, jetzt, bei Erscheinen einer Neuausgabe von Heinrich Manns gesammelten Werken, ihm auch in der bundesdeutschen Öffentlichkeit jenen Platz zu sichern, den er in der DDR schon lange innehat. Zu sagen, es sei von den beiden großen Brüdern Heinrich der wachere politische Kopf gewesen, ist bereits eine Trivialität; Thomas Mann hat dies ja selber in einem ziemlich berühmt gewordenen Brief an eine Emigrationszeitschrift gelegentlich von Heinrich Manns 75. Geburtstag zugestanden, indem er wörtlich schrieb: »In wem von uns beiden war denn unser latein-politisches Bluterbe aktiv, wer war der gesellschaftskritische Seher und Bildner? Wer hat den *Untertan* geschrieben und wer in Deutschland die Demokratie verkündet, zu einer Zeit da andere (und damit spielte Thomas Mann auf sich selber an!) sich in der melancholischen Verteidigung protestantisch-antipolitischer deutscher Geistigkeit ergingen?« – Gewiß, auch Heinrich Mann war nicht eigentlich ein politischer Denker oder gar ein mit politologischen Wassern gewaschener Kopf; wäre er ein solcher gewesen, es hätte ihm nicht der von

heute aus gesehen recht schauerliche Irrtum zustoßen können, ausgerechnet Stalin nicht nur als großen Staatsmann, sondern auch als bedeutenden Geist hinzustellen. Aber ebenso sicher ist, daß Heinrich Mann noch in seinen Irrungen als politischer Schriftsteller und Pamphletist den Universalien Freiheit, Gerechtigkeit, Vernunft verpflichtet war, daß seine Schulung an allem Französisch-Republikanischen ihn sehr frühe schon Einsichten in den Klassencharakter nicht nur des wilhelminischen Obrigkeitsstaates, sondern auch der bürgerlichen Demokratien ermöglicht hat. Gerade in diesem Sinne möchte ich zu seinen wichtigsten Büchern unbedingt das Memoirenwerk *Ein Zeitalter wird besichtigt* zählen, das einschließlich aller politischen Fehlurteile ein großartiges Zeugnis sowohl seiner sprachlichen Gewalt wie seiner gesellschaftlichen Pflichttreue ist. Man muß dieses Buch lesen, will man Heinrich Mann kennen, und ich verweise ganz ausdrücklich auf jene durchaus im philosophischen Sinne »idealistische« Stelle, an welcher der Autor bekennt, es habe für ihn der Geist stets den Primat in der Geschichte, und diese Konfession bescheiden einschränkt durch den Nachsatz, er sei »zu einem vernünftigen Übereinkommen« (mit den Materialisten) bereit. Ob diese dazu bereit gewesen wären, ist freilich eine andere Frage ...
Heinrich Mann, der Dichter, hat uns nicht nur den unüberholbaren *Untertan* hinterlassen, nicht nur *Die Kleine Stadt*, die unbedingt wiedergelesen werden soll, sondern vor allem jenen großen Roman, der in meinen Augen zu den wichtigsten epischen Zeugnissen des Jahrhunderts gehört, den zweiteiligen Bericht über den guten König *Henri Quatre*. In diesem Werk, einem relativ späten, ist er der souveräne Erzähler. Seine Sätze sind nicht mehr »zerhackt«, wie dies der Bruder ihm in den Tagen der Zwietracht vorgeworfen hatte, vielmehr von jener Knappheit,

die nicht Atemlosigkeit ist, sondern bewußter Verzicht auf alles Überflüssige. Die historische Fülle ist ganz gebändigt. Das geschichtliche Ereignis wird auf fast schmerzhafte Weise durchsichtig gemacht, so in der unvergleichlichen Schilderung der Bartholomäusnacht. Substrat ist eine umgreifende Humanität, verkörpert im Roman durch Henri IV selber und durch Michel de Montaigne.

Aber wäre nicht so viel anderes, Vergessenes oder niemals recht bekannt Gewordenes zu nennen? Da sind doch auch gewisse Novellen: der schon erwähnte *Pippo Spano,* die Erzählung *Schauspielerin,* die das tragische Geschick seiner geliebten Schwester Carla zum Gegenstand hat, das teuflisch genaue Erzählstück *Gretchen,* Demaskierung falscher bürgerlicher Liebesromantik, *Kobes,* die böse und unheimliche Karikatur eines deutschen Industriemagnaten – und am Ende doch wohl auch der *Professor Unrat,* der dank des Filmes *Der blaue Engel* parodistischerweise Heinrich Manns berühmtestes Werk wurde, wiewohl gerade dieses Buch jene Schwächen in der Überzeichnung hat, deren er sich sehr wohl bewußt war, wie wir aus dem *Zeitalter* erfahren.

Der Dichter starb, nachdem er noch die beiden ebenso schönen wie schwer zugänglichen Romane *Der Atem* und *Empfang bei der Welt* zu Papier gebracht hatte, am 12. März 1950 in Santa Monica, Kalifornien. Er hatte die sehr geliebte zweite Gattin Nelly verloren. Er war arm und finanziell von der Hilfe seines Bruders abhängig. »Niemals in meinem Leben bin ich so übersehen worden wie jetzt«, hatte er kurz vor seinem Tode einem Freund geschrieben. Er starb, als eben die DDR bereit war, ihn als den großen nationalen Autor heimzuholen, um ihn »herumzuzeigen«, wie er resigniert geschrieben hat. So blieb ihm das Geschick Arnold Zweigs erspart. Jene Deutschen, die in der Bundesrepublik wohnen, haben ihm gegenüber schwere Unterlassungsschuld auf sich geladen, die endlich abzutragen ist. »Erhebt Euch Deutsche, es ist Zeit«, möchte man ihnen mit seinen eigenen Worten zurufen, und beifügen: Neigt Euch Deutsche vor einer Figur von großer Vornehmheit, vor einem eurer wesentlichsten Autoren des zwanzigsten Jahrhunderts.

Ein tragisches Buch ohne tragische Geste
Nachtrag zu Roger Martin du Gards Epos »Les Thibault«

Ein Nobelpreis für Literatur sagt wenig aus über die Qualität eines Werkes, ich weiß. Man braucht nur die Liste der seit 75 Jahren mit dieser Ehrung ausgezeichneten Schriftsteller durchzusehen, um dessen gewahr zu werden. So viel Mittelmäßigkeit, so viel bemühte Unzulänglichkeit, so viel guter Wille, allzu oft gepaart mit schwachem Können! Sienkiewicz, ein braver Mann, populärhistorischer Romancier für einfache Seelen. Eucken, Philosoph, der kaum noch zitiert wird. Grazia Deledda, längst vollständig unbekannt jenseits der italienischen Grenzen. Dagegen jene, die niemals diese seltsame Krone trugen und doch die Dichtung des Jahrhunderts stärker geprägt haben als gut drei Viertel der Ausgezeichneten: Proust, Joyce, Musil – nicht zu sprechen von Kafka oder Adorno, der diese Ehrung zumindest als *Literat*, der er war, (wenn auch gewiß nicht als Philosoph) eher verdient hätte als Bertrand Russell.

Im Jahre 1937 aber trafen die Preisrichter eine Entscheidung, der jeder Vernünftige aus vollem Herzen zustimmen muß: Roger Martin du Gard erhielt zwischen dem großen O'Neill und der wohlmeinenden Pearl S. Buck den Preis der Preise, erhielt ihn für eines der gewaltigsten Romanwerke, die das zwanzigste Jahrhundert uns beschert hat. Was nützte es ihm? Wenig offensichtlich, denn er ist vergessen, wurde schon wenige Jahre nach der Preiskrönung überschattet von anderen, weit Geringeren, die aber offenbar dem Zeitgeist, der, wie mich dünkt, so gut

wie nichts zu tun hat mit dem Hegel'schen »Weltgeist«, besser entsprachen. Von Malraux, bald auch von Sartre, dem Erzähler und Romanautor, der in eben diesen Eigenschaften bei weitem nicht an ihn heranreicht.
Da nun tatsächlich Roger Martin du Gard in den Geisteshades, die Oubliettes, versank, ziemt es sich, ihn zunächst einmal historisch zu präsentieren. Geboren 1881, ein Jahrzehnt nach dem Zusammenbruch des Reiches Louis Napoleons und der Commune de Paris, wuchs dieser Sohn einer aus Burgund stammenden, vermögenden katholischen Familie auf in einer Epoche, in der die Dritte Französische Republik sich suchte – und sich fand in dem ungeheuerlichen Justizskandal der Affäre des 1894 gegen alle Evidenzen seiner Unschuld verurteilten Hauptmanns Dreyfus, jener Affäre, die weite historische Wellenkreise zog, so daß sogar der österreich-assimilierte jüdische Korrespondent der Wiener *Neuen Freien Presse,* Theodor Herzl, die Idee eines jüdischen Staatswesens faßte. Für Roger Martin du Gard stand damals und in den vielen Jahren, während derer die Affäre sich hinzog, nicht das jüdische Problem zur Diskussion, sondern das der Republik und der Demokratie in Frankreich. Man vergegenwärtige sich die Situation von damals: Ein großer Teil der Nation, jener eben, der das Fehlurteil des Militärgerichts guthieß, wider besseres Wissen, nur weil es eben galt die »Ehre der Armee« zu retten und weil ein jüdischer Offizier ohnehin ein Ärgernis war – ein großer Teil der Franzosen hatte die Revolutionen nicht wahrhaben wollen. 1789, 1830, 1848 –: das war alles nicht geschehen. Man wollte es durchaus und um jeden Preis zurücknehmen.« La vieille France«, das alte historische Frankreich der Bourbonen-Könige, scharte sich um die katholische Kirche, um allen aufstrebenden Kräften der bürgerlichen und der sozialen Demokratie zu wehren. Freimaurer, Ju-

den, Sozialisten wurden ohne viel Federlesens in einen Sack gesteckt, der trug den Aufdruck »Volksverhetzung«. Der bourbonische Adel verachtete den napoleonischen, beide verachteten die Bourgeoisie und diese wiederum, sich anklammernd an ihre bereits errungenen Privilegien, verachtete und haßte zutiefst das sich langsam genug erhebende Proletariat. Ein Bündnis entstand zwischen dem hochmütigen Adel und der beflissen ihn nachäffenden Bourgeoisie; Zement war jene römische Kirche, als deren älteste Tochter Frankreich sich verstand.

Roger Martin du Gard gehörte schon frühe — genau: in seinem sechzehnten Lebensjahr — zu denen, die, wie man es so nennt, »den Glauben verloren«, worüber er in seinem dokumentarischen Roman über die Dreyfus-Affäre, *Jean Barois*, später Zeugnis ablegte. Student an der einzigartigen Archivar-Schule, der »Ecole des Chartes«, versehen alsbald mit einem Diplom, von dem er aber keinen Gebrauch machen mußte, da er finanziell unabhängig war, vertiefte er sich in Studien über vergleichende Religionswissenschaft und nahm zugleich auch Kontakte auf zu sozialistischen, namentlich gewerkschaftlichen Milieus. Ich möchte nicht zu behaupten wagen, daß er Marxist war, bin nicht einmal gewiß, daß er jemals das Werk von Marx gelesen hat. Sehe ich ihn richtig, dann war er ein radikalliberaler Sozialist, nicht bereit freilich, die bürgerlichen Werte so ohne weiteres hinzuwerfen, — und ganz gewiß: ein intransigenter Pazifist. Als Schriftsteller hat er es sich ein Leben lang, wie Thomas Mann es gesagt haben würde, »sauer werden lassen«. Er war nicht leicht mit sich und seinen Hervorbringungen zufrieden. Dort, wo er nicht total einstehen konnte für das Vollbrachte, zerstörte er es, wie die erzählerische Studie *L'une de nous,* die er 1910 verfaßte, wie den zum Thibault-Zyklus gehörenden Roman *L'Appareillage.* Sein erstes, vollgültiges, übrigens als ein Zeitzeugnis noch heute lesenswürdiges Buch, *Jean Barois,* brachte er 1913, im Alter von bereits 32 Jahren heraus. Gaston Gallimard, sein einstiger Schulkamerad auf dem Gymnasium, publizierte das Werk, das sofort als eine überzeugende Talentprobe gewürdigt wurde, auch von denen, die im gegnerischen Lager standen. Dennoch erscheint der Dichter uns heute als der Verfasser *eines* Werkes, eben des großen Gesellschaftsromans *Les Thibault,* das in Frankreich sehr langsam ab 1922, damals in zwölf Bänden, veröffentlicht wurde. Für dieses Buch erhielt er den Nobelpreis: und mit ihm haben wir es hier zu tun.

Die überaus vielfältige, weil eine Fülle von Gestalten und sozialen Welten umfassende Romanhandlung kann hier nur durch Herauslösung ihrer Hauptstränge wiedergegeben werden; es liegt ja im Wesen des großen sozialen Romans, daß er je und je eigentlich nur für sich selbst sprechen kann und jeder Versuch, ihn zu destillieren, einer Vergewaltigung gleichkommt. Wo aber finde ich in diesem erzählerischen Geäst die Hauptstränge? Man könnte sagen: Es werden hier an zwei großbürgerlichen Familien, den katholischen Thibaults und den protestantischen de Fontanins die Probleme der noch jungen Dritten Republik entwickelt – und würde damit das Wesentliche doch nicht treffen, denn hier sind die Glaubens- und Herkunftsfragen, wie ernst der Autor sie auch abgehandelt habe, denn doch wohl nicht das für den Handlungsablauf Charakteristische. Man könnte auch erklären: In den Geschicken zweier Brüder, Antoine Thibault und Jacques Thibault, von denen der erste ein brillanter junger Arzt mit großer Zukunft innerhalb der bürgerlichen Welt ist, der zweite ein Revolté, der eben diese Welt in Frage stellt, ja, sie zu zerstören bereit ist, wird Frankreich zum Beispiel für ein von unerbittlichen Klassenkämpfen zerrissenes Europa – und würde auch hierin wieder nicht das Rechte treffen, denn schließlich wird ja jenseits aller sozialen Konflikte so viel rein Individuelles in dem Brüderpaar uns vermittelt, daß man dazu neigen könnte, in Martin du Gard wesentlich einen *psychologischen* Romancier zu sehen. Und schließlich ist es möglich, sich hervorzuwagen mit der Behauptung, es handle sich bei den *Thibaults* um einen *historischen* Roman über den Ausbruch des Ersten Weltkriegs, dem wir hier tatsächlich von Tag zu Tag, ja manchmal von Stunde zu Stunde beiwohnen.

Vielleicht werden wir diesem monumentalen Werk am gerechtesten, wenn wir sagen, es handle *vom Scheitern des bürgerlichen Zeitalters,* wobei alle Handlungsträger, Jacques, der Rebell, Antoine Thibault, der Arzt mit glänzender Zukunft, der dann in der Champagne Giftgas-Schäden erleidet, so daß er schließlich, ehe der Erstickungstod ihn niederzwingt, sich zum Freitod entschließt, Daniel de Fontanin, der schöne, hochbegabte Maler und unwiderstehliche Frauenheld, den der Krieg im zwiefachen Worte zum Hinkemann macht –: daß sie *alle scheitern,* so wie der Vater Thibault scheiterte im so benannten »natürlichen« Tod, wie Madame de Fontanin scheiterte in ihrem strengen protestantischen Glauben, wie ihre Tochter Jenny scheiterte in der Liebe zu Jacques Thibault, der ihr im Zuge einer abstrusen pazifistischen Aktion entrissen wurde.

Vergleichen wir die *Thibaults* mit anderen großen Familienromanen aus diesem Jahrhundert, also etwa: mit den *Buddenbrooks* von Thomas Mann oder der *Forsyte-Saga* Galsworthys, so müssen wir schon in den ersten Partien des Werkes feststellen, daß für Roger Martin du Gard, im Gegensatz zu Thomas Mann oder Galsworthy, die bürgerliche Welt niemals eine *heile* war. Er erzählt uns nicht vom Verfall *einer* Familie wie Thomas Mann. Er übt nicht Kritik, die aber ausgeglichen wird durch schmerzlich-süße Anhänglichkeit ans Herkommen, wie Galsworthy. Einem unbestechlichen Naturwissenschaftler gleich – und nicht zufällig hat der Autor sich als zentrale Figur den Arzt Antoine Thibault erwählt – beugt er sich über die bürgerliche Gesellschaft wie über ein geschlossenes physikalisches System und befindet darüber wie über ein Gefüge, das nicht bestehen kann. Vergleichbar auch einem Mediziner, der vor sich die Spezialbefunde einer Reihe von Fachärzten hat, sie koordiniert und interpretiert, sagt er: Mein Patient ist ein Moribundus. – Jedennoch, er erstellt seine Diagnose ohne agitatorische Emotion, was ihn unterscheidet von einem Romancier, wie es Heinrich Mann im *Untertan* war. Wir entdecken in seinem Werke etwas, das in der moderneren Literatur offenbar nicht mehr auffindbar ist: *die fast vollkommene Objektivität.* Die Großbourgeoisie, die da scheitert, ist in ihren individuellen Vertretern nicht etwa schlecht oder gar böse. Nehmen wir uns den gewichtigen, scheinbar unerschütterlichen Oscar Thibault, den Père Thibault, dessen miserables Sterben an Urämie uns das Debakel seines petrifizierten katholischen Glaubens überwältigend klar macht. (Am Rande: dieses Sterben, diese qualvolle Auslieferung eines Menschen an sein Ende, das Ende *seiner* Welt, Ende *der* Welt, ist einer der Gipfelpunkte der großen Literatur, und der Abschnitt »La mort du père« dürfte in keiner weltliterarischen Anthologie fehlen!) – War dieser autoritäre, klassenverhaftete, sein Vermögen als von Gottes Gnaden ihm zugesprochene universelle metaphysische Kategorie verstehende, seinen revoltierenden Sohn Jacques moralisch mißhandelnde, seine ihm dienenden Kreaturen gleichgültig und verachtungsvoll handhabende Mensch ein Bösewicht? Mitnichten. Er nahm seine katholische Caritas beinahe so ernst wie seine finanziellen Operationen. Er hat besten Glaubens die von ihm gestiftete Erziehungsanstalt, in die er zeitweilig den widerstrebenden Sohn Jacques steckte, in aufrichtigem Glauben an Gottesdienstschaft von gefügigen Dummköpfen, zu einer Art von Gefängnis ausgestalten lassen. Er war ebenso ehrlich in seinem finsteren Wahn wie seine Nachbarin und Gegenspielerin, Madame de Fontanin, die er als »Hugenottin« verabscheute und die sich tatsächlich einbildete, sie stehe unablässig in direkter Verbindung zu ihrem Herrn und Heiland. Oder halten wir uns an Nebenfiguren wie Anne de Betaincourt, die Geliebte des Arztes Antoine Thibault. Sie betrügt ihren Ehegatten. Sie vernachlässigt ihr krankes Kind. Ist sie darum auch schon ein Scheusal? Sicher nicht für den zugleich realistischen und psychologischen Erzähler Roger Martin du Gard. Wir haben in der schönen, perlend lachenden, leichtsinnigen Anne nur eine Frau vor uns, die geboren ist für die fleischliche Liebe – »faite pour la chose, pour la chose du machin«, wie es in einem französischen Argot-Lied heißt, eine Art von nicht ungefährlicher Blüte, deren Leuchtkraft uns als Leser anstrahlt und erwärmt, sogar dann noch, wenn Antoine Thibault sie in einer Aufwallung von Widerwillen gegen ihre permanente Liebesbereitschaft von sich stößt.

Auf der anderen Seite sind auch die Revolutionäre von Paris und jene, die in Genf konspirieren, wo Jacques Thibault sich ihnen anschließt, ohne jede Komplizenschaft gezeichnet, wiewohl kein Zweifel besteht, daß des Autors Sympathien eher ihnen gehören als dem bürgerlichen Milieu der Thibaults und der Fontanins. Jedoch, er erspart den Revoluzzern weder Kritik noch jene eigentümliche Härte bei der Beschreibung, die ihm, im Gegensatz etwa zu seinem Zeit-und-Klassengenossen André Gide, allerwegen eignet. Ein Mann wie der Berufsrevolutionär

Meneystrel, mit dem Jacques Thibault schließlich nach Kriegsausbruch eine aberwitzige Propaganda-Aktion vom Flugzeug aus über den Linien der Kombattanten unternehmen soll, wird uns als eine Figur vorgestellt, die deutliche Verwandtschaft mit Lenin hat: Schärfste Luzidität, bis zur Unmenschlichkeit gehende Hingabe an die Sache, Indifferenz gegenüber dem Humanismus des Alltags werden mit außerordentlicher Prägnanz, zugleich aber mit Diskretion herausgearbeitet. – Und nun Jacques selber, der Revolté, dem zum erfolgreichen Revolutionär die Einsicht in die alle Ideologien beschämenden Sachverhalte fehlt! Er ist – oder: er wäre – im Lichte einer Anpassungspsychologie ganz zweifellos ein Neurotiker, ein Mann, der nicht an sich glaubt, der das Gefühl hat, er könne weder lieben, noch möchte es ihm je beschieden sein, geliebt zu werden, der unter dem Druck der Persönlichkeit seines Vaters ebenso leidet wie unter dem in der bestehenden Ordnung wohlbehausten Bruder Antoine. Jacques Thibault ist, gleich Antoine, der »ankommen«, arrivieren will in dieser Gesellschaft, ein Stück des beschreibenden Autors. Es wird ihm darob kein larmoyantes Mitleid zuteil, ebensowenig wie dem Bruder, der sich im November 1918 tötet, ehe die durch Gasversehrung entstandenen Lungenschäden ihn zerstören.

Roger Martin du Gard, der Demokrat, Sozialist, Pazifist, sieht deutlich genug, wieviel Verschrobenheit in den Köpfen derer herrscht, die da glauben, von Genf aus die Weltrevolution ins Werk setzen zu können, und die in der geschichtlichen Realität dann nichts anderes zustande brachten als die Aufrichtung eines anderen Gewaltregimes in Rußland. Er sieht die Verschrobenheit, sage ich, und erkennt zugleich doch den nun wieder ins Humane einmündenden, fast rührenden Idealismus, der diese Menschen bewegt. Er sieht – ohne freilich es direkt auszusprechen, das Wort war noch nicht ins allgemeine Vokabular eingegangen – den Neurotiker in Jacques, und sieht doch auch den Helden, der er war, einen der vielen, zwar realitätsblinden, gleichwohl heroischen Menschen, ohne welche die Gesellschaft kein noch so geringes Wegstück vorwärts kommen könnte.

Und er sieht auch die Geschichte als das, was sie ist: »Sinngebung des Sinnlosen«, wie Theodor Lessing es gesagt hat, Labyrinth und Lachkabinett, menschliche Tragikomödie. Gewiß: Der Rationalist und Demokrat Martin du Gard *glaubt* in letzter Analyse an etwas, das man den »Fortschritt der Menschheit« nennen kann; nur zeigt er uns diesen Fortschrittsweg als mysteriöse Mäanderstraße, auf der man zeitweilig meint vorauszuschreiten, wo man sich doch rückwärts bewegt. Ich sagte schon, daß der Dichter uns in langen und, was leider auch gesagt werden muß, oftmals *langatmigen* Kapiteln den Ausbruch des Ersten Weltkriegs aus französischer Sicht miterleben läßt. Es ist klar, daß hierbei sich seine kritische Intention, sein polemischer Elan eher gegen das eigene Land richten muß als gegen den Feind, der säbelrasselnd im Osten drohte. Hätte Thomas Mann, entgegen den Gesetzen der physikalischen Zeit, bei der Niederschrift seiner *Betrachtungen eines Unpolitischen* Roger Martin du Gards *Les Thibault* gekannt, er hätte dort so manches Argument gegen die von seinem Bruder Heinrich gefeierte und von Martin du Gard verabscheute »Advokatenrepublik« der Franzosen gefunden. Poincaré, Delcassé, auch Clemenceau, sie erscheinen in den *Thibaults* als das, was sie wohl tatsächlich waren: bürgerliche Realpolitiker des irrealen Krieges, ihrer Klasse verhaftet, Imperialisten, zudem noch guten Glaubens, da sie doch wirklich meinten, es könne »la civilisation«, verkörpert in der Dritten Republik, nur um den Preis des großen Völkermordens gerettet werden und als Triumphator allein ihrer Weltmission gewachsen sein. Er durchsucht mit scharfem Blick die Ideologien, die bürgerliche zuvörderst natürlich, denn mit ihr hatte er es zu tun, in ihrem Klima war er aufgewachsen, daneben aber auch die sozialistische. Nichts Aufregenderes kenne ich aus der Literatur über den Ersten Weltkrieg als Martin du Gards Evokation des Versagens der Zweiten Internationale angesichts der Kriegsdrohung. Man wird Zeuge des imponierenden Zusammenschlusses der arbeitenden Klassen, die entschlossen schienen, es nicht zum Kriege kommen zu lassen für Vaterländer, die offenbar die ihren nicht waren. Der internationale sozialistische Widerstand gegen den Krieg, an dem in Martin du Gards Augen die wesentliche Schuld die Österreichisch-Ungarische Monarchie auf der einen Seite, das Rußland des Zaren auf der anderen trifft, kulminiert in der gewaltigen Kundgebung in Brüssel, an der Jean Jaurès, Camille Huysmans, Vandervelde, Hugo Haase teilnahmen. Der machtvolle Gesang der Internationale ertönte im Maison du Peuple in Brüssel, die Massen der belgischen Arbeiterschaft erfüllten schwarz und drohend die Straßen, während auf den Rednertribünen von allen Seiten die feierliche Versicherung gegeben wurde, man werde den Krieg der anderen, der Besitzenden, der Waffenfabrikanten, der Spekulanten mit allen Mitteln zu verhindern wissen. »Was immer auch geschehe«, sagte Jaurès zu dem Belgier Camille Huysmans, »laß die Internationale nicht fallen; und wenn ich selber, Jean Jaurès, eines Tages zu dir kommen und dir sagen sollte, der Gedanke des proletarischen Internationalismus sei tot und nun müsse ein jeder Partei beziehen und sein Vaterland verteidigen, glaube mir nicht.« Aber wenige Tage darauf wird Jaurès durch die Fensterscheibe eines Restaurants von einem Nationalisten erschossen, und nicht lange wird es dauern, bis sowohl die französischen

wie die deutschen Sozialisten für die Kriegskredite der Herrschenden votieren, bis die tapferen Gewerkschaftler auf beiden Seiten sich gehorsam bei den Sammelplätzen ihrer Mobilisierungsbefehle einfinden, bis die ersten Artilleriedonner die Erde erschüttern. Weil alle dumm, weil alle feig, weil alle Verräter an ihrer Sache waren? So mag es ausgesehen haben für die Berufsrevoluzzer in Genf und Lausanne. So stellt es sich nicht der Dichter Martin du Gard vor. »Wirst du dem Mobilisierungsbefehl folgen?« fragt Jacques Thibault verzweifelt einen jungen französischen Funktionär der sozialistischen Partei. Und dieser antwortet resigniert: »Was soll ich denn anderes tun? Höre, ich bin aus Bar-le-Duc, ich möchte auch nicht haben, daß mein Dorf deutsch wird.« Gerade weil der Dichter kein Ideologe ist, gerade weil er, ungeachtet seiner persönlichen radikal pazifistischen Gesinnung, die Wirklichkeit des Alltags durchschaut, reagiert er nicht mit dem Hochmut eines Ideologen, sondern mit dem skeptischen Pessimismus des Realisten: für diesen ist der arme Teufel, der nicht will, daß sein Dorf unter fremde Herrschaft gerate, am Ende nicht schlechter als der Held Jacques Thibault, der mit Flugblättern in dem von einem Genossen gesteuerten Flugzeug über den deutsch-französischen Kampflinien abstürzt.
Überhaupt ist der tiefe Pessimismus – vergleichbar vielleicht mit dem Zolas! – eines der Kennzeichen der *Thibaults*. Das Buch beginnt im Jahre 1913. Noch sehen im persönlichen Bereich der Handlungsträger wie auch draußen in der Welt die Himmel helle aus. Antoine Thibault ist ein von Vitalität überströmender, von seinen Meistern, seinen Patienten, den Frauen geliebter Arzt, der die Welt gewinnen will. Jacques, sein Bruder, ist zwar ein widerspenstiger Ausbrecher aus der Gesellschaft, aber auch ihm scheint eine Welt zugesprochen zu sein, eine bessere Welt,

eine bessere Ordnung. Und dennoch: Vom Anbeginn schwebt über diesem machtvollen Opus der *Tod.* Da ist zunächst das peinvolle Sterben des pater familias, Oscar Thibault, der »natürliche« Tod eines alten Mannes, mit der minutiösen Präzision des Klinikers beschrieben in dem zentralen Kapitel »La mort du père« und gerade durch die Genauigkeit der Darstellung höchst unnatürlich geworden: ein Mord, begangen vom unsichtbaren Schnitter, gegen den der Alte sich trotz aller christlichen Glaubenszuversicht verzweifelt wehrt. Da ist der Freitod des eleganten und allzu sorglosen Monsieur de Fontanin, der pekuniär seinen galanten Neigungen nicht gewachsen ist und sich eine Kugel in den Kopf schießt, ehe er wegen unsauberer geschäftlicher Machenschaften verhaftet werden kann. Und nun geht es mit dem heraufziehenden Jahr 1914 in einer kompositorisch allen Erzählungsgesetzen widersprechenden, jäh abfallenden Linie der Erde zu. Selbst die Leidenschaften – Oscars Liebe zu seiner schönen und leichtfertigen Madame de Betaincourt, Jacques' erwachende Passion zur Tochter des feindlichen protestantischen Hauses de Fontanin – sind vom Tode überschattet. Draußen auf den Schlachtfeldern wachsen wuchernd die Wälder der *Croix de bois,* der hölzernen Kreuze des Roland Dorgelès, und drinnen, innerhalb des engeren Romangeschehens, unter den tragenden Figuren der Handlung, macht im gleichen Rhythmus der Tod sich breit. Daniel de Fontanin wird zum Krüppel geschossen und vegetiert, das einstens schöne Männerhaupt nun wertlos geworden, weil die Sexualfunktionen gelähmt sind, verfettend in seinem Liegestuhl dahin. Jacques Thibault ist tot. Jenny, seine ihm niemals angetraute Witwe, die ein Kind gebar, das der Vater nicht mehr sah, stirbt auf ihre Art, indem sie in sinnlos gewordener Treue zum Toten dessen revolutionäre Gedanken zum Panzer bloßer Worte macht.

Ihre Mutter, Madame de Fontanin geistert als lebendige Tote mit dem verborgenen Gott ihres protestantischen Glaubens durch die Welt. Antoine Thibault in seiner Klinik für Gasversehrte in der südfranzösischen Stadt Grasse stirbt schließlich als einziger seinen *eigenen* Tod: In bis zur letzten Minute anhaltender geistiger Wachheit führt er ein Tagebuch über seinen sich täglich verschlechternden Zustand als gewissenhafter Arzt und greift erst zum Gift im Augenblick, da er weiß, er würde, wartete er noch weiter zu, auch zu diesem Akt der Freiheit die Kraft nicht mehr aufbringen.
Martin du Gards *Thibaults* ist ein tragisches Buch ohne tragische Geste: dies ist die Größe des Werkes und ist die bis zur Stunde nicht eingeholte Grandeur des Realismus. – Und damit komme ich zu einem theoretischen Problem, das hier nur in ein paar Worten als *Frage* aufgeworfen sei. Martin du Gard, gleich allen realistischen Romanciers, geht aus von der Fiktion des omniszienten Erzählers. Diese ist gewiß nicht nur Annahme, sondern auch »Trick«, denn es ist offenbar, daß niemand, der ein Prosagefilde abschreitet, *alles* zu erkennen vermag. Die Welt ist alles, was der Fall ist, und dieses alles löst am Ende notwendigerweise sich auf in atomare und subatomare physikalische Ereignisse. Aber, es ist eben der Realismus mit seiner Fiktion des allwissenden Berichters sowohl als Fiktion wie auch als Trick am Ende glaubhafter denn eine mutmaßende Erzählungsweise, die uns glauben machen will, es taste der Autor sich durchs Dunkel, wo er doch in Tat und Wahrheit seine vorgebliche Unwissenheit genau kalkuliert und als Stilmittel mit einem bestimmten Stellenwert einsetzt. Die realistische Prosa ist – erkenntnistheoretisch – verwandt dem naiven Realismus. Sie gibt sich wie ein Debatter, der einem kritischen Philosophen auf dessen Frage nach dem »Ding an sich« mit Überzeu-

gung sagt: »Was für ein Unsinn, ein Tisch ist ein Tisch, ein Stuhl ein Stuhl, und damit basta«. In dieser Naivität befindet sie sich in nächster Nähe der Realität unser aller, die wir uns verhalten, als wären die Dinge gleich ihrer Erscheinung und als wüßten wir Bescheid im Raume der uns umgebenden Welt. So verstanden, erscheint mir der Realismus eines Autors wie Martin du Gard als *be*ständig und *an*ständig. Der Dichter hat in dem Meisterwerk *Les Thibault* eine Welt gefügt. Ein solches Unternehmen nötigt uns zumindest den gleichen Respekt ab wie andere, vielleicht originellere, vielleicht ästhetisch interessantere und gewiß modernere Arbeiten, die da vorgeben, das Ungefügte unserer Alltagswelt erkannt zu haben, und sich darum gehalten fühlen, sie aufzulösen in Wörter, die uns durch die Finger rinnen wie Sand.

Der mit großer Naivität als »naiv« oftmals bezeichnete epische Realismus, für den Martin du Gard der vielleicht wichtigste Zeuge in diesem Jahrhundert ist, wird meiner festen Überzeugung nach à la longue triumphieren über die Literatur der Texte und der Wörter. Die *Thibaults* werden, auch des bin ich gewiß, wieder auferstehen und werden den ihnen zukommenden Platz einnehmen neben der *Comédie Humaine* Balzacs und den *Rougon-Macquart* Zolas.

Die am Wege bleiben
Herman Bang: Gestalt und Geschichten

Schon mit der Nennung von ein paar Titeln aus dem Werk des dänischen Dichters Herman Bang schlagen wir den Grundakkord an: *Hoffnungslose Geschlechter, Zusammenbruch, Die Vaterlandslosen, Am Wege.* Sie zeugen dafür, daß hier ein tief pessimistischer Autor uns anspricht, einer, der schließlich selber »am Wege« blieb, nachdem ihn eine glänzende Karriere sehr hoch emporgehoben hatte. –

Die Bücher dieses Erzählers, seine Geschichten, die noch in der Zwischenkriegszeit eine geradezu verschworene Anhängerschaft hatten, sind heute so gut wie vergessen. Nur weniges ist im Buchhandel erhältlich – hervorzuheben ist ein kleiner bei Reclam erschienener Novellenband, *Irene Holm* und *Ein herrlicher Tag,* der uns höchst dankenswerter Weise durch den Herausgeber Hans Grössel zugänglich gemacht wurde. Mein Beitrag ist denn hier zugleich Aufruf an den Leser, Herman Bangs Bücher, wann und wo immer sich Gelegenheit bietet, in öffentlichen Büchereien anzufordern; und ist dringlicher Appell an die Verleger, die jeden modischen Eintags-Unsinn, komme er nur aus Frankreich oder den USA, hurtig ins Deutsche übertragen lassen, um, wie es im Jargon der Leute heißt, »richtig zu liegen zu kommen«, die sich aber den Teufel scheren um wirklichen und bleibenden Wert und die zudem nicht einmal jene Witterung besitzen, die ihnen bewußt machen müßte, daß Herman Bang ein Vorläufer modernster Erzähler war und somit letzten

Endes auch ein »gutes Geschäft« sein könne. Sie verstehen nichts von der Dichtkunst, das weiß ohnehin jeder. Aber sie kennen nicht einmal ihr Métier: und dies ist unbekannt — und schlimm. — Aber genug der Polemik gegen jene, die ohnehin die Stärkeren sind allerwegen, uns Geschmacksgesetze diktieren wollen, nicht anders als die Créateurs der Haute Couture. —

Bang gehört in die stolze Reihe jener skandinavischen Autoren, die in der zweiten Hälfte des 19. Jahrhunderts die deutsche Literatur befruchteten, und zwar so eindrucksvoll, daß deutsche Schriftsteller ärgerlich vom »Skandinavismus« sprachen und Arno Holz und Johannes Schlaf ihre ersten naturalistischen Schulnovellen unter dem Namen Bjarne P. Holmsen veröffentlichten, weil sie meinten, nur als Nordländer könne man noch ankommen. Muß ich Namen nennen, die Größe der skandinavischen Literatur dieser vergangenen Tage dem Hörer ins Gedächtnis zu rufen? Manche haben ja recht gut überstanden: Ibsen sowieso, aber auch Strindberg, auch Knut Hamsun, unachtlich seiner traurigen politischen Abirrungen. Andere sind vergessen ganz und gar: zu Unrecht, wie mir scheint, und weil die Wege der Tradierung und Wiederaneignung älterer Literatur rätselhaft sind wie der göttliche Ratschluß. Wer liest noch Jens Peter Jakobsen? Wer Jonas Lie, Gjellerup, Pontoppidan, Johannes Vilhelm Jensen — und wer unseren Herman Bang, der in seiner Art so gut war wie Hamsun und Ibsen, bedeutender, so möchte ich meinen, als der hocherregte Strindberg? Was in meinen allerbescheidensten Möglichkeiten liegt, soll jedenfalls hier getan werden, ihn wiederzuerwecken.

Wer war er? Vor allem ein *Däne* — wobei alsogleich erklärt werden muß, was Dänemark damals für Skandinavien bedeutete. Es war, wenn die metaphorische Kennzeichnung erlaubt ist, das Italien des Nordens; seine Kapitale Kopenhagen war Skandinaviens Paris. Ein leuchtendes und zugleich armes Land. Der verlorene Krieg gegen Preußen hatte den Dänen, die einst mächtig gewesen waren und in frühen Tagen sogar die britische Insel zu großem Teil eroberten, jenes natürliche Selbstbewußtsein genommen, das zur gleichen Zeit auch in Frankreich die Stabilität verlor, denn auch in diesem Lande hatte man versagt; in Sedan büßte Frankreich einen guten Teil seiner imperialen Identität ein. Nur freilich, Frankreich war ein potentiell mächtiges Land von fast unerschöpflichen geophysischen und humanen Quellenzuflüssen. Dänemark dagegen war arm. Die Industrialisierung des Agrarlandes ging im Schneckentempo voran, und während im Rouen Flauberts schon die Schornsteine der großen Manufakturen rauchten, kämpfte in Dänemark eine aufstrebende Bourgeoisie verzweifelt, aber nicht erfolgreich um die Errichtung einer hochkapitalistischen Ordnung: der Vierte Stand rührte sich nicht, und erst erheblich später sollte der mächtige Martin Andersen Nexö seine Stimme für ihn erheben. Was aber bedeutete das für die dänische Literatur? Doch wohl dies: Das Bürgertum war am Ende, noch ehe es recht begonnen hatte. Die Décadence setzte ein, bevor noch ein deutlich sichtbarer Aufstieg stattgefunden hatte. Der bürgerliche Liberalismus, den alle jene Autoren verkörperten, deren Namen ich andeutungsweise nannte, hing gleichsam im Leeren. – Wo, um ein Beispiel zu geben, in Österreich Hugo von Hofmannsthal als Abkömmling reicher Bankiers den Adel errungen hatte von Kaisers Gnaden und diesen Jungadel bis ins Lächerliche hinein für sich reklamierte, dort sah in Dänemark der echte, uralte Adel fassungslos seinem Niedergang zu, ohne daß zugleich eine kraftvolle Bourgeoisie bereit war, an seine herrschende Stelle zu treten. Was lebte und des Landes Gewicht auf seinem breiten Rücken trug, war die Bauernschaft: aber diese vermochte nicht einzudringen ins geistige Leben, denn ihr verstellte jener Protestantismus den Weg, der lastete, sogar auf dem Denken eines Kierkegaard, so daß es sich im Kreise drehte auf der Suche nach einem Gott, dessen Tod schon mit Posaunenstößen verkündet wurde.

Herman Bang erlitt dieses gesellschaftliche Schicksal. Aber es wäre eine verkehrte und auch verjährte Methode, wollte man sein Dichten und Wirken reduzieren darauf: er war, jenseits des gesellschaftlichen Kontextes, ein Einziger, eine »Persönlichkeit« durchaus im Sinne Goethes, ein seine Subjektivität erleidender Mensch, und darum anderes als jener mysteriöse, niemals zu Ende definierte »subjektive Faktor« marxistischer Kritik. Geboren 1857 aus altadeligem Geschlecht, vielfältig begabt, war er ein »Frühvollendeter«, auch »frühgereift und sanft und traurig«, wie es bei Hofmannsthal hieß, von makelfreier physischer Erscheinung, aber in ständigen Geldnöten, dazu heimgesucht von homoerotischen Neigungen. Wie der ihm vielfach verwandte Proust führte er das Leben des Flüchtlings vor den anderen, das er aufgezeichnet hat in dem Roman *Die Vaterlandslosen*, dessen Held, der Violinvirtuose Joán Ujházy, dänisch-ungarisches Mischblut ist. Schauspieler wollte er werden. Daß er versagte in der Rolle von Ibsens Oswald Alwing, der ihm blutsverwandt war, mag nur ein schlechter Witz der Geistesgeschichte sein oder auch eine Bankrotterklärung der Kritik, denn schließlich hat der allmächtige Geistesfürst der Dänen, der Jude Georg Brandes, dem das moderne Dänemark mehr zu verdanken hat als irgendeinem anderen kritischen Kopf, sogar dem *Schriftsteller* Herman Bang, zu Zeiten, als dieser schon Ansehen genoß, nur einen »mittelguten Weiberverstand« zuerkennen wollen – und blieb blind vor der Originalität dieses Talents, das in Wahrheit ein

Genie war. Der Boden des Vaterlands war ungastlich. Bangs Homophilie hatte sich bald herumgesprochen; man nannte ihn hämisch »Hermine Bang« oder »Jungfer Bang«, so konnte seines Bleibens nicht sein. Kopenhagen war vielleicht das »Paris Skandinaviens«, aber es war nun doch eben nicht das wirkliche Paris, und während es Proust und seinen erotischen Schicksalsgenossen gelang, jenseits der Justiz ihren gesellschaftlichen Status zu finden, mußte Herman Bang, bedrängt vom Gerede und in ständiger Furcht vor strafrechtlicher Verfolgung, sein Land verlassen. Man sah ihn in Paris, Prag, Wien, München, Berlin, einen stets leicht outriert nach letzter Mode gekleideten Herrn, dem man die Außenseiterschaft ansah. So beschrieb er sich selber: »Er saß so wunderlich heimatlos in einem Haufen gemieteter Möbel, auf die einige von ihm aufgehängte Familienporträts mit verstörten und tief erstaunten Augen hinschauten ...« Er hatte, wandernd, das Vaterland an seinen Sohlen mit sich getragen: seine schönsten Bücher und allen voran das mir liebste, *Am Wege,* spielen in Dänemark. Den meisten liegen Kindheitserinnerungen zugrunde. Mit Rilke hätte er sagen können: O Kindheit, o entgleitende Vergleiche / Wohin, wohin ...

Wohin in der Wirklichkeit? Sehr weit weg. Er starb auf einer Vortragsreise durch die Vereinigten Staaten. Im Eisenbahnzug im fernwestlichen Staate Utah befiel ihn ein Unwohlsein. Im Hospital von Ogden trat der Tod ihn an, jener Tod, der präsent ist in seinem ganzen Werk, von den Novellen bis zu den großen Romanen.

Über Herman Bangs literarische Eigentümlichkeit ließe sich aufs schönste dissertieren. Dergleichen kann hier nicht meine Aufgabe sein, noch ist es meine Ambition. Nichts anderes kann und will ich tun, als dem Leser ein paar Ratschläge erteilen, die ihm den Zugang zum Werk dieses Dichters erleichtern. Nicht daß er etwa ein Esoteriker gewesen wäre, wie Joyce es war, ehe die gelehrte Forschung ihn, wie das unangenehme Wort lautet, »aufbereitete«. Auch ist er nicht schwierig zu lesen wie sein Geistesverwandter und homoerotischer Schicksalsgenosse Proust – mit dem er übrigens eine gewisse physische Ähnlichkeit hatte. Man könnte ihn, Bang, bei oberflächlicher Lektüre sogar für einen gehobenen Unterhaltungsschriftsteller nehmen, da ja nirgendwo in seinen Arbeiten Probleme als solche unvermittelt abgehandelt werden und seine Gegenstände fast banal sind. Darum ist es unerläßlich, sich mit Geduld einzulesen in seine Prosa, weil ja die Welt, die er schildert, uns Heutigen recht fremd ist. Das Dänemark der Jahrhundertwende mit seinen Etats- und Konferenzräten, seinen Pastoren, seinen mühselig um gesellschaftliche Geltung kämpfenden Schauspielern, seinen armseligen Bürgerfrauen, die niemals die Mittel haben, sich modegerecht zu kleiden, seinen am Rande des Geschehens statistenhaft auftauchenden Bauern, die gleichwohl der ganzen schäbigen Herrlichkeit eigentliche Ernährer sind, ist etwas, das wir erlernen müssen, ehe wir ästhetischer Genugtuung fähig sind. Aus diesem Grunde würde ich dem Bang-Debütanten empfehlen, zunächst einmal seinen Erstling, der ihn berühmt machte, den Roman *Hoffnungslose Geschlechter,* zu lesen. In diesem Buch hatte sich der Dichter noch nicht die frappierend moderne erzählerische Technik erarbeitet, von der noch gesprochen werden soll. Es ist ein eher konventioneller Gesellschaftsroman mit bescheidenen Ansätzen zu jener direkten psychologischen Analyse des wissenden Narrators, die später Marcel Proust zu einem seither nicht wieder erreichten Gipfel geführt hat. Aber gerade dieses Buch macht uns auf einfache Weise vertraut mit der Bang'schen Umwelt und ist überdies durch seine wesentlich autobiographische Konzeption ein Spiegel der Person des Autors. Freilich, autobiographische Züge haben alle Werke Herman Bangs, wie es ja überhaupt kaum große Prosa gibt, in der nicht das Autobiographische, verwandelt und verfremdet wie auch immer, die Infrastruktur bildete. »Madame Bovary, c'est moi«, sagte Flaubert, einer der Lehrmeister Herman Bangs. Heinrich Lee bin ich, hätte füglich Gottfried Keller sagen können, so wie Dostojewskij die Ichheit Raskolnikows hätte reklamieren dürfen, vielleicht sogar müssen. In dem Roman *Hoffnungslose Geschlechter* ist – ähnlich wie viel später in Thomas Manns *Doktor Faustus* – das Selbst des Verfassers geteilt in zwei Personen. Kein anderer als der Dichter ist der Protagonist William Hög, der verarmende Altadelige, der Schauspieler werden will, ohne das zu diesem Berufe nötige Talent der Hemmungsfreiheit, will sagen: des naiven Exhibitionismus zu besitzen. Und gleichfalls Herman Bang ist Högs Freund, der verschwenderische, zynische, elegante Schriftsteller Bernhard Hoff – die Durchsichtigkeit geht so weit, daß ganz einfach die Initialen H. B. vertauscht wurden! – der durch seine bloße Existenz, die zugleich windig und glänzend ist, den feinen Aristokratensproß anzieht und abstößt, heute ermutigt und morgen durch leicht hingeworfene Bemerkungen in den Abgrund der Hoffnungslosigkeit stürzt. Autobiographisch ist auch Williams Stellung gegenüber der Frau: sie ist für ihn, wie später für einen anderen Skandinavier, August Strindberg, wie auch für den österreichischen Philosophen Otto Weininger, das verheerende und alle Kräfte aufzehrende böse Prinzip schlechthin. Hier haben wir die existentielle Entscheidung zur Homoerotik des Autors, nicht das, was man die »Anlage« nennt. Der Kampf der Geschlechter ist für Herman Bang stets a priori für den Mann schon verloren; und die gesellschaftlich dominierende Position des pater familias bedeutet soviel wie nichts. Ist aber darum Herman Bang das, was in heutiger Terminologie als ein »Machist«, ein militanter Anti-Feminist genannt würde? Keinesfalls. Denn die Frau, dort wo sie nicht »Das Weib« ist, das sie auch für den Zeitgenossen Freud war, ist dem *ewigen Knaben* urverwandt: keiner hat schönere Frauengestalten, leidendere, liebenswertere erschaffen als eben er. Er ist gestimmt wie der Österreicher Arthur Schnitzler, für den gleichfalls die Frau sowohl aufzehrendes Gift war wie auch bemitleidenswertes Opfer männlicher Herrschaft.

Damit komme ich zu dem oben schon erwähnten mir teuersten Werk Herman Bangs, dem Roman *Am Wege*. Eine Handlung im Sinne geschickt geknüpfter Ereignisfolgen (wenn man will: entsprechend der Technik Balzacs) gibt es hier ebensowenig wie bei Proust. Ein junges Mädchen gibt dem Werben eines recht-unrechten Mannes, eines Kerls, wie wir ihn heute noch in unserem Alltag auffinden, gehorsam nach, nicht ohne Liebe, aber im Grunde doch nur der Konvention und der Ich -nicht-Findung gehorchend. Katinka. Der Ehegefährte, Stationsvorsteher in einem kleinen Nest, ist ja auch kein Bösewicht, nur eben ein MANN mit lauter Großbuchstaben geschrieben, der gerne im Kreise von Geschlechtsgenossen ein paar zotige Witze reißt über die flotten Mädchen in Kopenhagen, die er in seiner Jugend gekannt oder vielleicht auch nur täppisch begehrt hat. Katinka ist es zufrieden. Sie sitzt am Fenster und stickt Weißzeug oder klimpert am Klavier die paar Melodien, die sie noch auswendig weiß, es sind immer dieselben. Das geht so hin, bis eines Tages der Verwalter eines benachbarten Gutes auftaucht, ein still in sich gekehrter Mensch, der sie liebt. Und sie liebt ihn. Es ist eine alte Geschichte, doch bleibt sie ewig neu. So gut wie nichts geschieht. Katinka Bai ist nicht Emma Bovary, und ein dänisches Dorf ist trostloser als ein normannisches, da doch dieses immerhin die glänzende Metropole Rouen in leicht erreichbarer Nähe hat. Der Gutsverwalter Huus, die Auswegslosigkeit der ganzen Lage erkennend, reist ab. Katinka, die es ohnehin nie zum großartig aufflammenden Ehebruch gebracht hätte wie ihre ferne Schwester Emma Bovary, läßt den Dingen ihren Lauf. Kränklich von frühauf, siecht sie nach der Abreise des Mannes, den sie geliebt hat, hin und stirbt »an gebrochenem Herzen«, wie man früher gesagt hätte, infolge psychosomatischer Verschlechterung ihres Zustands, wie man dergleichen heute nennen würde.

In *Am Wege*, dem Roman, den Herman Bang, stets bedroht von Skandal und Landesverweisung, in Wien niederschrieb und der 1886 erschien, ist er bereits im vollen Besitze der Technik, durch die wir ihn unmittelbar und ohne Zwang anschließen können an die modernste Literatur, sogar an den gestern noch sensationellen, inzwischen sanft entschlafenen Nouveau Roman und namentlich an dessen wichtigste Vertreterin Nathalie Sarraute. Schon ist hier der Erzähler ganz verschwunden hinter seinen Figuren; und bereits sind diese nicht mehr »geformt«, wie im klassischen Roman, sondern werden sichtbar wie durch einen Schleier in ihren Handlungen, Nichthandlungen, in ihren knappen Sätzen, ihrem Schweigen. Etwas nahezu Geheimnisvolles geht hier vor sich, das heute noch und wohl auf lange Zeit hin eines der ungelösten Probleme erzählerischer Literatur ist: daß nämlich eine Rede, die, flüchtig gelesen, »trivial« erscheint, einen ganzen Menschen mit dessen hochkomplizierten Problemen aufzuschließen vermag. Was bei Nathalie Sarraute die vielzitierte sous-conversation ist, das kaum noch hörbare Gesprächsrascheln, darin die Wirklichkeit in *Tropismen* sich auflöst, ist freilich bei Bang noch gebunden an Personen. Aber schon sind diese nicht länger »Gestalten« im traditionellen Verstande, vielmehr Träger eines je von Mensch zu Mensch sich knüpfenden und wieder lösenden Grundgefühls, das eine Epoche ausdrückt und einen Topos bezeichnet. Auch mit der strengen Chronologie wird bei Bang gebrochen, im Roman *Am Wege* nicht nur, sondern auch in so vielen seiner anderen Bücher, in *Ludwigshöhe,* im *Weißen Haus,* im *Grauen Haus,* in den *Vaterlandslosen.* Ist das Vergangene, wie es bei Hofmannsthal hieß »fort, für immer fort und ganz vergangen«? Aber nein: es lebt. Die Erinnerungen der Katinka Bai, das Herauftauchen der Kindheit bei Ida Brandt in *Ludwigshöhe,* – sie haben jene Realität, die für Prousts Narrateur immer authentischer war als das präsente Geschehen. Allerdings, der Proust'sche Ich-Erzähler, ist *intellektuell* gegenwärtig und reflektiert die prekäre Verfassung von Realität und Gegenwart, die beide dem Menschen entflüchten und deren er erst in der verwandelnden und wiederum täuschenden Erinnerung habhaft werden kann. Nichts dergleichen bei Herman Bang, denn dieser hatte ja auch noch nicht Bergson lesen können wie nachmals Proust. Er wußte noch nichts vom Bewußtseinsstrom wie Joyce. Und überdies war er, anders als diese beiden, gewiß auch Größeren, ohnehin kein philosophischer Kopf. Er hat alles Erlebte gleichsam »naiv« wiedergegeben, Gegenwärtiges und Erinnertes, doch seine Kunst, die niemals Künstlichkeit war, hob ihn hinaus über die Kategorien von Naivität und Raffinement, so daß sich die Frage, ob er eigentlich ein gescheiter Mann war, für seinen Leser gar nicht stellen kann. Es ist alles unmittelbar da. Szenen, wie von einem um sanfte Pastellfarben bemühten Renoir, auf dänischen Wiesen und in Laubwäldern, wo eingeschüchterte Kücken-Mädchen sich zierlich, wenn auch ungeschickt tummeln, wo Männer vertane Leben beklagen mit kargen Worten, in *Ludwigshöhe* und in den Erinnerungsbüchern *Das weiße Haus* und *Das graue Haus*. Ein ästhetisch durchleuchtetes Paris in dem Roman *Michael*, das die Stadt von Rilkes Malte Laurids Brigge vorwegnimmt. In seinem letzten Buch *Die Vaterlandslosen* eine ins Mythische hineinreichende rumänische Insel. Gerade in diesem, einem debussyhaft dissonant aufklingenden und verwehenden Akkord, hat Herman Bang in der Gestalt des ungarisch-dänischen Violinvirtuosen Joán Ujházy sich selber porträtiert als den von Stadt zu Stadt, Land zu Land, von Hotelzimmer zu Hotelzimmer eilenden Außenseiter, der er realiter war: nur daß des reisenden Künstlers Außenseiterschaft wohl die eines von der Gesellschaft noch nicht angenommenen Artisten war — also verwandt der des Tonio Kröger Thomas Manns —, aber hinter ihr die deutlich sich abzeichnende Gestalt des sowohl selber sich ausschließenden, wie aus der Gesellschaft verbannten Homophilen stand.

Dieser hat kein Vaterland — will sagen: keine anerkannte Position in der Gesellschaft —, auch heute noch nicht, wo längst in allen fortgeschrittenen Ländern die Homophilie nicht mehr auf niederträchtig-hypokritische Weise strafrechtlich verfolgt wird. Die Frage, ob der Homosexuelle sich nicht nur aus der Sozietät ausgestoßen fühlt, sondern aus der *Natur*, drängt sich vor. Sie muß ohne Antwort bleiben: Herman Bang mag sie als ihm auferlegte Last verspürt haben; er hat sie nicht klar gestellt, geschweige denn, daß er sich zu einem deutlichen Wort entschlossen hätte; die Zeit war noch nicht reif, und man kann sich denken, daß sogar der fortschrittliche Georg Brandes, selber ein Außenseiter, weil Jude, sie mit Grimm von sich gewiesen hätte. Glaubte man nicht zu wissen, was »Natur« ist und was »natürlich«? In England hat Oscar Wilde im Fleische erfahren müssen, was es bedeutet, wenn eine Epoche sich der »Natürlichkeit« ihrer gesellschaftlichen

Vorrichtungen hoffärtig bewußt ist. Kinderarbeit war »natürlich«, versteht sich, denn der ganze bürgerliche Kapitalismus war »natürlich« als sozialer Ausdruck des Darwin'schen »struggle for life«. Daß aber ein Jüngling einen anderen liebte, wie später Hans Castorp den Schulkameraden Pribislav Hippe, war unnatürlich in höchstem Grade, war straffällig. Kein Wunder also, daß Joán Ujházy kein Vaterland fand. Er meinte in Dänemark, das im Roman die Heimat der Mutter ist, des Wanderers letzte Ruhestätte zu erreichen. Und sah den Irrtum ein. Er weiß nicht, wohin in dieser Welt. So sagt er zu seinem Impresario am Ende einer Konzerttournee durch Dänemark die herzversehrenden Worte: »Wir wollen fort ...« Fort – das ist die Ungewißheit schlechthin. Fort geht ohn' Unterlaß Ahasver. »Fort«, das war am Ende ein Eisenbahnzug im Fernen Westen der Vereinigten Staaten und ein Hospital in Ogden, das wohl dem sterbenden Dichter kaum un-heimlicher, un-heimatlicher war als im Roman *Ludwigshöhe* die Nervenheilanstalt, in der die Krankenschwester Ida Brandt ihre Vergangenheit heraufbeschwört.

Herman Bang hat seine erzählerische Technik, die zur Meisterschaft wurde in seinen späten Werken und für die wir glücklicherweise ein zugängliches Zeugnis haben in dem Reclam-Bändchen *Ein herrlicher Tag*, als »impressionistisch« bezeichnet. Es lag in der Zeit, Etiketten an die eigenen Hervorbringungen zu kleben, noch sprach man ja nicht, wie heute Helmut Heißenbüttel es tut, von »Offener Literatur«. Man war damals »Naturalist« oder »Impressionist« und fragte wenig danach, was »Natur« sei, was »Impression«. Was mich angeht, habe ich wenig einzuwenden, wenn man Bang einen Impressionisten nennt: eine offenbare Verwandtschaft mit der impressionistischen Malerei der Franzosen ist durchaus feststellbar, auch eine solche mit der Musik Debussys und Ravels. Suchte man nach literarischen Ähnlichkeiten im Raume der deutschsprachigen Literatur, könnte man sie vielleicht in gewissen Gedichten Detlev von Liliencrons finden oder in den wundersam schönen Büchern des gleichfalls noch nicht so recht wiedererweckten Eduard von Keyserling. Allerdings ist unleugbar Bang *moderner* – wenn man will: vorlaufender – sowohl als Liliencron wie auch als Keyserling. Die problematische »Realität« ist bei ihm noch intensiver erfühlt und zugleich aufgelöst als bei seinen deutschen Vettern. Mehr muß da noch zwischen den Zeilen gelesen werden: das Verschwiegene oder noch nicht zum Ausdruck Kommende spielt bei Bang als kaum vernommene Rede eine noch erheblichere Rolle. Als Beispiele seien nochmals die Novellen *Ein herrlicher Tag* und *Irene Holm* genannt, und zwar nicht nur, weil sie eben neu herauskamen, sondern auch, weil in diesen kleinen Kostbarkeiten Prosatechnik, Realitätskritik *und* Sozialkritik in eins kommen. Die Hilflosigkeit der ältlichen Tanzlehrerin Irene Holm wird hörbar aus den dürftigen Floskeln ihrer Rede: mit ihr die Armut eines sich so todesmutig wie demütig behauptenden Kleinbürgertums in einem Agrarland. In beiden Erzählungen geht, wie in allen Niederlegungen Herman Bangs, im Sinne greifbarer »Handlung«, eines »plots«, so gut wie nichts vor sich. Fräulein Irene Holm gibt ihre Tanzstunden, und als man sie einmal auffordert, selbst ein Solo zu tanzen, versagt sie, wie sie schon in ihrer Jugend im corps de ballet nichts Rechtes zustande brachte, wie Herman Bang selbst einen Durchfall erlitt in der Rolle des Oswald Alwing aus den *Gespenstern*. In *Ein herrlicher Tag* kommt eine durchreisende berühmte Klaviervirtuosin infolge baren Mißverständnisses zu Tische ins Haus eines kleinen Mannes. Den bitter armen Adjunkten und seine spindeldürre Frau erfaßt Panik. Wie wird es ausgehen? Katastrophal? Gemach! Nur traurig-komisch. Man ist wohlerzogen, konversiert in abgerissenen Sätzen, das Medusenantlitz des Menschengeschicks wird nicht in seiner Schrecklichkeit gezeigt. Es muß *erahnt* werden: kein Autor dieser Zeit hat dem Leser so viel an Mitarbeit abgefordert wie Herman Bang; keiner hat ihm so viel zugemutet und in dieser Zumutung so weiten Freiheitsraum aufgetan.

Genug. – Ich selber habe wohl schon zuviel gesagt, mehr als einem Autor recht sein könnte, der sich nicht in der Vergewaltigung des Lesers verwirklichte, wie Zola, sondern in der Preisgabe an ihn. – In einem einzigen Stück hat Bang sich zum *Meister* des Schicksals gemacht: in der packenden Zirkusartisten-Novelle *Die vier Teufel,* wo am Ende zwei Shakespearische Kadaver in den Sägespänen der Arena liegen, Opfer wilder Leidenschaften. Er konnte auch das: eine »Novelle« schreiben im ursprünglichen Sinne des Wortes, von einer seltsamen und bewegenden Neuigkeit berichten. Er vermochte es, aber es war nicht die ihm eigentliche Sache. So war er ja auch imstande, ausgezeichnete Reisefeuilletons zu verfassen, Literatur- und Theaterkritiken, unverhüllt autobiographische Skizzen. »An den Rand geschrieben«, wie später Ernst Polgar. Nur war er, bei aller Hochachtung vor dem Wiener Meister der kleinen Form, doch mehr als dieser. Wir finden ihn überall dort, wo er sich verbirgt.

An den Verlegern nun, dafür zu sorgen, daß uns die Chance gegeben werde, uns auf die Suche nach Herman Bang zu machen. *Am Wege, Ludwigshöhe, Das weiße Haus, Das graue Haus, Hoffnungslose Geschlechter, Die Vaterlandslosen* –: das alles sollte erhältlich sein. So reich sind wir nun auch wieder nicht, daß wir uns erlauben könnten, auf ein solches Erbe zu verzichten.

Verstaubt – aber leicht zu neuem Glanz zu bringen
Zu Henrik Pontoppidans großem Roman »Hans im Glück«

Er heißt Per: wie Peer Gynt, dem er von fernher verwandt ist. Und er ist ein schöner junger Mensch, kraftvoll und rastlos, der »Lykke-Per«, der glückliche Peter, dem alles gelingt auf den ersten Anhieb, der wie im Spiele Frauen und Männer für sich gewinnt und einer glänzenden Zukunft versprochen ist. Aber »Lykke-Per« ist nur eine im dänischen Sprachgebrauch vorkommende Glückskindgestalt, während man im Deutschen einen Menschen mit dem hellen Zeichen der Fortuna auf der Stirn »Hans im Glück« nennt; so hat man in der deutschen Übertragung des berühmten Werkes Pontoppidans aus dem Pastorensohn Peter Andreas Sidenius einen Johann gemacht und das Buch führt den volkstümlichen Titel *Hans im Glück,* einen Titel, der unseren literarisch interessierten Großvätern so geläufig war wie *Peer Gynt, Niels Lyhne* oder *John Gabriel Borkman.*

Peer Gynt überstand die Wechselfälle der Zeit; *Niels Lyhne* kam schon weniger gut weg. Aber wer im Deutschland von heute, so frage ich mich, mag wohl noch den Dichter Henrik Pontoppidan und seinen *Lykke-Per,* den *Hans im Glück,* kennen? Es werden nicht allzuviele sein, die sich da melden. Und von diesen wenigen wird wohl der oder jener sagen, das Buch sei »verstaubt«, eine Sache von vorvorgestern, und möge man denn Pontoppidan im dänischen Pantheon ruhen lassen, wie jenen Karl Gjellerup, mit dem er sich 1917 in den Nobelpreis für Literatur teilte. Verstaubt? Nun ja, vielleicht. Die Sprache dieses realistischen Romans ist von jener Sachlichkeit, die im Alterszustand »naiv« wird, da man doch einfach nicht mehr so ohne weiteres von »Seelenqualen« lesen kann, von »trüben Stunden«; da man offenbar sich nicht mehr fragen darf, unter welchen Umständen man das »höchste Glück« empfinde, da Frauen schlecht noch als »sinnlich« gekennzeichnet werden dürfen und es uns ziemlich unwahrscheinlich vorkommt, wenn ein eben von »Seelenstürmen« geschüttelter, unglücklicher Mensch seinen »Blick zum Himmel« emporhebt und dem Herrn, an den er ohnehin nicht glaubt, die rhetorische Frage stellt: »Ist es jetzt genug?«

Die Sprache der Jahrhundertwende, des Erscheinungszeitraums der großen Romantrilogie von Pontoppidan, deren zentrales und zu kurzlebigem Weltruhm gelangtes Stück das Werk *Hans im Glück* ist, hat Patina angelegt. Staub ist auf sie gefallen. Nur darf man fragen, ob erstens nicht vielleicht die Redeweise von, sagen wir, 1940, heute bereits ebenso veraltet ist wie die Pontoppidans und ob man zweitens nicht gleichsam durch die verstaubten Sprachen hindurchlesen und sie lesend zu neuem Glanz bringen kann, soferne man nämlich das allereinfachste tut: dem uns mitgeteilten Inhalt des Sprachgeschehens nachgeht und also das Werk etwa so liest, wie man eine literarische Hervorbringung aufnimmt, die in einer von uns nicht vollkommen beherrschten Fremdsprache vorliegt. Womit wir einerseits beim sehr alten und immer wieder ganz neuen Problem von Form und Inhalt angelangt wären und andererseits uns die ebenso alte wie gleichermaßen stets aktuelle Frage nach den Möglichkeiten des Realismus stellen. – Doch von beiden später.

Zunächst gilt es, sich vertraut zu machen mit der Umwelt Henrik Pontoppidans und seiner Gestalten. – Vor mir liegt eine Geschichte der dänischen Literatur, in der ich eine zeitgenössische Bleistiftskizze finde: Dichter, Mitglieder eines literarischen Klubs, diskutierend, lesend, einander mit ernster Skepsis beobachtend. Dazu die Bildlegende: »Vorne links Georg Brandes; ihm gegenüber Jens Peter Jacobsen, dahinter Holger Drachmann«. Es fehlen: Herman Bang, Johannes Vilhelm Jensen, Martin Andersen Nexö, Köpfe, Namen, die in uns vielleicht stärkere Resonanz auslösen als beispielsweise Holger Drachmann, der kaum über die dänischen Grenzen hinausgelangte, und es fehlt gerade der, von dem hier zu sprechen ist: Henrik Pontoppidan, den man, will man nicht ganz hoch greifen und den Namen Balzac nennen, getrost als den dänischen Maupassant bezeichnen darf. Der große französische Erzähler Maupassant wurde 1850 geboren, der Däne 1857. Sie waren also Zeitgenossen, und sie schrieben über soziale Verhältnisse, die einander so unähnlich nicht waren, denn beide Länder, Frankreich und Dänemark, standen im Begriffe, aus reinen Agrarländern zu modernen Industriegesellschaften zu werden. Industrie und Finanz konstituierten sich gegenüber einem zähe beharrenden Bauerntum hier wie dort, waren also »fortschrittliche« Elemente in durchaus marxistischem Sinne, wiewohl sie, im großen und mächtigen Frankreich nicht anders als im kleinen, durch den verlorenen Krieg um Holstein gedemütigten Dänemark, schon die Keime ihrer eigenen Zerstörung in sich trugen. Der Kapitalismus triumphierte – und konnte nicht ahnen, in welchem Maße er von der Geschichte als schierer Manchester-liberaler Konkurrenz-Kapitalismus schon abgeurteilt war. Die Hauptstädte Paris und Kopenhagen, in denen Maupassant im Westen Europas und Pontoppidan droben im Norden ihre Gestalten erlebten, sich aneigneten, literarisch transformierten und sie agieren ließen, waren einander verwandter, als man auf den ersten Blick glaubt. Natürlich war dem Umfang und der Einwohnerzahl nach Kopenhagen nur ein Nest im Vergleich zum Paris des zweiten Kaiserreichs und der frühen Republik. Und dennoch: Von allen skandinavischen Hauptstädten war Kopenhagen in seiner Belebtheit, seiner Eleganz und Dekadenz, seiner aufstrebenden, namentlich jüdischen Finanzwelt, seinen literarischen Zirkeln dem glänzenden Paris am ähnlichsten –: man denke nur mit welch schwärmerischer Beseligtheit in Jacobsens *Niels Lyhne* die schöne und elegante Edele Lyhne stets das Wörtchen »Köbnhaven« ausspricht, als schlösse es alle städtischen Märchenwunder der Welt ein.

In einem Punkte freilich unterschied das Dänemark Pontoppidans sich radikal vom Frankreich Maupassants. Frankreichs geistige Gesamtatmosphäre war bedingt durch den liberalen Katholizismus, der liberal noch dort war, wo er sich verstockt konservativ und antirepublikanisch der Welt präsentierte – ich meine: liberal im Vergleiche mit dem lutherischen Protestantismus Dänemarks. In Frankreich rauschende Kirchenfeste, Hohe Messen, Prozessionen voll Glut und Farbe, Weihrauch und Musik – und die permanente Psychotherapie der Ohrenbeichte. In Dänemark einsame Pastoren und Laien, allein zu jeder Stunde mit ihrem Gotte, der sie herausforderte, so wie sie ihm gefährlich disputierend gegenüberstanden. Dort die Sicherheit des unerschütterlichen Rituals, hier der Kierkegaard'sche Dialog zwischen einem individuellen Gott und dem zum Verzweifeln einsamen Menschen. – Im Protestantismus und seiner aporetischen Problematik liegt, so scheint mir, der Schlüssel – oder jedenfalls einer der wichtigsten – zum Werke Henrik Pontoppidans, der mehr als seine Zeitgenossen und Landsleute, der Jude Georg Brandes, der Atheist Herman Bang, ja mehr auch als der Freigeist Jens Peter Jacobsen oder der proletarische Dichter Martin Andersen Nexö sich mit dem verborgenen Gotte auseinandersetzte, bis er schließlich endgültig sich von ihm abwendete. *Hans im Glück* ist ein im wesentlichen autobiographischer Roman: in Hans, dem Lykke Peer, haben wir den Autor zu erkennen. Darum zu dessen Biographie ein knappes Wort.

Henrik Pontoppidan wurde 1857 als Pastorensohn in Fredericia in Jütland geboren. Seine Erziehung durch den Vater müssen wir uns so streng vorstellen, wie die es war, die er in *Hans im Glück* beschrieb. Pontoppidan schlug nicht die theologische Laufbahn ein, wie der Vater es gewünscht hatte. Manuelle Geschicklichkeit und eine frühe schon sich deutlich zeigende technische Begabung prädestinierten ihn zum Ingenieur. Tatsächlich begann er auch sein Studium an der Polytechnischen Hochschule in Kopenhagen. Aber er führte es nie zu Ende, so wenig wie sein Lykke Per. Während langer Fußwanderungen in Europa, namentlich in der Schweiz, faßte er den Entschluß, auf seine ehrgeizigen Techniker-Pläne zu verzichten und seinem Bruder Morten zu folgen, der in Hillerod eine Volkshochschule für Bauernsöhne gegründet hatte und diese im Sinne des bei uns kaum bekannten, in Dänemark aber immer noch als große geistesgeschichtliche Figur geltenden Theologen, Philologen, Pädagogen und Dichters Nikolai Frederik Grundtvig führte. Pontoppidan heiratete frühe eine Bauerntochter aus einer Grundtvig'schen Kirchen- und Lerngemeinde, ließ sich aber in der richtigen Erkenntnis, daß er weder fürs Landleben noch für das halbwegs aufgeklärte Christentum, das er verbreiten half, noch auch für die gutmütige, aber simple Gefährtin so recht taugte, nach ein paar Ehejahren scheiden, übersiedelte nach Kopenhagen, vermählte sich ein zweites Mal und lebte fürderhin als freier, auch sehr erfolgrei-

cher Schriftsteller, der schließlich 1917 durch die Zuerkennung des Nobelpreises internationale Geltung erlangte.
Mit dieser knappen Anführung einiger Lebensstationen des Autors sind wir schon mitten drin im Roman *Hans im Glück*. Gleich Pontoppidan selber ist Per oder Hans, wie wir ihn der deutschen Übersetzung folgend nun des weiteren nennen wollen, Sohn eines Pastors. Nur freilich: Was in der biographischen Kurzraffung harmlos-banal klingt, nämlich die Erwähnung der streng protestantischen Erziehung durch den Vater, bekommt im Roman etwas fast unerträglich Dichtes und Schweres. Hansens Vater ist ein fürchterlich aufrechter Mann! Wenn der Junge irgendwo ein paar Äpfel stiehlt, wenn er mit dem Rodelschlitten unbeträchtliches Ärgernis erregt, weil er an Örtlichkeiten dahinrutscht, wo dies nicht erlaubt ist — dann sind solche Bagatellen für den Älteren Tragödien größeren Ausmaßes und für die Mutter, eine ewig kränkelnde Frau, Ursache tiefen seelischen Leidens. Hansens Kindheit in dem jütischen Städtchen wird zu einem fensterlosen Gefängnis: aus diesem gilt es auszubrechen, um jeden Preis. Der Vater wird zu einer drohenden Jehova-Gestalt, gegen die der Sohn rebellieren muß, will er sich retten. Aus der Enge der bigotten Provinz gibt es für den Jüngeren nur einen Weg: den Bruch mit dem Herkommen, die Flucht aus dem Kerker in die Weite der Hauptstadt.
Der Widerstand gegen die Transzendenzbindung und die vertrackten Verinnerlichungen im Vaterhaus muß durchgelebt werden. Aus dem eingeschüchterten, vom Vater erdrückten Knaben wird in Kopenhagen ein Julien Sorel, ein Rastignac. Große Pläne: Eroberung der Stadt, sogar des Landes! Mit Leidenschaft stürzt sich Hans ins hauptstädtische Leben und faßt zugleich, er, ein Student der Technik, der noch nichts vorzuweisen hat, das kühne Pro-

jekt, ganz Jütland durch Bewässerungsanlagen und Nutzung von Wind- und Wellenenergie modern umzugestalten. Aus dem dumpfen Bauernvolk der Dänen soll eine Industrienation werden, so wie aus dem Pfarrerssohn ein weltgewandter, leidenschaftlich weltzugewandter junger Mann wird. Der Zufall läßt ihn die Bekanntschaft hochmögender und geldschwerer Leute machen, der Familie Salomon, die zu der in Bildung begriffenen Geldaristokratie gehört und zugleich ihre Salons jenen fortschrittlichen Intellektuellen öffnet, deren ungekrönter König der schillernde Dr. Nathan ist, in dessen zugleich mit Sympathie und Zurückhaltung skizzierter Person sich kein anderer verbirgt als der Literat Georg Brandes, ein Mann von internationaler Statur und fast beängstigender geistiger Beweglichkeit. – Zwei Töchter, Halbschwestern, gibt es auch bei den Salomons, wo das Familienoberhaupt vierspännig durch die Straßen Kopenhagens fährt: die reizende, erotisch anziehende, durchtriebene Nanny und die schwerblütige, hagere, intellektuelle und sozial engagierte Jacobe, eine der schönsten und tragischsten Frauengestalten der Weltliteratur. Der junge Sidenius ist offenbar in der Tat ein Hans im Glück: Beide Mädchen verlieben sich in ihn. Zu beiden fühlt er sich hingezogen, halb aus Berechnung, halb aus wirklicher Neigung. Am Ende wählt er Jacobe: gegen den erbitterten Widerstand seiner eigenen Familie, gegen den vorsichtig toleranten Vorbehalt von Vater und Mutter Salomon. Ist dies nun die vollzogene Emanzipation des Pastorensohnes? Dieses Liebesverhältnis mit der kompromißlosen Jacobe? Oder gerade der Moment, da er, Hans, in Tirol, wo er vorübergehend als Ingenieur volontiert, »das neue Zeitalter einschießt«, indem er seinen Revolver gegen einen Cruzifixus am Wegrand entlädt? Wird hier der Fortschrittsgedanke im kapitalistisch-industrialistischen Sinne erzwungen durch einen halben Knaben aus Bauern- und Pfarrersgeschlecht? Natürlich nicht. Man ist nicht Rastignac, nicht Julien Sorel in Dänemark – und Kopenhagen ist am Ende doch nur ein Klein-Paris, so wie der sanfte Patriarch Philipp Salomon nur ein bescheidener Rothschild ist. Während verschiedener Reisen, die »Hans im Glück« unternimmt, löst er sich innerlich von Jacobe, so wie er langsam, als legte Lähmung sich über ihn, sein großzügiges technisches Projekt, für das er dank der Verbindungen der Salomons Geldgeber zu finden schon im Begriffe stand, widerstandslos in andere Hände übergehen läßt. Wie in Ibsens *Gespenstern* tauchen aus dem Nebel und aus den Fjorden Geister auf: aber es sind nicht Ibsens auf physiologische Fakten reduzierbare Schemen, vielmehr die metaphysisch-religiösen Ursprünge, die geisterhaft den jungen Eroberer in unsichtbare Fesseln schlagen. Während einer Seefahrt glaubt er zu erkennen, daß er falsch – inauthentisch würde man heute sagen – gelebt hat. Kierkegaard, dessen Name nur einmal und ganz nebenhin genannt wird, ist der große Verführer und Versucher. Hans bricht mit Jacobe, geht zurück aufs Land, nimmt eine Pastorentochter zur Frau, lebt sich in ein grundfalsches christliches Familienidyll hinein, bis er nach langen Gesprächen mit einem halb häretischen Pfarrer erkennt, daß er sich ein zweites Mal getäuscht, sich selbst betrogen hat. Er verläßt seine Familie, nimmt eine Stelle als Straßenbau-Assistent in einem der unwirtlichsten Gebiete des Landes an, führt ein spartanisches Leben und stirbt frühe an einem Krebsleiden, das er bewußt vernachlässigte. Seine Ersparnisse hinterläßt er dem interkonfessionellen Kinderheim, das seine einstige Braut Jacobe inzwischen gegründet hat. In den wenigen Aufzeichnungen, die nach seinem Tode in seinem kargen und kahlen Hause gefunden werden, heißt es an einer Stelle: »Christi Leben und Geschichte lehrt uns in Wirklichkeit nichts über das Eine hinaus (was eine alte Weisheit ist), daß nur eins das Leiden überwindet, nämlich die Passion.« Und dann: »Ehre den großen Träumen meiner Jugend! So wurde ich also doch ein Welteroberer! Jedes Menschen Seele ist ein selbständiges Universum, sein Tod ein Weltuntergang im Kleinen.« Das Werk mündet also zugleich in eine glaubenslose und tief pessimistische Weltschau: Die Hoffnung auf den humanen Fortschritt als notwendige Konsequenz des wissenschaftlich-industriellen ist dahin. Das, was man so den »Kinderglauben« nennt, wurde von Hans im Glück, der zu einem sein Unglück bejahenden Menschen wurde, gleichfalls aufgegeben. Von den Kierkegaard'schen Vorstellungen blieb nicht der Gott übrig, zu dem man – »Entweder oder«! – ja oder nein sagen muß, nur die mystische Hingabe an die Erlösungskraft der Passion, hier im säkularisiert christlichen Sinne als Leidensweg verstanden.

Es hielte nicht schwer, Pontoppidans Buch marxistisch-gesellschaftskritisch auszudeuten: Die Verwandlung Dänemarks aus einem Agrarland in einen modernen Industriestaat konnte im Hinblick auf den Menschen so wenig gelingen wie anderswo. Gewiß, der Fortschritt als intellektuelle Befreiung war unleugbar und wird auch von Pontoppidan nicht unterschlagen. Im Gegenteil. Ganz ausdrücklich schreibt er, wie er, der Pastorensohn aus düsterstem, vom Jenseits her nicht mehr erhellten Milieu, in den aufgeklärten Kreisen der jüdischen Finanzaristokratie Kopenhagens, die Geistesaristokraten wie Georg Brandes an sich heranzog, eine Unbefangenheit der zwischenmenschlichen Beziehungen erfahren hatte, eine tolerante Liberalität des Denkens, die zunächst wirklich als authentische Freiheit hat erscheinen können. Jedoch, es werden die Widersprüche der kapitalistisch-industriellen

Ordnung dem Leser aufgehellt über die Gestalt der Jacobe Salomon, die in ihren eigenen Kreisen niemals so recht heimisch wird, die mitansehen muß, wie diese vorgeblich fortschrittliche Ordnung den brutalen Antisemitismus, dem sie immer wieder begegnet, ebensowenig zu bannen vermochte wie die schreienden sozialen Ungerechtigkeiten, deren Zeuge sie wird und die sie schließlich unter Drangabe aller privaten Glückshoffnungen zu lindern trachtet.

Aber es geht dieses Werk nicht auf in solcherlei gewiß achtbaren, ebenso sicher unzuläglichen Interpretationsversuchen, schon deshalb nicht, weil diese auf das Formale keinen Blick tun und alles auf den direkt ausgesagten Inhalt beziehen. Gerade auf das Formale — wenn es freilich auch vom Inhaltlichen nicht naiv und sorglos losgekettet werden kann — kommt es hier an. In der dänischen Literatur seiner Zeit steht Henrik Pontoppidan mit seinem *Lykke-Per* gewissermaßen zwischen Jens Peter Jacobsen und Herman Bang: bei beiden, Jacobsen und Bang, überwiegt das lyrisch-subjektive Element, während Pontoppidan, zehn Jahre jünger als Jacobsen, gleichaltrig mit Bang, das Subjekt in die Gesellschaft hineinstellt. Jacobsen ist Frühimpressionist, wenn man so will, Herman Bang Voll-Impressionist. Henrik Pontoppidan, einfach bis zur Kargheit in seiner Sprache, zurückhaltend, wo es um die Emotionen seiner Protagonisten geht, führt den *intersubjektiven Realismus* des neunzehnten Jahrhunderts, der vielleicht Realismus schlechthin ist und als solcher unüberschreitbar — denn sehr wohl wissen wir alle aus unserer Alltagserfahrung, entgegen allen erkenntnistheoretischen Vorbehalten, *was* Wirklichkeit ist —, weiter und einem neuen Höhepunkt zu. Jacobsens Niels Lyhne steht als Individuum der Gesellschaft gegenüber, steht allein da, während Pontoppidans Lykke Per sich zwar gleichfalls mit der Gesellschaft herumschlägt, sein Schöpfer aber diese ganze Gesellschaft in ihrer totalen Unabhängigkeit vom Helden, die Pfarrer, Grübler, Beamtenseelen, aufgeregten Intellektuellen, Finanzgewaltigen und Offiziere, in großartiger Zusammenschau umfaßt und ihre Vertreter aus ihren je eigenen Welten heraus zu verstehen uns möglich macht. Wo, andererseits, Herman Bang mit feinem und feinstem Pinselstrich impressionistische Lichter aufsetzt, dort holt Pontoppidan weit aus, zeichnet klare und deutliche Konturen, malt mit kraftvollen Farben. Wenn also der französische Literaturhistoriker und Spezialist für skandinavische Literatur, Frédéric Durand, Pontoppidan den größten dänischen Romancier nennt, wird ihm jeder Kenner der skandinavischen Literatur recht geben.

Als beispielhaft für den unbestechlichen Blick des Autors sei hier, was nicht willkürlich geschieht, seine Darstellung des *jüdischen Problems* gegeben. Hans Sidenius, in dem zu einem guten Teil der Verfasser selbst steckt, liebt die reiche junge Jüdin Jacobe Salomon, die ihm nicht nur erotisch, sondern auch intellektuell ganz neue Horizonte auftut. Er liebt sie als Frau und verehrt sie als geistigen Menschen. Er weiß auch, wie sehr sie unter dem dummdreisten Antisemitismus ungastlicher »Wirtsvölker«, der Dänen, der Deutschen, zu leiden hat. Und dennoch: An einer entscheidenden Stelle, dort nämlich, wo Jacobe ihm den Ratschlag erteilt, mit den Finanzleuten, die sein Projekt für Jütland realisieren wollen, nicht allzu barsch und kompromißlos zu verfahren, gibt er selber dem jähen Aufwallen eines antisemitischen Affektes nach. Es heißt da: »Aber in diesem Punkte« — wo es nämlich um Geld und Erfolg geht — »war sie also, wenn es darauf ankam, kaum besser als die anderen, dachte er mit Bitterkeit. Krämergeist lag auch in ihr und lauerte auf den Stolz, um ihn bei der ersten passenden Gelegenheit zu überlisten.

Ja — wahrlich! Die Juden hatten auch ihre Gespenster! Selbst bei den aufgeklärtesten verbarg sich eine abergläubische Ehrfurcht vor dem Golde, der sie zu dessen Sklaven machte.« Nicht einen Augenblick lang, so wird uns klar, wenn wir fortschreiten in der Lektüre, glaubt der Dichter selber an die immerwährende Sklavenschaft der Juden im Angesicht des Goldes; aber er läßt seinen Hans aus Gründen intellektueller Redlichkeit diesen Gedanken fassen: so muß ja in der Tat ein Pastorensohn aus der tiefsten Provinz reagiert haben auf die Worte einer aufgeklärten Jüdin, die dem Cäsar Kapitalismus um des Durchbruchs großer Pläne willen momentweise geben will, was Cäsars ist.

Das hier angeführte Exempel soll nicht dazu verleiten, in Henrik Pontoppidans bleibendem Hauptwerk einen Roman über die Judenfrage zu sehen. Er ist das *auch*, gewiß, und ist es mit einer erstaunlichen Objektivität. Aber er ist nicht nur das, nicht einmal wesentlich das. Er ist —: ja, was eigentlich? Die Antwort ist nicht einfach. Handbücher verzeichnen *Hans im Glück* als den großen »naturalistischen Roman« der skandinavischen Literatur. Das reicht nicht aus, denn das Werk hat eine philosophische Ausdehnung, die nicht unterschätzt werden darf, wiewohl in den Dialogen nicht eigentlich philosophiert wird und auch die Reflexionen des Autors hinsichtlich des philosophischen Gehalts recht zurückhaltend sind, da ja auch das geistige Ereignis einverwandelt wird in die Gestalten und ihr Handeln. Doch ist Philosophie immer präsent: als der Geist der Aufklärung, den Georg Brandes (im Roman Dr. Nathan) verkörpert, als altes Herkommen eines aufklärerischen Christentums Grundtvigs und am entschiedensten natürlich als die Welt Kierkegaards — aber eines Kierkegaard ohne Gott. An die Stelle Gottes tritt bei Pontoppidan ein eigentümliches und nicht wenig verwirrendes Ethos des Leidens, das eigentlich im Widerspruch steht zu des Autors sozialkritischen und fortschrittlichen Intentionen. Wo das Leiden, die Passion, als letzter menschlicher Wert düster verherrlicht wird, ist dort noch Raum für soziale Verbindlichkeit, die per definitionem eine optimistische Antriebskraft haben muß? Vergessen wir's doch nicht: Hans *verzichtet* auf seine hochfliegenden Pläne zur industriellen und landwirtschaftlichen Erschließung Jütlands. Verzichtet warum? Um einer ganz individuellen Ich-Findung willen, die, in ihrem einfachen und tiefen Ernst großartig gestaltet, ausläuft in das mit Standhaftigkeit bis zum Ende durchlittene Krebsleiden, dem Hans sich aussetzt. Dem Prinzip Hoffnung als einem sozialen steht hier ein Prinzip entgegen, das zwar nicht dem Todestrieb tributär ist, wohl aber einem zum Tode durchstandenen physischen und psychischen Schmerz, der nun seinerseits freilich nichts mit dem zu schaffen hat, was die soziale Lyrikerin Ada Christen einmal den Romantikern als deren »girrendes Herzeleid« vorgehalten hat.

Es ist schwer, ins reine zu kommen mit dem Geschick des Lykke Per; dieses war vielleicht des Dichters uneingestandene Sehnsucht; es war nicht seine ganze Wirklichkeit. Denn in seinem Leben war Henrik Pontoppidan der unermüdliche Aufklärer, der fleißige schriftstellerische Arbeiter – er hat dreizehn zum Teil sehr umfangreiche Bücher hinterlassen –, der Mann der Tat, wenn auch nicht der Eroberer, als der Hans Sidenius sich als junger Mensch wollte. Im Alter von 86 Jahren, mitten im Zweiten Weltkrieg, der dem dänischen Volke die harte Prüfungszeit der nazideutschen Besatzung gebracht hat, kurz vor seinem Tode im Jahre 1943 schrieb er noch: »Ich war wohl so etwas wie ein Kämpfer, aber ich war es in einer Zeit, als die Feder noch eine Waffe war (...) Ich diente jahrelang als ein gemeiner Soldat im ewigen Krieg für die Freiheit des menschlichen Geistes.« Man denkt an eine Passage aus Sartres *Wörtern*, ganz unwillkürlich. Und er hinterließ ein Testament, das dem Kierkegaard'schen Rückzug ins leidende Ich widerspricht, wenn er schließlich schrieb: »Es muß eine Zeit kommen, in der wiederum die Vernunft die Welt regiert und uns eine Existenz schafft, deren wir uns nicht schämen müssen.«

Es war notwendig und auch gerechtfertigt, daß ich mich hier auf den Roman *Hans im Glück* beschränkte, da dieser ja nicht nur Pontoppidans wichtigstes Romanwerk ist, sondern auch das einzige, das in Deutschland, das stets das eigentliche Hinterland der skandinavischen Literatur war, weithallendes Echo gefunden hat. Immerhin muß auch darauf verwiesen werden, daß der *Lykke-Per*, Mittelstück einer Trilogie, zwischen den epischen Büchern das *Gelobte Land* und das *Totenreich* steht. Von diesen Arbeiten hat Pontoppidan selbst gesagt, sie spiegelten die sozialen, religiösen und politischen Kämpfe der Zeit in Dänemark wider. Pontoppidan ist vielleicht neben dem noch heute berühmten und viel gespielten Ibsen, neben Hamsun, Strindberg und Jens Peter Jacobsen das frappierendste Beispiel dafür, welch unglaublich und ganz disproportional große Bedeutung die skandinavische Literatur der Jahrhundertwende besaß.

Von der Verwundbarkeit des Humanismus
Über Romain Rolland und seinen »Johann Christof«

Nicht besser kann ich den Hörer vertraut machen mit der Person Romain Rollands als durch ein langes Zitat aus dem Erinnerungsbuch *Die Welt von gestern,* dem vielleicht wichtigsten, jedenfalls menschlich anrührendsten Werk, das der in der Zwischenkriegszeit so überaus populäre Verfasser romancierter Biographien, Stefan Zweig, uns hinterlassen hat. Zweig spricht von einer Begegnung mit dem großen Franzosen, die noch vor dem Ersten Weltkrieg stattfand, zu einer Zeit also, da Romain Rolland nicht die politische Figur war, zu der er später contre cœur wurde. Es heißt da: »Sehr hoch und schlank, ging er ein wenig gebückt, als hätten die unzähligen Stunden am Schreibtisch ihm den Nacken gebeugt (...) Er sprach sehr leise, wie er überhaupt seinen Körper auf das äußerste schonte; er ging fast nie spazieren, aß wenig, trank und rauchte nicht (...) Stundenlang schrieb an an seinem kleinen überhäuften Schreibtisch, stundenlang las er im Bette, seinem abgemüdeten Leibe niemals mehr Schlaf gebend als vier oder fünf Stunden, und als einzige Entspannung erlaubte er sich die Musik; er spielte wunderbar Klavier mit einem mir unvergeßlichen, zarten Anschlag (...) Sein Wissen war beschämend vielfältig; eigentlich nur mit dem lesenden Auge lebend, beherrschte er die Literatur, die Philosophie, die Geschichte, die Probleme aller Länder und Zeiten. Er kannte jeden Takt in der Musik, selbst die entlegensten Werke (...) dabei nahm er leidenschaftlich teil an jedem Geschehen der Gegenwart (...). Er hatte menschlich die Vertrautheit der Großen seiner Zeit genossen, war Schüler Renans gewesen, Gast im Hause Wagners, Freund von Jaurès; Tolstoj hatte an ihn jenen berühmten Brief gerichtet, der als menschliches Bekenntnis seinem literarischen Werke würdig zur Seite steht (...) Auf den ersten Blick erkannte ich in ihm – und die Zeit hat mir recht gegeben! – den Mann, der in entscheidender Stunde das Gewissen Europas sein würde ...«

Sehen wir ab, einen Augenblick jedenfalls, vom »Gewissen Europas«, jenem Mythos, an den ein Stefan Zweig noch hat glauben können, der aber für uns – und hierin hat nun wieder *uns* die Geschichte recht gegeben! – ein leeres Wort ist, über das man nur bitter lächeln kann. Halten wir uns an die Beschreibung der Mönchsgestalt Rollands, seine Kränklichkeit, seine exzessive Bildung, seine die Welt nur durch das »lesende Auge« erfassende Person, seine Musikalität, die »politisch verdächtig« ist, wie dies in ganz anderem Zusammenhang Thomas Mann gesagt hat, seine problematische, weil kaum je zur Konkretion gelangte »leidenschaftliche« Teilnahme am Zeitgeschehen, seine dem heilsamen Schlaf keine Zeit gewährende Arbeitsbesessenheit – halten wir uns an all das, und wir erschauen schon vage das, was ich die »Verwundbarkeit des Humanismus« nenne. – Der 1866 in der Provinz geborene Notarssohn, der es trotz seiner prekären physischen Verfassung auf das hohe Alter von 78 Jahren gebracht hat, ist in Werken und Wirken ein Beispiel dafür, wie der integrale Humanismus, der als Oberbegriff auch den unnachläßlichen Pazifismus umschließt, schließlich scheitert an einer Welt, in der auch die Menschlichkeit sich wappnen muß, will sie überstehen. Im ersten Weltkrieg veröffentlichte er in der neutralen Schweiz sein

Pamphlet *Au dessus de la melée,* eine pazifistische Kampfschrift, die ihn auf lange Zeit hin für die Mehrzahl seiner Landsleute zum »vaterlandslosen Gesellen«, zu einem Komplizen des verhaßten »boche«, des Deutschen, machte. Noch vordem, nämlich gleich bei Kriegsausbruch, hatte er sich eingelassen in Polemiken mit den damals supranationalistischen deutschen Dichtern Gerhart Hauptmann und Thomas Mann. So befand er sich denn keinesfalls »au dessus de la melée«, oberhalb des Getümmels, vielmehr zwischen allen Stühlen. Eine ehrenhafte, wenngleich unbequeme Position für einen freien Geist: aber es ist, wir werden das noch sehen, keine politische und eben aus diesem Grunde auch eine moralisch wirkungslose. Bezeichnend hierfür ist eine der letzten Notizen von seiner Hand aus dem Jahre 1940. Frankreich war geschlagen. Das Land war, in heller Auflösung, in den zittrigen Händen des sinistren Greises Pétain. Über die BBC hatte am 18. Juni der General Charles de Gaulle seine Landsleute im Namen nicht nur der Idee Frankreichs, sondern der Repulikanischen Freiheit aufgerufen, Widerstand zu leisten — um jeden Preis. Schon formierten sich auch die ersten, ach, wie schwachen, wie hoffnungslos minoritären Zellen einer Résistance, die später gleichwohl zu historischer Bedeutung gelangte. Nun war es offenbar, daß wir immer wieder in Situationen gelangen, die es uns unmöglich machen, jenseits des Getümmels in olympischer Ruhe zu verharren. Aber der alte Dichter, das »Gewissen Europas«, fand nichts anderes mehr als die Flucht in den Traum. »Daß es mir doch erlaubt sei«, so notiert er, »am Ende meines Lebens wiedereinzutreten in den universellen Traum, der die realste Realität ist, und seinen hoheitsvollen Frieden vorauszuspüren (...) Lassen wir die vergeblichen Alarmrufe bleiben, die Gigantomanien, die großen Gefechte der Rassen, in die im Augenblick die Ameisenhaufen der Welt gestürzt sind (...) Beruhigt über die Frage ihrer Dauer, ihrer Kontinuität, kann die Seele in Frieden den Lauf ihrer Selbstschöpfung wieder aufnehmen ...«

Es sind solche Worte, gesprochen zu solcher Zeit, ebenso ehrwürdig wie lächerlich. Die »Seele« durfte sich keinen Frieden versprechen, wo die Leiber geschunden waren. Die Gigantomanien und Gefechte, die aufgeregten Ameisenhaufen waren ja die *Welt*, die *Wirklichkeit* schlechthin. Es galten, wo drüben jenseits des Kanals Winston Churchill die düster-feierlichen Worte von »Blut, Schweiß und Tränen« sprach, die Werte der bürgerlichen Zivilisation nicht mehr – und wer in ihrem Namen den Friedenstraum heraufbeschwor, dessen fragiles Wort verflog wie Spreu im Sturm.

Die öffentliche Existenz Romain Rollands hat etwas Tragisches. Als 1914 nicht nur die aktivistischen Herolde der rechten Intelligenzia Frankreichs, die Barrès und Maurras, das chauvinistische Feuer schürten, sondern ein Mann des Maßes, der Mäßigung, ein aufgeklärter Citoyen und bedeutender Schriftsteller wie Anatole France mitschwamm im Strome der allerwegen verdächtigen »Volksgemeinschaft« und der noch fragwürdigeren Volksstimmung, erhob Rolland seine Stimme für den Frieden. Er, der kurz zuvor den Roman eines *deutschen* Musikers, sein magnum opus *Johann Christof*, beendet hatte, dem die deutsche Musik über jede andere ging, dem Goethe und Schiller ebenso nahe, wenn nicht näher standen als Corneille und Racine, konnte und wollte im östlichen Nachbarn nicht den Barbaren, den »Hunnen« sehen, als den nicht nur die offizielle Propaganda, sondern praktisch die ganze Nation ihn hinstellte. Es half ihm nichts gegenüber seinen deutschen Kollegen. Denn als er gegen den deutschen Einfall in Belgien protestierte – nicht im Namen des französischen Nationalismus, sondern der Menschlichkeit und dessen, was ihm die »europäische Kultur« war –, erntete er in Deutschland nichts als Hohn und Wut. Zugegeben, er hat in dieser Diskussion nicht eben sehr klug und scharf argumentiert – die Reflexion, intellektuelle, philosophische, war seine Sache nicht –, er war auch, unachtlich seines politischen Engagements, nicht eigentlich ein politischer Mensch. Gerhart Hauptmann hatte ein patriotisches Gedicht geschrieben, in dem es hieß: »Diesen Leib, den halt ich hin / Flintenkugeln und Granaten: / Eh ich nicht durchlöchert bin / Kann der Feldzug nicht geraten.« – Am Rande vermerkt: Hauptmann hielt den Leib nicht hin, der Feldzug mißriet, und die »Persönlichkeit« mit ihrem undeutlichen Gesicht und den feierlichen Kulturgebärden konstituierte sich hurtig als der poeta laureatus der jungen deutschen Republik. – Jedenfalls reagierte Rolland zu Kriegsbeginn gegen seinen heimischen französischen Chauvinismus und die deutsche Kriegsbegeisterung in einer Weise, die uns heute bis zur Unverständlichkeit naiv erscheinen muß. In einem Offenen Brief an Gerhart Hauptmann, veröffentlicht im *Journal de Genève*, schrieb er den, gelinde gesagt, weltfremden Satz gegen jene, die freventlich »Rubens in Brand gesteckt« hätten: »Seid ihr die Enkel Goethes oder Attilas? Tötet die Menschen, aber achtet die Kunstwerke!« Da wurde Hauptmann die Antwort leicht. Er, Hauptmann, gehöre zu jenen, erwiderte er, »denen die zerschossene Menschenbrust einen weit tieferen Schmerz abnötigt.« Das war zwar ein gellender Widerspruch zu dem oben zitierten Kriegsgedicht, in dem er sich als unbedingt durchlöchernsbereit hingestellt hatte, es wirkte aber desungeachtet sehr stark als Zurückweisung der Rolland'schen Forderung, *vor allem die Kunstwerke* zu schonen. Hier hatte in der Tat die Verwundbarkeit des Humanismus sich im grellsten Lichte gezeigt, ja es hatte dieser Humanismus als eine bürgerliche Kulturschwärmerei ohne radikal-humanen Inhalt sich traurig entschleiert. Marxistische Kritik hätte es spielend leicht, an solchen Sätzen einzuhaken und zu sagen: »Da sieht man's wieder, der bürgerliche Humanismus war nichts als Mystifikation; notwendigerweise, da er doch in einem sozialen Vakuum sich befand, glitt er ab in baren Ästhetizismus, und einem solchen waren Gemälde und Bauwerke wichtiger als der Mensch.«

Ich bin gesonnen, im vollen Bewußtsein der Problematik des bürgerlichen Humanismus, mich abzugrenzen gegen solche Widerrede und das auf der Hand Liegende, das selbstverständlich ist bis zur Trivialität hin, deutlich und ohne jede Bemäntelung zu formulieren: Kultur ist, wie ein ärgerliches Wort es sagt, »elitär« ihrem Wesen nach; dies lehrt uns noch der flüchtigste Blick über die Geistesgeschichte. Sie enthält allerwegen ästhetische, sogar ludische Elemente. Des weiteren: noch ist zwischen Sophokles und Brecht kein Humanismus erfunden worden, der nicht Kulturhumanismus wäre. Daß es so ist, macht eben die Verwundbarkeit einer jeden humanistischen Attitüde aus. Romain Rolland hat sich ungeschickt und polemisch untauglich verhalten. Aber noch in seiner Ungeschicklichkeit blieb er wahrer als die Freund-Feinde jenseits des Rheins, der Thomas Mann der *Gedanken im Kriege,* der Hauptmann politischer Leier, der Dehmel nationallyrischer Erhitzung.

Es war Rollands politisches Geschick – und Schicksal und Gemüt sind in diesem Falle wirklich, wie der Dichter es gesagt hat, »Namen eines Begriffs« – in der Zwischenkriegszeit nicht glücklicher. Rolland war und blieb Pazifist: dies mußte ihn in die Nachbarschaft des Kommunismus drängen, der sich nach Etablierung der Sowjetherrschaft in Rußland des Pazifismus im Westen bediente, um den gefährdeten Staat der »Arbeiter und Bauern«, auf dem der ganze Druck der kapitalistischen Welt lag, zu entlasten. Daß es Rolland in diesen Gefilden nicht gut gehen konnte, denn er war weder ein Karrierist wie Aragon noch auch ein intellektueller Flammenwerfer wie Henri Barbusse, ist klar. 1919 unterzeichnete er mit nicht weniger als tausend Intellektuellen ein Manifest in der damals noch sowohl für die Sozialisten wie für die Kommunisten sprechenden *Humanité,* das einen durchaus sozialrevolutionären Tenor hatte. Es dauerte nicht lange und er geriet gerade mit Barbusse, dem Kommunisten, in eine heftige Polemik. Über die »Integrität des freien Geistes« (dies gewiß wieder eine bürgerliche Mystifikaton vor der marxistischen Kritik!) schrieb er an Henri Barbusse, den Verfasser des unvergessenen Kriegs-Antikriegs-Tagebuchs *Le Feu:* »Ich bin es gewohnt, den Lehren der Geschichte zu folgen, weitere Räume zu umfangen; auch habe ich meine Hoffnungen nicht fixiert innerhalb der engen Grenzsteine von Gegenwart und unmittelbar bevorstehender Zukunft. Paris wurde nicht an einem Tag erbaut und die Menschlichkeit wird nicht in einem Jahrhundert verwirklicht werden . . .« Sprach hier der »bürgerliche«, ausweichende Humanist gegen den engagiert revolutionären Schriftsteller? Der Kulturträumer wider den Mann der Tat? Der sich ›frei‹ wollende Intellektuelle vor dem anderen, der seine Freiheit in den Dienst einer Partei – der kommunistischen – gestellt hatte? Ich wage, will ich ehrlich sein, nicht eine einzige dieser Fragen bündig zu beantworten. Der Humanismus kann sich auf zwiefache Weise selbst widerlegen und steht allzeit in dieser Gefahr: durch Streitbarkeit, die bis zu dem führen kann, was Sartre die »Terror-Brüderlichkeit« genannt hat, und durch schwärmerische Sanftheit, die in Selbstpreisgabe einmündet. Daß Romain Rolland seinem Temperament und seiner Herkunft nach eher zu dieser neigte als zu jener, ist gewiß aus allem, das hier knapp angedeutet werden konnte, ersichtlich geworden. Doch wollen wir hier auch nicht die innere Ehrlichkeit dieses Mannes vergessen, seine Selbstlosigkeit, seinen unerschütterlichen, wenngleich bislang von der Geschichte, hélas, nicht ratifizierten Glauben an das fundamental *Gute* der menschlichen Natur. Dies hat ihn zwar hingeleitet zu der eingangs heraufbeschworenen Traumblindheit angesichts des Schreckens, der sein Land während Krieg und deutscher Besatzung in eisernen Fängen hielt, es hat ihm aber auch gelegentlich eine Hellsicht gegeben, um die andere, Berühmtere, aktueller Gebliebene ihn hätten beneiden können. 1922 richtete er einen Brief an die nunmehr bereits zum Sprachrohr nur noch der Kommunisten gewordene *Humanité:* »Mit dem Proletariat immer dann, wenn es Wahrheit und Menschlichkeit respektiert. Gegen das Proletariat, sobald es Gerechtigkeit und Wahrheit verletzt. Keine Klassen-Privilegien —: weder von oben noch von unten — angesichts der menschlichen Werte!« Und 1927 sagte er in einem Privatbrief: »Über den Bolschewismus habe ich meine Meinung nicht geändert. Träger großer Ideen, hat er sie selbst ruiniert durch engen Sektarismus, durch Unversöhnlichkeit und den Kult der Gewalt. Er hat den Faschismus hervorgerufen, der nur ein Bolschewismus unter anderen Vorzeichen ist...« Und dennoch haben solche zwar problematische, im Licht von heute aber nicht so ohne weiteres widerlegbare Auffassungen ihn nicht gehindert, 1933 eine ebenso klar anti-nazistische Stellung zu beziehen wie der damals junge André Malraux: 1933 lehnte er die Goethe-Medaille ab, die das neue Regime in Deutschland ihm hat verleihen wollen, was ihm, dem Goethe-Verehrer von frühauf, kein leichter Entschluß gewesen sein kann. »Was heute in Deutschland vor sich geht – die Zerschmetterung der Freiheiten, die Verfolgung der Oppositions-Parteien, die brutale und infame Verfolgung der Juden – läßt die Revolte der Welt und meine eigene entstehen.« Das war, wiederum, humanistisch auf bewundernswerte Weise – und unpolitisch ganz und gar. Die Nazis hatten es auch so verstanden, drum ließen sie den alten Mann zwischen 1940 und 1944 ungeschoren. Das dichterische Werk, dem Rolland seinen Weltruhm verdankte, ist heute fast ganz vergessen. Seine Beethoven-Biographie wird kaum noch gelesen, seine Dramen, dessen bekanntestes *Das Spiel von Liebe und Tod* war, gehören nicht mehr den Repertoires der modernen Schaubühnen an, sein Buch über den von ihm bewunderten Mahatma Gandhi findet keine Interessenten, so wenig wie sein Huldigungsbuch an Tolstoj – und so vieles andere, das hier nicht einzeln angeführt werden muß. – Bleibt also der *Jean-Christophe*, das monumentale Romanwerk über das Leben des deutschen Tonsetzers Johann Christof Krafft, entstanden zwischen 1903 und 1912, für das Rolland dann mitten im Kriege, 1915, mit dem Nobelpreis gekrönt wurde. Der *Johann Christof* war in der Zwischenkriegszeit eines der sowohl in Frankreich wie in Deutschland meistgelesenen Bücher. Nach dem Zweiten Weltkrieg war das Werk vergessen, wiewohl mehrere Neuauflagen besorgt wurden. Nunmehr liegt es in einer schön gestalteten Dünndruck-Ausgabe des dtv vor: der Augenblick ist gekommen, Bilanz zu ziehen und jenseits von Pietät und Kultur-Konservierung zu untersuchen, was es uns noch zu sagen hat. – Unmöglich, die »Handlung« des Riesenepos getreulich nachzuerzählen. Zu vielfältig sind die Ereignisse, zu zahlreich die Gestalten. Das über 2000 Seiten starke opus handelt von einem *deutschen* Musiker, der aus einer kleinen rheinischen Stadt stammt –

Bonn, Beethoven, denkt wohl jeder Leser unwillkürlich –, und es spielt in der Zeit, die bei der Niederschrift Gegenwart war. – Eine Frage muß vorgeschoben werden, ehe in knappen Andeutungen von dem Geschick Johann Christofs pointillistisch berichtet wird. Wie kam es, daß ein französischer, ja, wenn man genau zu lesen versteht, *exemplarisch* französischer Autor sich einen deutschen Helden erschuf? Die erste Antwort drängt sich uns sofort über die Lippen: Rolland war, wir wissen es, Musikologe und ausübender Musiker; die Grenzen Deutschlands waren zu Rollands Epoche identisch mit den Grenzen der *großen* Musik. Wo anders hätte er also einen titanischen Musikus ansiedeln können, denn östlich des Rheins? Anderes noch: Der Provinzler Romain Rolland, geboren aus alter, traditionsschwerer Familie zu Clamecy im Département Nièvre, dessen Deputierter heute ein gewisser François Mitterrand ist, wollte Kritik üben am cliquenhaft-mondänen Geistesbetrieb der allesverschlingenden Hauptstadt Paris, so ließ er am besten den »Anderen« sprechen, den freund-feindlichen Nachbar, der schon aufgrund seiner Herkunft keine Neigung haben konnte, der Seine-Kapitale zu verfallen. Und schließlich: Europa, das für den provinziellen Kosmopoliten Rolland eine kulturelle Präsenz war, die weit hinaus ging über das, was man heute in Brüssel mühselig zu erreichen trachtet, stand de facto historisch auf den beiden Pfeilern Deutschland und Frankreich. Wollte man, lange bevor das Wort sich verbraucht hatte, ein »guter Europäer« sein, mußte man die beiden Kernländer der Alten Welt in einer Synthese erfassen. Aus diesem Grunde gesellte Rolland auch dem deutschen Musiker als innigsten Herzensfreund den französischen Schriftsteller Olivier Jeannin. Deutsche Musik, französische Literatur: das sollte Europa sein.

Jean-Christophes Lebensweg, der ihn aus der deutschen Provinzstadt nach Paris, Rom und wieder zurück in die französische Hauptstadt führte, ist der eines »deutschen Titanen«, wie le petit Maurice, le français moyen, ihn sich vorgestellt haben mochte. Was tut Johann Christof sozusagen hauptberuflich? Er »ringt«, wie das sich für einen rechten Deutschen gehört, ringt mit sich, mit seinem Gott, mit einer dumm-feindseligen Welt. Er ist ein kräftiger Ringkämpfer. Mich deucht, es habe in Jean-Christophe der Dichter Rolland sich den – komplementären – Gegentypus zur eigenen Person schaffen wollen. Rolland war ein Stuben- und Lesemensch – Johann Christof ist ein Mann der freien und starken Lüfte. Der Dichter hätte keine Fliege mit der Klappe erschlagen wollen: sein Jean-Christophe tötet bei einer Rauferei einen deutschen Offizier und später, in Paris, wohin er flüchten muß, bei einem Arbeiteraufstand einen französischen Polizisten. Er, Johann Christof, verkörpert den élan vital, dessen Romain Rolland, Zeitgenosse Bergsons und von diesem gewiß stark beeinflußt, so gänzlich ermangelte. Johann Christof, der musikalisch revolutionäre Komponist, der den »Epigonen« Brahms verabscheut, ist Nietzscheanisch kraftvoll, kompromißlos, leidenschaftlich als Liebhaber, rücksichtslos bis zur Grobheit und zum Zynismus, wenn es um seine heilige Musik geht, dabei gottessüchtig und tragisch umwittert auf allen seinen Wegen. Dergleichen Pflanzen wachsen nicht in der parfümierten Luft französischer Zivilisation; nur aus dem Boden der deutschen Kultur sprießen sie: darum muß der verfeinerte französische Literat Olivier, in den ganz sicher Rolland Züge der eigenen Person graviert hat, auch früh sein Leben lassen, während Johann Christof übersteht. Er ist getragen von jenem »ozeanischen Gefühl«, das als einen Terminus Rolland in einem Brief an Sigmund Freud erfand, der es aufnahm und analysierte, so daß es nachmals zu einem geläufigen Begriff der psychoanalytischen Sprache wurde: vom pantheistischen Gefühl, daß alles Seiende durchtränkt ist mit allem Seienden, daß keiner, wie Grabbe es gesagt hat, »aus der Welt fallen« könne. Dieses »ozeanische Gefühl«, das den Tonsetzer Johann Christof durchströmt und ihn seelisch nährt, hebt Romain Rolland heraus aus dem Humanismus der französischen rationalistischen Aufklärung und treibt ihn – wie auch Bergson! – an die Pforten der Metaphysik. Damit freilich wird der Rolland'sche Humanismus nur um so verwundbarer, denn wo die klassische »raison«, die Ratio, abdankt, gerät der Mensch ins Uferlose. Der Humanismus verliert dann, wie »titanisch« er sich auch glaube, an Militanz. Zugleich freilich entgeht er der Gefahr sektiererischer Parteilichkeit. Es wird dies transparent an jenen Stellen, wo Johann Christof und sein romantischer Herzensfreund Olivier sich der Arbeiterbewegung anschließen, aber, enttäuscht, sich ihr bald entfremden. Hier wird der Humanismus, wie man heute mit abschätzigem Ton sagt, »elitär«. – Aber ich stelle, einverständlich gewiß mit Romain Rolland, nochmals die Frage, ob nicht in letzter Analyse jegliche Kultur elitären Charakter haben muß, per definitionem ...

Jean-Christophes Wege und Irrwege münden in jenen problematischen Seelenfrieden, in dem 1944 der Dichter Romain Rolland diese schöne, wilde Welt verließ. Gehen die Peripetien dieses fast monströsen Werkes uns heute noch an? Ist nicht so vieles veraltet: die etwas klischeehafte Beschreibung der deutschen Umwelt des Helden, die Kritik an der Pariser Gesellschaft, die frühen Tage der französischen Arbeiterbewegung, die erotischen Verstrikkungen, die noch geprägt sind von einer im weitesten Sinne zu verstehenden victorianischen Epoche? Manches

ist abgelebt, liegt bei den verstaubten Akten der Geschichte. Einen »titanischen« deutschen Tonsetzer haben wir ja in unvergleichlich verfeinerter, auch musiktheoretisch präziserer Form in Thomas Manns Adrian Leverkühn vor uns. Künstlerschmerzen wie Künstlerliebschaften haben längst nicht mehr jenen dramatischen Charakter, den Rolland ihnen gibt, weil der Künstler heute einerseits eine gesellschaftlich deutlicher abgegrenzte Position hat und weil andererseits die Liebe von 1900 nach der weit über das Schlagwort hinauslangenden, wirklich radikalen sexuellen Revolution nicht mehr die unserer Tage ist. Und selbst der hurtige Pariser Literaturbetrieb, den Rolland uns mit dem Widerwillen des empfindlichen Individualisten beschreibt, ist nicht mehr der von heute, trotz vieler Ähnlichkeiten: das Wort »engagement« war noch nicht erfunden, die Künstler und Literaten verstanden sich noch nicht als Teile des gesamt-gesellschaftlichen Komplexes ihrer Epoche.
Was also bleibt? Vieles, dennoch. Genug jedenfalls, um die Lektüre des Werkes dem Leser ans Herz zu legen. Denn das schon besprochene Problem der »Verwundbarkeit des Humanismus« ist noch lange nicht gelöst, trotz aller soziologischen Texte und der Versicherung Michel Foucaults, daß der Mensch tot sei. Romain Rolland gibt uns Stoff zu denken. Wie ist es bestellt um einen Humanismus, der, wie der Musiker Johann Christof Krafft es tut, die KUNST mit lauter Großbuchstaben schreibt, aber sich der Aktion verweigert? Wie, andererseits, kann es einen Humanismus geben, der nicht auch eine ästhetische Ausdehnung hätte und also damit eine, wie ich es andeutete, Sache von wenigen, Auserlesenen ist? Nicht daß der Dichter diese Fragen beantwortete! Nicht einmal, daß er sie nach Sachaussagen gliederte. Aber er weist sie auf am Geschick seines Helden und an dessen Freund Olivier.

Und er läßt uns gewahr werden, daß das »ozeanische Gefühl«, das Einheitsbewußtsein des Menschen mit allem Lebenden, bestenfalls eine pantheistische Metapher ist, mit welcher das Individuum in seiner Not sich vielleicht trösten kann, die aber weder Transzendenz ausdrückt, noch Lebens-Immanenz. »Die Tat allein ist lebendig«, so schreibt der Dichter, ». . . wir haben in dieser Welt nur die Wahl zwischen ihr und der Nacht . . .« *Welche* Tat? fragt sich am Ende der Leser – Romain Rolland ist aus der Welt gegangen, ohne Auskunft zu geben. Er schlug ein Thema an am Klavier des Geistes: an uns, es auszuarbeiten und zu instrumentieren.

CIP-Kurztitelaufnahme der Deutschen Bibliothek
Améry, Jean:
Bücher aus der Jugend unseres Jahrhunderts
Jean Améry.
Mit e. Vorw. von Gisela Lindemann.
Stuttgart: Klett-Cotta, 1981.
ISBN 3-12-900311-8

Jean Améry

Jenseits von Schuld und Sühne
Bewältigungsversuche eines Überwältigten

Mit einem Vorwort des Autors zur Neuausgabe
156 Seiten. Leinen.
ISBN 3-12-900790-3

Über das Altern
Revolte und Resignation

5. Auflage. 135 Seiten. Leinen.
ISBN 3-12-900121-2

Unmeisterliche Wanderjahre

147 Seiten. Leinen.
ISBN 3-12-900290-1

Widersprüche

263 Seiten. Kartoniert.
ISBN 3-12-900280-4

Lefeu oder Der Abbruch
Roman-Essay

194 Seiten. Leinen.
ISBN 3-12-900170-0

Hand an sich legen
Diskurs über den Freitod

6. Auflage. 155 Seiten. Leinen.
ISBN 3-12-900161-1

Charles Bovary, Landarzt
Porträt eines einfachen Mannes

2. Auflage. 162 Seiten. Leinen.
ISBN 3-12-900131-X

Örtlichkeiten
Mit einem Nachwort von Manfred Franke

143 Seiten. Leinen.
ISBN 3-12-900171-9

»Hermannstraße 14«
Halbjahrsschrift für Literatur
Sonderheft Jean Améry

64 Seiten. Broschiert.
ISBN 3-12-909421-0

Klett-Cotta